Die Flammenfrau

ECON Unterhaltung

Brunhild gilt im Nibelungenlied als die stolze, kampferprobte Amazone aus dem Norden. König Gunther vermag es nur, sie zu erobern, indem Siegfried ihm mit seiner Tarnkappe zur Seite steht. Eine gänzlich andere, aber ebenso faszinierende Geschichte erzählt Jana Held. Für sie liegen Brunhilds Ursprünge in einer weiblichen, von Göttinnen geprägten Welt. Luovana, die Hüterin des Feuers, steht auf der lichten Seite allen Lebens, während ihre Schwester Lursa den dunklen Aspekt verkörpert. In dieser gefahrvollen, magischen Welt wächst die junge Brunhild auf.

Jana Held ist das Pseudonym einer jungen deutschen Fantasy-Autorin.

Jana Held

Die Flammenfrau

Roman

Der Romanzyklus »Die Nibelungen« entstand nach einer Idee von Kai Meyer.

Konzeption: Kai Meyer/Reinhard Rohn

ECON Taschenbuch Verlag

– Den Frauen, der Liebe
und dem Magier meines Herzens gewidmet –

Veröffentlicht im ECON Taschenbuch Verlag
Der ECON Taschenbuch Verlag ist ein Unternehmen
der ECON & List Verlagsgesellschaft
Originalausgabe

Umschlaggestaltung: Init GmbH, Bielefeld
Titelabbildung: Agentur Schlück
Lektorat: Reinhard Rohn
Gesetzt aus der Goudy, Linotype
Satz: Josefine Urban – KompetenzCenter, Düsseldorf
Druck und Bindearbeiten: Ebner Ulm
Printed in Germany
ISBN 3-612-27412-0

1. Teil

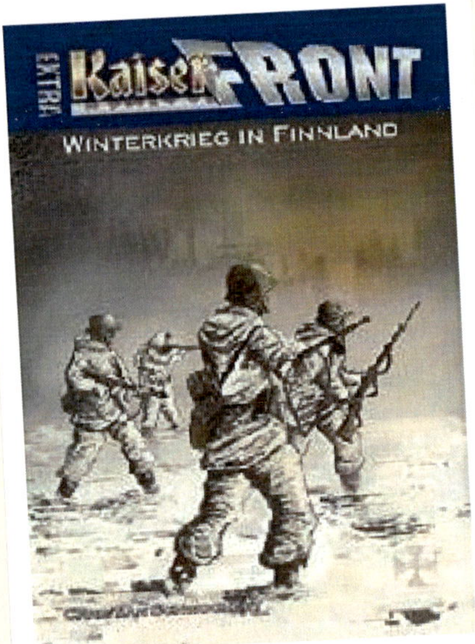
EXTRA
Kaiser FRONT
WINTERKRIEG IN FINNLAND

1

Bruno von Falkenstein zügelte seinen Fuchswallach und schlug sich das Ende des wollenen Umhangs über die Schultern. Der eisige Wind, der ihnen seit Stunden von Norden her entgegenwehte, fraß sich ihm in die Glieder, daß es schmerzte.

Er schaute sich um. Vor ihnen lag ein weites Schneefeld, und dahinter erhoben sich düster schwarze Berge.

»Eine weiße Wüste«, bemerkte Faramund von Hohenfels und brachte seinen Braunen neben Brunos Fuchs zum Stehen. »Kein Baum, kein Strauch, nichts, nur dieser verdammte Schnee.«

Bruno warf dem jungen Gefährten einen finsteren Blick zu.

»Ich habe Euch nicht eingeladen, mir zu folgen«, brummte er. »Ihr hättet am Hofe in Worms verweilen sollen, wenn Euch mein Weg nicht gefällt. König Dankrat wäre über Eure Gesellschaft gewiß weiterhin sehr erfreut gewesen.« Bruno gab dem Fuchs die Sporen. Seit sie Worms verlassen hatten, ritt Faramund an seiner Seite und hoffte auf ein Abenteuer.

»Wahrscheinlich ist es ein zugefrorener See«, erklärte der junge Ritter nach einiger Zeit, als sein Brauner wieder auf gleicher Höhe mit Brunos Fuchs ging. Er deutete mit der Hand auf das glatte Schneefeld vor ihnen. »Dort können wir unmöglich ein Lager für die Nacht aufschlagen.«

»Wir reiten weiter bis zu den Bergen.«

»Bis zu den Bergen? Aber diese Berge sind schwarz!« Faramund klopfte seinem Pferd ein paar Eiskristalle aus der Mähne.

Bruno blickte zu dem Gebirgskamm und nickte schweigend.

»Nicht einmal auf den Höhen liegt Schnee, obwohl man ansonsten überall in diesem kalten, weißen Staub bis zum Hals versinken könnte.«

Bruno nickte wieder und schmunzelte.

»Ihr wollt wirklich bis zu den Bergen weiterreiten?« Faramunds Stimme klang besorgt.

»Wart Ihr nicht auf der Suche nach einem Abenteuer?« Der Ältere hob spöttisch die Brauen.

»Gewiß, aber ...!«

»Schön.« Bruno mußte lächeln. In manchen Dingen erinnerte Faramund ihn an seine eigene Jugend. Auch er war irgendwann mit einem erfahrenen Ritter über Land gezogen, auf der Suche nach ein paar verwegenen Heldentaten, doch darüber war nun schon mancher Sommer vergangen. Heldentaten reizten ihn nicht mehr. Seit Genovefas Tod gab es ohnehin nichts mehr, was ihm wirklich etwas bedeutete. Mit Genovefa war auch sein Lebenswille gestorben. Allein ihr schattenhaftes Bild, das er des Nachts im Mondschein gesehen hatte, ließ ihn noch atmen. Bleich, fast durchscheinend, umrahmt von silbrigem Licht hatte er sie am Ufer des Rheines stehen sehen, genau an der Stelle, an der er ihre Leiche einst zu Wasser gelassen hatte.

»Komm nicht mehr her!« hatte sie gesagt. »Reite nach Norden und suche die Burg der Flammenfrau. Dann wird alles gut werden.« Bruno dachte immer und immer wieder an diesen Augenblick zurück. Er hatte Genofeva noch lächeln sehen, bevor geisterhaft wie Nebel ihre Gestalt vom Nachtwind verweht worden war.

Kurze Zeit darauf war er dann gen Norden aufgebrochen, um diese geheimnisvolle Burg zu suchen. Irgendwo dort in den schwarzen Bergen mußte sie liegen.

»Glaubt Ihr, daß Gott auch in dieser Gegend wacht?«

Faramunds Frage riß Bruno aus seinen Gedanken.

»Nein«, sagte er ungehalten, doch gleich darauf tat es ihm leid, als er Faramunds erschreckten Gesichtsausdruck sah. »Natürlich wacht Gott auch in dieser Gegend«, erklärte er besänftigend. »Wahrscheinlich sogar besonders«, fügte er nach einer Weile hinzu, als er über den finsteren Höhen einen Adler kreisen sah. Er dachte an die alten Götter, die von den Völkern des Nordens noch immer verehrt wurden, und schüttelte den Kopf. Es war müßig in einer solchen Gegend über Gott nachzudenken.

Faramund blieb mißtrauisch. »Aber schaut Euch doch um, hier gibt es nur Schnee und diese seltsamen schwarzen Berge.«

»Und einen Adler«, sagte Bruno.

Faramund folgte dem Blick des Ritters. »Wie kommt ein Adler in diese Eiswüste?«

»Ich weiß es nicht, aber es sieht so aus, als wäre er auf der Jagd.« Bruno ließ das Tier nicht aus den Augen. Der Adler zog immer größere Kreise und stieß einen heiseren Schrei aus. Es war ein ungewöhnlich großer Greif, dessen schwarzer Schatten sich vor dem grauen Himmel deutlich abhob.

»Nun, der König der Lüfte hat offensichtlich ein Opfer gefunden«, flüsterte Bruno.

Der Adler hatte aufgehört zu kreisen und flog geradewegs auf sie zu. Als er noch fünfzig Schritt entfernt war, stieß er wieder einen heiseren Schrei aus und setzte zum Sturzflug an. Bruno duckte sich, und sein Fuchs, der zuerst dem Vogel seitwärts auswich, stieg plötzlich nervös auf die Hinterbeine. Auch Faramunds Brauner tänzelte ein paar Schritte zur Seite durch den tiefen Schnee. Der Adler jagte über die Reiter hinweg, zog eine Schleife hinter ihnen und setzte noch einmal, mit den Krallen voraus, zum Angriff an.

»Bei allen Dämonen der Hölle«, fluchte Faramund.

Bruno zog sein Schwert. Er hatte noch nie davon gehört, daß ein Adler Reiter angriff. Mit beiden Händen holte er zum Schlag aus. Doch der Greif war schneller. Mit einem lauten Schrei drehte er sich erneut in der Luft und gewann wieder an Höhe.

Er zielte diesmal auf das breite Hinterteil von Brunos Fuchs, so daß der Wallach einen verzweifelten Sprung nach vorn machte. Bruno, der sich nur mit den Beinen an dem Fuchs festklammerte, verlor das Gleichgewicht und fiel mit dem Schwert kopfüber in den Schnee. Der Fuchs nutzte die gewonnene Freiheit und galoppierte über das weiße Feld davon.

»Faramund, schnell mein Pferd«, rief Bruno.

Faramund setzte dem Fuchs nach, ohne weiter auf den Raubvogel zu achten. Erst als sein Pferd sich aufbäumte und wiehernd die Vorderbeine in die Luft warf, bemerkte Faramund, daß der Adler sie umkreist hatte.

Bruno sah aus einiger Entfernung die schwere Hinterhand des Braunen in die Höhe wirbeln. Er wollte Faramund warnen, doch es war zu spät. Der junge Gefährte verlor den Halt und landete auf ähnliche Weise im Schnee wie er selbst.

»Wenn ich diesen Teufel erwische, werde ich ihm jede Feder einzeln ausreißen!« rief Faramund aufgebracht, als Bruno näher kam. Zornbebend hatte er die Rechte drohend zur Faust erhoben. »Über dem Feuer sollte man ihn rösten!«

Bruno nickte. »Ja, das wäre die gerechte Strafe für ein derart dreistes Federvieh.«

Beide sahen sie ihren Pferden nach, die der Adler auf die Berge zu trieb.

»Und nun?« Fragend schaute Faramund den Ritter an.

»Ihr wolltet doch ein Abenteuer, edler Ritter«, bemerkte Bruno und klopfte sich umständlich den Schnee aus dem Umhang.

»Aber doch nicht so eines!«

Bruno lächelte. »Wißt Ihr, junger Freund, mit den Abenteuern ist es so eine Sache, sie sind leider nie, wie man sie sich erträumt, und eigentlich sind sie auch erst wirklich richtig schön, wenn man sie hinter sich hat.«

Faramund schnaufte ärgerlich und schaute wieder den fliehenden Pferden nach, die allmählich im Schatten der Berge verschwanden.

»Was tun wir jetzt?« fragte er.

»Zu Fuß gehen!«

Faramund warf einen kurzen Blick auf seine ledernen Stiefel, die von der Feuchtigkeit des Schnees bereits dunkel glänzten. »Ich hasse es zu laufen.«

Weißer Rauch stieg senkrecht aus der Quelle und zerriß an den scharfen Kanten des schwarzen Gesteins zu kleinen Fetzen. Luovana trat auf die Quelle zu und zog ihren Mantel aus. Der warme Dampf strich ihr über die Haut, die angenehm zu prickeln begann. Sie kniete sich nieder und griff mit der Linken nach dem langen Lederriemen, der um ihren Hals hing. Dann zog sie ihn über den Kopf. Der Rubin an dem Band schimmerte matt in dem fahlen Licht. Luovana wikkelte das Band geschickt um ihre Hand und ließ den großen roten Stein langsam in dem warmen Dampf baumeln. Aufmerksam beobachtete sie die geheimnisvollen Schwingungen, die den Stein mit dem Rauch verbanden. Jedes Auf und Ab des Rubins war für sie ein Zeichen, daß die Göttin der Gwenyar sich ihrer annahm. Als die Schwingungen nachließen, drehte Luovana ihr Handgelenk, der Lederriemen wickelte sich ab, bis der rote Stein den kochenden Strudel der Quelle erreichte.

Für einen Augenblick verfärbte sich das Wasser blutrot, dann jedoch war es wieder klar. Luovana schloß die Augen, und wie von selbst drangen ihr die alten Worte des Rituals über die Lippen, die sie von den Gwenyar gelernt hatte. Sie mußte lächeln, als sie spürte, wie leicht ihr diese schweren Worte nun in den Sinn kamen. Vor fünf Wintern, als die Priesterinnen ihr den Rubin überreicht hatten, war sie fast daran verzweifelt, so fremd war ihr diese Sprache erschienen.

Mehr und mehr erhob sie ihre Stimme, bis ein geheimnisvoller Gesang daraus entstand. Der Stein wurde von der Quelle gereinigt und mit neuer Kraft versehen. Die Göttin war mit ihr.

Langsam ließ Luovana den Rubin an dem ledernen Band immer tiefer in die Quelle sinken, bis der heiße Dampf ihr unangenehm auf der Haut brannte. Sie spürte, wie der Stein schwerer wurde, wie er zog und zerrte, als wolle er noch weiter hinabsinken. Dann zog Luovana den Rubin aus der Quelle hinaus und prüfte ihn. Er war jetzt strahlend rot. Ein sanfter Glanz lag darüber. Seine Kraft würde für eine Weile anhalten. Sie zog den Mantel über die Schultern und schaute zum oberen Bergkamm, wo sie ihr Pferd zurückgelassen hatte. Aysar, ihre graue Stute, wieherte.

Luovana betrachtete das Tier erstaunt. Es erschien ihr nervös, es tänzelte hin und her und schüttelte den schönen, schmalen Kopf, so daß die lange weiße Mähne wie ein Schleier herumflog.

Mit leichten Schritten kletterte Luovana geschwind über die Steine hinauf zu dem Hochplateau. Sie hielt der Stute die Hand hin und schaute ins Tal. Über das große Schneefeld unterhalb der Anhöhe galoppierten zwei reiterlose Pferde genau auf die Berge zu. Ein großer Adler verfolgte die Tiere und trieb sie zum steilen Paß, der hinauf zum schwarzen Felsenhof führte.

Luovana streichelte beruhigend ihrem Pferd über die Nüstern. »Lursa ist wieder auf der Jagd«, flüsterte sie. »Ihr Adler Pyros hat für diese Jahreszeit reiche Beute gemacht, es sind zwei stattliche Pferde.«

Die Frau griff nach Köcher und Bogen, die an einem nahen Stein lehnten, und schwang sich auf den glatten Rücken der Stute.

»Wo zwei gesattelte Pferde sind, müssen auch zwei Reiter sein«, sagte sie. »Vielleicht können wir das Ende dieser Jagd noch verhindern.«

Faramund stapfte mißmutig durch den Schnee. Die Berge schienen überhaupt nicht näher zu kommen. Gelegentlich warf er einen verzweifelten Blick auf

Brunos versteinertes Gesicht, doch der Ritter schritt schweigend einher. Er schien mit den Gedanken weit fort zu sein. Faramund fragte sich oft, was wohl in dem Älteren vorging. Seit dem Turnier in Worms, bei dem Genovefa zu Tode gekommen war, hatte Bruno häufig diesen harten Ausdruck in den Augen. Sein ganzes Wesen schien mehr und mehr von einer unheimlichen Düsternis erfaßt zu werden. Die Trauer schien ihn selbst für ein Abenteuer unempfindlich zu machen, obwohl man ihm derer doch so viele nachsagte. Wie konnte er so gelassen hinnehmen, daß ihm ein Adler sein Pferd stahl?

Am Hofe zu Worms hatte König Dankrat große Stücke auf den Ritter und seine Waffenkünste gehalten. Er ließ es sich nicht nehmen, ihn täglich zu einem Übungskampf zu fordern, allerdings auch, um anschließend mit dem Ritter am Kaminfeuer zu sitzen und von verwegenen Taten zu berichten. König Dankrat war ein großer, kräftiger Mann mit klaren, grauen Augen und einem kurzen roten Bart, der seinem Gesicht etwas Unverwechselbares verlieh. Er war ein Mann voller Tatkraft, und in seiner Jugend war er wie viele andere Ritter auf der Suche nach Heldentaten ausgezogen. Dankrat liebte es, bei einem guten Wein davon zu schwärmen. Jedermann am Hofe wußte, daß der edle Herr von Falkenstein nicht nur ein guter Kämpfer, sondern auch ein guter Zuhörer war. Immer wieder konnte er interessiert einer Geschichte folgen, stellte Fragen und begeisterte sich an einer Heldentat wie der Erzähler selbst. Doch wenn man ihn aufforderte, aus seinem Leben zu berichten, dann lenkte er freundlich das Gespräch in eine andere Richtung, oder er schwieg ganz einfach. Wahrscheinlich rankten sich deshalb um sein Leben die geheimnisvollsten Legenden. Keiner wußte, was genau Bruno von Falkenstein wirklich erlebt hatte, bevor er und Genovefa des Königs Gäste wurden. Von Berta, der Köchin des Hofes, hatte Faramund erfahren, daß der Schwertmeister die schöne Genovefa aus den Händen eines finsteren Ritters befreit hatte. Er war mit ihr durch dunkle Wälder bis nach Worms geflohen. Naß wie die Katzen seien sie vor dem Burgtor angekommen, hatte die Köchin erzählte, denn es hatte die ganze Nacht über geregnet. Und in ihrer Küche hatte der edle Herr mit dem schönen Fräulein gesessen, um sich bei einer heißen Suppe aufzuwärmen.

»Warum berichtet Ihr eigentlich nie von Euren Heldentaten?« fragte Faramund unvermittelt und war selbst erstaunt, daß ihm die Frage, die ihm seit Anbeginn der Reise auf dem Herzen lag, nun so einfach von den Lippen ging.

»Was meint Ihr?« Bruno blieb stehen. Wie aus weiter Ferne schaute der Ältere ihn an. Seine dunklen Locken kräuselten sich bis auf die breiten Schultern und boten einen interessanten Kontrast zu dem tiefen Blau seiner Augen. Er war ein Stück größer als Faramund, so daß der junge Mann unweigerlich zu ihm aufblicken mußte, wenn er dem Blick des Schwertmeisters standhalten wollte.

»Was habt Ihr erlebt?«

»Was versteht Ihr von Liebe?« fragte Bruno zurück. »Wie könnte ich Euch mein Leben erzählen? Ihr seid doch nur begierig danach, Euer eigenes Leben kennenzulernen. Ihr sucht die Gefahr, um sie zu bestehen, nicht um aus ihr zu lernen. Ihr sucht den Kampf, um Eure Waffenkünste zu erproben, nicht um das Leben im Angesicht des Todes zu begreifen, und Ihr schwätzt von Liebe wie ein Eunuch von den Frauen.« Der Schwertmeister machte eine abfällige Geste. »Nein, junger Freund, Ihr werdet von mir keine Geschichte hören.«

Bruno von Falkenstein wandte sich ab. »Nur eines will ich Euch raten«, sagte er. »Hütet Euch davor, der wahren Liebe zu begegnen. Wenn es sich nicht verhindern läßt, dann seid in Gottes Namen kein Held, sondern flieht auf der Stelle vor diesem größten aller Unglücke, das einem Mann widerfahren kann. Die Liebe ist kein Abenteuer, welches man besteht, ebensowenig wie man dem Sturm auf dem Ozean Einhalt gebietet. Hat die Liebe einen Mann erst einmal ergriffen, ist es wie eine Krankheit, die einen nach und nach sterben läßt. Sie ist gefährlicher als jedes Raubtier, denn sie ist selbst in ihrer Wildheit noch sanft und schön. Ihr werdet ihren Verlockungen lauschen und in Eurer Verzweiflung den Mond anbeten, doch sie wird Euch gnadenlos foltern, weil sie alle Eure Schwächen erkennt. Die Liebe raubt Euch das Herz, und manch einem kühnen Helden hat sie noch ehe eine Nacht vorüber war, auch den Verstand genommen, aber die Liebe ist auch das einzige, wofür es sich wirklich zu leben lohnt.«

Faramund hielt den Atem an. Mit solch einem langen, düsteren Rede hatte er nicht gerechnet. Der Ritter hatte in diesem Augenblick mehr gesagt als in all den ganzen vergangenen Monaten, in denen sie zusammen unterwegs gewesen waren.

Bruno lächelte ihn an. »Schon gut, ich glaube, es war etwas viel auf einmal. Hört auf, Euch mit solchen Dingen den Kopf vollzuhängen, fragt mich nicht mehr nach meinem Leben, sondern macht, daß ihr weiterkommt, bevor Eure Füße zu Eis erstarrt sind. Die Nacht wird unseretwegen nicht später beginnen.«

2

Lursa sprang von dem Felsenvorsprung hinab und schritt langsam auf die beiden Pferde zu. Die Tiere standen gut im Futter und waren kräftig genug, einen ausgewachsenen Mann mit Rüstung zu tragen. Eine solch erlesene Beute war selten um diese Jahreszeit. Lursa lächelte. Pyros, ihr Adler, hatte gute Arbeit geleistet. Er hatte die Pferde in den Felsenhof getrieben und war an den steilen Wänden entlang hinauf bis zum Gipfel geflogen. Er wird seine Belohnung für die erfolgreiche Jagd später bekommen, dachte sie und versperrte den nervösen Tieren den einzigen Ausweg, der aus diesem steinernen Kessel führte.

Das Sattel- und Zaumzeug waren ihr fremd, die Reiter kamen also nicht von hier. Um so besser, überlegte Lursa, wegen ein paar verschollenen Reisenden würde keiner einen Aufstand machen. Langsam näherte sie sich dem Fuchs, der nervös wiehernd an der schwarzen Wand entlanglief.

»Ruhig, ganz ruhig.« Lursa hob die Hand und griff nach den Zügeln. Sie tätschelte dem Tier den Hals und wartete, bis der Wallach sich ein wenig beruhigt hatte. »Du bist ein hübscher Bursche«, flüsterte sie und streichelte über das rötlich schimmernde Fell. »Die Göttin wird erfreut sein über ein solch kostbares Geschenk.«

Lursa bückte sich kurz, schaute dem Tier unter den Bauch und zuckte dann enttäuscht mit den Schultern. »Schade, daß du kein Hengst mehr bist.«

Geschickt flocht sie die Zügel um einen Stein, der aus der Felswand herausragte, bis der Fuchs den Kopf kaum noch bewegen konnte. Mit fliegenden Fingern drehte sie dann aus ihrem Hüfttuch eine Fußfessel und band sie dem Wallach um die Hufe. Sie wollte nicht riskieren, daß das Tier sich aufbäumen konnte. Zufrieden betrachtete sie ihre Arbeit. Als alle Vorbereitungen getroffen waren, zog sie langsam ihren Dolch und hielt ihn mit der Klinge an den Hals des Tieres. Die Waffe wog nicht schwer in ihrer Hand, sie war schmal und sorgfältig gearbeitet. Der Fuchs neben ihr schnaubte nervös.

Lursa atmete tief ein und begann mit heiserer Stimme ein Lied in der alten Sprache zu singen. Eine schwerfällige Melodie erfüllte den ganzen Felsenkessel, und Lursas Stimme hallte schaurig von den schwarzen Wänden wider. Bei der letzten Strophe des Liedes blitzte der Dolch kurz über dem Hals des Pferdes auf. Der Wallach wieherte schmerzerfüllt. Verzweifelt versuchte er den Kopf frei zu bekommen, er riß und zerrte an den Zügeln, doch die ledernen Riemen hielten ihn wie mit einer eiserner Faust zurück.

Lursa ließ den Dolch fallen. Als das kämpfende Tier einen Augenblick lang innehielt, nutzte sie ihre Chance. Sie umklammerte den Hals des Pferdes, krallte ihre Finger in die Mähne und leckte mit der Zunge über den kleinen Schnitt. Das Pferdeblut rann ihr warm durch die Kehle. Gierig schlossen sich ihre Lippen nach dem ersten Schluck um die sprudelnde Quelle. Ihre Zunge leckte wie in einem nicht enden wollenden Kuß über die Wunde, bis die Wirklichkeit um sie herum verschwamm.

Lursa trank noch, als sie schon das Rauschen blutiger Wellen in ihrem Kopf hörte und schattenhafte Bilder sich in ihrem Kopf formten. Sie roch den Schweiß des kämpfenden Pferdes, hörte aus weiter Ferne sein verzweifeltes Wiehern und saugte immer noch fester, um die Quelle ihres Rausches bis zur Neige auszukosten.

❧

Luovana bückte sich. Der Anblick des sich windenden Pferdes, das der Pein zu entkommen suchte, verursachte ihr Übelkeit. Sie wählte einen Stein, der nicht zu schwer war, holte aus und schleuderte ihn hinunter in den Felsenhof. Lursa wirbelte herum. Luovana sah das dunkle Blut, das über Lursas Kinn hinab auf ihr rotes Gewand tropfte. Sie schüttelte sich. Diese finsteren Rituale waren nicht ihre Sache.

»Was willst du hier?« Lursa rieb sich wütend den Schenkel, wo der Stein sie getroffen hatte. »Dies hier ist nicht der Ort, an dem Frauen wie du sein sollten.«

»Laß von den Pferden ab, Lursa, und geh.«

Ein hartes Lachen erklang durch den Felsenhof.

»Macht meine kleine Schwester sich Sorgen?« Lursa nahm ein Ende ihres Umhangs und wischte damit das Blut von ihren Lippen. »Komm doch herunter und versuche einen Schluck von diesem köstlichen roten Saft. Du wirst sehen, er wird dich berauschen.« Sie kniff die Augen zusammen. »Oder machst du dir vielleicht gar keine Sorgen um mich, sondern nur um die Pferde?«

»Du hast es erraten«, erwiderte Luovana. »Und um die beiden Reiter, die draußen über das Schneefeld irren.«

»Wenn du die Pferde haben willst, mußt du sie dir holen. Spring herunter in diesen Kessel.« Lursa lachte böse. »Die Göttin wird sich freuen, dich an ihrem heiligen Ort begrüßen zu dürfen.«

»Nein.« Luovana schüttelte den Kopf. »Ich werde diesen Boden niemals betreten, aber du wirst die Pferde gehen lassen.«

Lursa bückte sich nach ihrem Dolch. »Und wie willst du mich davon überzeugen?«

»Hiermit!« Luovana hob den gespannten Bogen und zielte. »Ich würde ungern meine eigene Schwester töten.«

»So weit würdest du nicht gehen. Nicht wegen zwei Pferden.« Lursas Stimme hatte einen drohenden Ton angenommen.

»Zwinge mich nicht dazu. Binde das Pferd los und treibe es mit dem anderen zusammen hinaus auf den Paß zu«, rief Luovana, während sie die Sehne noch ein Stück weiter spannte.

»Du bist die Hüterin des Feuers, die Gwenyar würden dich holen, wenn du mich tötest.«

»Schon möglich.« Luovana ließ den Pfeil los. Zischend landete er vor Lursas Fuß. »Sei gewiß, der nächste trifft.«

Lursa trat wütend nach dem Pfeil und wandte sich dem Wallach zu. Sie löste die Zügel des Fuchses von dem Stein und schnitt ihm mit dem Dolch die Fußfesseln durch. Aufmerksam beobachtete Luovana jeden Handgriff ihrer Schwester. Lursa war zu allem fähig, wenn sie einen Dolch in der Hand hielt.

»Gut, und jetzt treib die Pferde raus. Ich werde sie mit Aysar am Rande des Kessels abholen.«

Luovana wartete noch, bis die Tiere den Felsenhof verlassen hatten, dann erst senkte sie den Bogen. Mit schnellen Schritten kletterte sie von dem Felsvorsprung wieder hinauf zu dem Hügel, wo sie Aysar zurückgelassen hatte.

»Du weißt, daß du sie nicht schützen kannst. Sie sind der Göttin geweiht«, rief Lursa ihr nach und warf den Dolch zornig gegen eine der Felsenwände, so daß er klirrend zu Boden fiel.

»Vielleicht«, murmelte Luovana leise, als sie sich auf den Rücken ihrer Stute schwang. »Vielleicht kann ich es wirklich nicht.«

3

»Bei allen Heiligen, was ist das?« Faramund blieb stehen. Am Fuß der Felsen hatten sich Schatten bewegt, die langsam auf das Schneefeld hinaustrabten.

»Ein Reiter, der uns unsere Pferde zurückbringt«, bemerkte Bruno von Falkenstein.

»Findet Ihr das nicht ungewöhnlich? Was ist das für ein seltsames Ritual, bei dem uns erst die Pferde gestohlen und dann zurückgebracht werden?«

Der Ältere zuckte mit den Schultern. Er mußte Faramund recht geben, aber er hatte nichts dagegen einzuwenden, wieder auf seinen Fuchs zu steigen. Er war es nicht mehr gewohnt, so lange zu Fuß zu gehen. Bruno beobachtete den schmächtigen Reiter. Mit einer solch zarten Gestalt konnte man ohne große Mühen handelseinig werden, falls an die Rückgabe der Pferde eine Bedingung geknüpft war. Eine Ahnung erwachte in dem Ritter und verdichtete sich mehr und mehr zur Gewißheit, je näher der Fremde kam.

»Es ist eine Frau«, flüsterte Bruno. Höflich deutete er eine Verbeugung an. »Seid mir gegrüßt, Fremde. Ich bin Bruno von Falkenstein, und das ist mein Gefährte Faramund von Hohenfels. Wir sind friedliche Reisende aus dem fernen Burgund.«

Die Fremde nickte. »Mein Name ist Luovana. Ich bringe Euch Eure Pferde zurück. Ich fand sie oben in den Bergen.« Sie reichte Bruno die Zügel. »Soweit ich es beurteilen kann, ist ihnen nichts geschehen.«

»Wir danken Euch«, sagte der Ritter und trat zu seinem Fuchs.

Er tastete den Leib des Wallachs ab und prüfte, ob Sattel und Zaumzeug noch richtig saßen. Freundschaftlich tätschelte er den Wallach unter der Mähne. Doch das Tier warf unruhig den Kopf in die Höhe. Irritiert zog er die Hand fort, sie war blutverschmiert. Sofort untersuchte er den Hals des Pferdes und entdeckte die Schnittwunde.

»Es ist nicht gefährlich, es wird wieder heilen«, bemerkte die Fremde.

»Es wird wieder heilen? Ist das alles, was Ihr dazu zu sagen habt?« Der Ritter hob fragend die Brauen.

»Habt Geduld, ich werde Euch alles erklären, wenn die Zeit dafür gekommen ist. Wenn Ihr wollt, seid meine Gäste. Ich lade Euch ein, bei mir von Eurem beschwerlichen Weg auszuruhen und neue Kräfte zu schöpfen.«

Bruno warf Faramund einen kurzen Blick zu, bevor er antwortete. Der Junge hatte ebenfalls seinen Wallach abgetastet, doch dem Tier schien nichts zu fehlen.

»Wir nehmen Euer Angebot gerne an«, sagte er. »Ein warmes Feuer verschmäht hier draußen niemand, und ich bin wirklich gespannt, was Ihr mir zu sagen habt.«

»Ihr werdet Eure Antwort bekommen, doch jetzt sollten wir uns eilen. Ich hoffe, Euer Mut, mir zu folgen, ist genauso ausreichend wie die Kraft Eurer Pferde.«

»Worauf ihr zählen könnt«, erwiderte Bruno und schwang sich in den Sattel. »Wo reiten wir hin?« fragte er.

Luovana schaute auf. »Zu den Bergen. Ich bringe Euch zur Flammenburg, zur Hüterin des Feuers.«

Bruno hörte, wie Luovana ein unverständliches Wort flüsterte, und sah, wie das graue Pferd kurz darauf in einen schnellen Galopp verfiel. Das Tier flog mehr über den Schnee, als daß es lief, und in dem grauen Licht wurde es bald zu einem fliehenden Schatten, der auf die Berge zueilte. Er würde Mühe haben, mit seinem Fuchs zu folgen.

»Bruno, sagt der edlen Dame, daß ich ein Pferd reite und keine Bergziege«, rief Faramund und blickte angstvoll in den Abgrund, der sich rechts von ihm auftat. Der Braune stolperte unsicher über den Geröllpfad, der sich endlos in die Höhe zu winden schien. Sie folgten einem schmalen steinigen Paß, der zwischen Felswand und Abgrund gerade breit genug für einen einzelnen Reiter war. Gottlob gab es hier oben keinen Schnee, dafür sorgte die Wärme, die aus dem Berg zu dringen schien.

»Ich denke, die edle Dame weiß, was sie tut«, brummte Bruno.

»Diese Wärme ist mir unheimlich, was haltet Ihr davon?« fragte Faramund, um sich abzulenken.

»Ich vermute, in der Nähe befindet sich ein Vulkan«, sagte Bruno. »Wahrscheinlich werdet Ihr oben auf dem Gipfel einen Krater entdecken.«

Faramund blickte erwartungsvoll zum Gipfel hinauf, doch er sah nur Luovana, die dort oben wartete.

»Sie hat keine Angst«, sagte er leise. »Das Weib ist mir unheimlich.«

»Faramund, seid nicht ungerecht, warum sollte sie Angst haben, sie kennt schließlich den Weg.«

»Fragt sich nur welchen Weg, den zur Hölle oder einen anderen?«

»Ihr stellt zu viele Fragen«, entgegnete der Ältere und konzentrierte sich wieder auf den Pfad vor sich.

»Für den Anfang waren Eure Pferde ja recht mutig«, hörte Faramund Luovana rufen, als er gemeinsam mit Bruno die letzte Biegung des Pfades hinter sich ließ. Vor ihnen erstreckte sich ein Hochplateau, das von langgezogenen schwarzen Hügelketten umgeben war. Große Felsblöcke lagen herum, als hätten ein paar übermütige Riesen sich im Steinwurf geübt.

»Es gibt Reiter, die niemals hier oben ankommen«, erklärte Luovana.

Bruno blickte besorgt auf das Schneefeld weit unter ihnen.

»Das glaube ich gern«, sagte er leise. »Müssen wir auf der anderen Seite wieder hinunter, um zu dieser Flammenburg zu kommen?«

»Nein.« Luovana schüttelte den Kopf. »Wir reiten jetzt an der dampfenden Quelle vorbei, zur Wasserhöhle. Dahinter liegt der Burgweg.«

»Sieht aus, als hätte jemand mit viel Mühe Kanten und Risse in die Steine hineingemeißelt.« Faramund hielt einen Finger an einen mannshohen Felsbrocken zu seiner Linken. »Scharf wie die Klinge eines Schwertes.«

»Dieses Gebirge ist ein heiliger Ort, es wurde vom Feuer der Erde erschaffen«, erklärte Luovana. »Das Feuer hat alles nach seinem Wunsch geformt.« Sie lächelte Faramund an und wendete die Stute. Kurz darauf war sie hinter einem der unförmigen Felsen verschwunden.

»Wir sollten Ihr folgen«, drängte Faramund, als er sah, daß Bruno keinerlei Anzeichen machte, seinen Fuchs anzutreiben. »Immerhin ist sie unsere einzige Hoffnung auf einen saftigen Braten und guten Wein.«

Bruno schaute sich langsam um und wandte sich dann an Faramund. »Wenn ich Euch einen Befehl gäbe, junger Freund, würdet Ihr ihn befolgen?« fragte er leise. »Sagt rasch,« drängte er, »würdet Ihr mir gehorchen?«

Faramund nickte zögernd. Er konnte dieser plötzlichen Ernsthaftigkeit von Bruno nichts abgewinnen. Wollte er ihn auf die Probe stellen? Dafür war wohl kaum der rechte Zeitpunkt, wenn sie die Frau dadurch aus den Augen verlieren würden.

»Was soll das für ein Spiel sein, Herr von Falkenstein. Ich verstehe nicht recht, was Euch bedrückt. Wäre es nicht besser, wir würden der Dame folgen und diese Unterhaltung später fortsetzen?« Er betrachtete das strenge Profil des Schwertmeisters, der ihn jedoch überhaupt nicht zu hören schien. Jeder Muskel an dem Älteren schien gespannt zu sein.

»Wenn ich Euch ein Zeichen gebe, dann springt

von Eurem Pferd herunter und geht in Deckung. Habt Ihr verstanden?«

»Was?« Faramund hob erstaunt die Brauen.

»Fragt nicht, tut, was ich Euch sage! Jetzt!«

Der Ritter riß mit Schwung sein Pferd herum und zog dabei sein Schwert.

Ein leises Zischen zerriß die Stille, und der mächtige Fuchswallach des Schwertmeisters bäumte sich wiehernd auf. Ein rotgefiederter Pfeil bohrte sich in den Pferdehals. Faramund sprang aus dem Sattel des Braunen und versteckte sich hinter dem nächsten großen Stein. Er sah, wie Bruno gerade noch rechtzeitig aus dem Sattel kam, bevor das schwere Pferd den Halt verlor und zu Boden stürzte.

»Der Pfeil kam von den Hügeln«, rief Bruno, der sich neben ihn in die Deckung rollte. »Könnt Ihr etwas sehen?«

Faramund flog mit den Augen flüchtig über die nahen Gipfel und schüttelte den Kopf. Der Fuchs vor ihnen keuchte schmerzerfüllt und versuchte vergeblich den Kopf zu heben. Faramund wandte den Blick ab und schaute wieder zu den Hügeln. Er konnte den Anblick des blutigen Tieres nicht ertragen. Auf einem der Felsbrocken unweit von den Hügeln entfernt, stand eine Frau zu deren Füßen ein großer Adler saß. Sie hielt einen langen Bogen gespannt und zielte genau auf ihn, ließ die Sehne jedoch nicht los, sondern stand nur da, wie in Stein gehauen. Faramund wagte nicht zu atmen.

»Sie ist eine Jägerin«, flüsterte Bruno von Falkenstein.

Faramund wollte zustimmend nicken, unterließ es aber, weil er fürchtete, eine Bewegung von ihm würde diese geheimnisvolle Gestalt zum Leben erwecken. Es gehörte nicht viel dazu zu wissen, daß der Pfeil, der auf ihn gerichtet war, einmal abgeschossen, sein Ziel nicht verfehlen würde.

»Sagt der Hüterin des Feuers, daß die Göttin ihr Opfer erwählt hatte.« Eine tiefe Frauenstimme klang über das Plateau und hallte gespenstig von den schwarzen Hügeln zurück.

Leichtfüßig sprang sie von dem Stein herab, duckte sich rasch und war hinter den Felsen verschwunden, noch ehe Bruno auf seinen Beinen stand. Faramund atmete auf. Die Frauen hier waren anders als in Worms.

»Euer Pferd ist tot«, sagte Luovana. Sie zog den Pfeil aus dem Hals des Tieres und richtete sich auf. »Die Spitze ist vergiftet.«

»Vergiftet? Was geht hier vor?«

Luovana wandte den Blick ab. Sie konnte dem Fremden unmöglich die Wahrheit sagen. Sie hatte geahnt, daß Lursa sich die Pferde nicht würde nehmen lassen. Wenn sie den Burgweg nicht vor der Nacht erreichten, hatte auch der Junge keine

Chance, sein Pferd zu behalten. Lursa war eine gute Jägerin, besonders wenn sie für die Göttin jagte.

»Ihr seid mir eine Erklärung schuldig.« Brunos Stimme klang eisig. »Ich weiß nicht, wie es Euch mit Euren Pferden ergeht, aber dieser Wallach war mein Gefährte, der mich seit Jahren Tag und Nacht begleitet hat.«

»Ich habe das Pferd wiehern hören und bin zurückgekommen, so schnell ich konnte«, entschuldigte sich Luovana. Sie hatte nicht damit gerechnet, daß Lursa so rasch angriff. Weiter oben in den Bergen, kurz vor der Wasserhöhle war die Gelegenheit für eine solche Attacke eigentlich günstiger als hier auf dem Hochplateau. Lursa war eben unberechenbar in dem, was sie tat.

Allerdings war Luovana nicht sicher, wie sie sich bei einem weiteren Angriff verhalten sollte. Den Bogen auf Lursa richten und zielen? Daß sie es vorhin in dem schwarzen Felsenhof gewagt hatte, war mehr Taktik als wirklicher Kampf gewesen. Luovana wußte, daß Lursa niemals den Bogen mit zu ihrer Opferstätte nahm und daß sie nicht an diesem dunklen Ort sterben wollte. Aber sich hier zwischen den Felsen einen offenen Kampf mit Lursa zu liefern war zu gefährlich.

»Es geht nicht darum, ob Ihr zurückgekommen seid!« Der Ritter ließ nicht locker. »Wer ist diese Frau, die mein Pferd getötet hat, und warum rief sie: Die Göttin hat ihr Opfer erwählt?

»Hört, edler Herr.« Luovana spürte die Wut und die Trauer des Ritters, doch es ging ihm nicht nur um das tote Pferd. Da waren dunkle Schatten um ihn herum, die schwer auf seiner Seele lasteten. Luovana konnte diese Schatten nicht wirklich sehen, aber sie fühlte, daß der Ritter eine tiefe Verzweiflung in sich trug. Sie betrachtete ihn genauer. Um seine Lippen lag ein finsterer Zug, eine Härte, die sie verletzte. Vielleicht eine verlorene Liebe, dachte sie. Irgend etwas hatte das Herz des Ritters verwundet.

»Ich kann Euren großen Schmerz und Euren Zorn verstehen«, sagte Luovana. »Ich versprach Euch, alles zu erklären. An dieses Versprechen werde ich mich halten, doch glaubt mir, hier ist weder der rechte Ort, noch ist jetzt die rechte Zeit dazu.«

Sie schaute hinauf zu den Hügelketten. Pyros, der Adler, umkreiste langsam und in majestätischer Gleichmut die nahen Gipfel. Auf weiten Schwingen segelte er durch die Luft und beobachtete alles, was auf dem Hochplateau geschah. Lursa war also noch in der Nähe. Sie würde nicht eher ruhen, bis sie auch das andere Pferd für die Göttin erstritten hatte.

»Wir müssen weiter«, drängte Luovana. »Vertraut mir.«

»Warum sollten wir das tun?« Der junge Ritter war zu seinem Pferd getreten und tätschelte gelassen dem Tier den Hals.

Luovana mußte lächeln und wandte sich ab, weil sie nicht wollte, daß der Junge es sah. Sie spürte die

Anstrengung, die es Faramund kostete, seine zitternden Glieder zu verbergen, und sie wollte ihn in dem Glauben lassen, daß es ihm gelang.

»Es war schließlich eine Frau, die das Pferd getötet hat.« Faramund schwang sich auf den Rücken des Braunen.

»Sie wird dafür bestraft werden«, entgegnete Luovana leise. Allerdings lag es nicht in ihrer Macht, Lursa zu verbieten, der dunklen Seite der Göttin zu opfern.

»Ihr kennt sie?«

Luovana spürte den forschenden Blick des Ritters.

»Ja, und ich werde mich ihrer annehmen, wenn ich Euch in der Burg in Sicherheit weiß.«

»Wollt Ihr damit sagen, daß wir ausgerechnet Eures Schutzes bedürfen? Gegen ein Weib, das mit dem Teufel im Bunde steckt?« Faramunds Stimme hatte nun wieder einen festen Klang, als hätte ihn nie etwas aus der Ruhe gebracht.

Er scheint das Abenteuer mit Lursa schon vergessen zu haben, dachte Luovana. Sie würde einen Kampf verhindern müssen, sonst würde wahrscheinlich nicht nur Faramunds Pferd getötet werden.

Luovana schaute von einem zum anderen, während sie ihrer Stute das graue Fell streichelte. »Es ist sinnlos, hier oben in den Bergen gegen Lursa zu kämpfen. Ihr habt nicht die geringste Chance.« Sie wandte sich an den Älteren. »Glaubt mir, sie ist eine gute Kämpferin, eine der Besten.«

»Ihr wollt uns beleidigen?« Faramund schnaubte und riß dem Braunen ungeduldig am Zügel. »Das werden wir ja sehen.«

»Laßt ab von der Idee, Faramund, es würde Euch den Tod bringen. Sie hat recht.« Bruno hielt den Braunen zurück. »Bedenkt, daß sich ein Schwert mit kaltem Blut besser führen läßt als mit kochendem. Eure Jugend schenkt Euch zwar Kraft und Ausdauer, doch erst das Alter verleiht einem das Wissen um den richtigen Zeitpunkt für einen Kampf. Wir sollten der Dame folgen, Faramund.«

»Ihr wollt es einfach so hinnehmen, daß irgendeine Teufelin Euer Pferd tötet?«

»Sie wird Ihrer Strafe nicht entgehen.«

»Wer sollte diese Teufelin strafen, wenn nicht wir? Mir scheint, dieses Weib da vorn«, er deutete auf Luovana, »hat Euch verzaubert.«

»Habt Geduld, junger Freund. Alles zu seiner Zeit!«

Luovana schwang sich auf den Rücken ihrer Stute und sah, wie der Ritter sich niederkniete und von seinem toten Pferd Abschied nahm. Er strich ihm sanft über die Nüstern, über die schmale Blesse bis hinauf zu den Ohren. Nur sehr langsam richtete er sich wieder auf.

Diese Zärtlichkeit für ein Tier rührte Luovana. Der Ritter war anders als die fremden Männer, die sonst aus dem Süden hier heraufkamen. Seine Trauer verlieh ihm etwas Empfindsames und Zartes. In ihr erwachte der Wunsch, ihm die dunklen Schatten von der Seele zu nehmen und ihn lachen zu sehen. Sie überlegte, wie sein Gesicht wohl aussah, wenn er glücklich war.

Luovana warf einen Blick auf Faramund. Sein trotziges Antlitz verriet, daß er wohl noch nicht lange die Würden eines Ritters trug. Jedes Gefühl, das ihn beherrschte, ließ sich mühelos an seinen Augen ablesen, er hatte sich selbst noch zu wenig unter Kontrolle. Faramund wäre ein leichtes Opfer für Lursa; es würde sie bei ihren Fähigkeiten nicht einmal eine Anstrengung kosten, ihn der Göttin zu opfern.

»Ihr könnt mit mir gemeinsam auf Aysar reiten«, sagte Louvana leise zu Bruno und reichte ihm die Hand.

Sie ritten weiter in die Berge, bis sie zu der dampfenden Quelle kamen. Dort hielt Luovana die Stute an und sprang auf den Boden. Sie nahm Lursas Pfeil, den sie in ihren Köcher gesteckt hatte, und wandte sich an den Ritter.

»Wartet hier, es wird nicht lange dauern.«

Sie trat nahe zu der heißen Quelle. Warm und feucht strich der aufsteigende Rauch über ihre Haut. Luovana hielt den vergifteten Pfeil genau so, daß der Dampf ihn einhüllte.

Sie überlegte einen Augenblick, dann flüsterte sie langsam den Vers der Reinigung. Die Worte der alten Sprache waren schwer, und sie bemühte sich, keinen Fehler zu machen, damit die Göttin sich ihrer annahm. Mit dem letzten Wort ließ sie den Pfeil in das brodelnde Wasser fallen und trat rasch einen Schritt zurück. Roter Schaum bildete sich am Rand der Quelle, und laut zischend fuhr ein heißer Wasserstrahl in die Höhe. Faramunds Brauner scheute.

»Keine Angst«, sagte Luovana, »es geschieht Euch nichts.« Sie fühlte, daß der ältere Ritter sie aufmerksam beobachtete, und lächelte. »Der Pfeil ist vernichtet, er wird niemanden mehr verletzten.« Sie warf noch einen Blick auf die Quelle. Das Wasser hatte wieder seine ursprüngliche Farbe, der Rauch war wieder weiß. Sie trat zu ihrer Stute. »Ich kann Euch Euer Pferd nicht zurückgeben, aber der Segen der Göttin wird von nun an mit Euch sein. Ich habe sie um Schutz gebeten.«

Bruno nickte und reichte ihr nun seinerseits die Hand. Luovana nahm sie und schwang sich wieder auf Aysar. »Wir reiten jetzt zur Wasserhöhle«, sagte sie und schaute zum Himmel empor. Sie hatten nicht mehr viel Zeit.

Bruno fühlte sich nicht besonders wohl. Er saß hinter Luovana auf der grauen Stute und meinte, diesem schmalen Tier mit einem einzigen Druck seiner Schenkel die Rippen brechen zu können. Wie mächtig und majestätisch hatte dagegen sein Fuchs gewirkt. Er schaute sich um. Durch einen kantigen Riß in der Höhlendecke fielen nur spärliche Lichtreste in die Grotte, die sie schon vor einer Weile betreten hatten. Die Luft war feucht und ein wenig kühler als draußen zwischen den warmen Felsen. Ein leises Geräusch von fließendem Wasser hüllte Bruno ein, es schien von überall zu dringen. Plötzlich machte die Stute einen kleinen Sprung, und Bruno sah, daß sie nun auf einem nassen Holzsteg stand, der gerade breit genug für einen einzelnen Reiter war und der wie ein Pfad durch diese Höhle führte.

»Dieser Steg ist wie eine Brücke, die nicht der Breite nach, sondern der Länge nach über einen Fluß gebaut ist«, erklärte Luovana. »Er wurde angelegt, damit die Pferde nicht durch das Wasser laufen müssen.«

»Es gibt also einen Fluß, der durch die Höhle führt?«

Luovana nickte. »So könnte man es sagen.«

Bruno sah, daß links und rechts neben ihm steile, glatte Wände emporragten, an denen unaufhörlich Wasser herunterrann. Hinter ihnen ritt Faramund, der leise vor sich hinfluchte.

»Ist dies der einzige Weg, um zu dieser Burg zu gelangen?« Bruno hielt sich an Luovana fest, denn die kleine Stute rutschte hin und wieder über die nassen Planken.

»Ja, aber sprecht jetzt nicht. Dies ist ein Ort des Schweigens. Der Höhlenbewohner liebt es nicht, wenn seine Ruhe gestört wird.«

»Höhlenbewohner?« fragte Bruno leise; verstummte aber, als Luovana ihm keine Antwort gab. Er wandte sich um und machte Faramund ein Zeichen, auch zu schweigen, doch der junge Ritter mißverstand ihn und griff in Erwartung eines nahenden Feindes nach seinem Schwert. Bruno schüttelte den Kopf; es war sinnlos, von einem jungen Heißsporn etwas anderes zu erwarten.

Bruno überließ sich wieder seinen Gedanken. Er versuchte sich den Bewohner dieser Grotte vorzustellen, kam aber bald zu dem Schluß, daß es ihm an Phantasie mangelte, sich eine Gestalt auszudenken, die einem solch feuchten, unbehaglichen Ort den Vorzug vor einem warmen Kaminfeuer geben konnte. Wahrscheinlich waren das alles nur irgendwelche alten Geschichten, die sich die Menschen von diesem Ort erzählten, und niemals hatte einer von ihnen diesen Höhlenbewohner gesehen. Bruno nahm sich vor, Luovana danach zu fragen, wenn sich die Gelegenheit dazu bot. Zu der dampfenden Quelle würde sie ihm auch noch einiges erklären müssen. Es mußte ein mächtiger Zauber sein, der dort am Werke war.

Das Licht in der Höhle wurde immer schwächer. Nur das Rauschen des Wasser blieb als einzige Orientierung, aber die Stute schien den Weg über den hölzernen Steg auch im Dunkeln zu kennen.

Seine Hände lagen immer noch auf den Hüften der Frau. Es war ein schönes Gefühl, ihren Körper in dieser feuchten Finsternis so nah zu spüren. Warme Wellen flossen durch seine Adern und riefen in ihm eine längst verloren geglaubte Sehnsucht wach.

Erschrocken nahm er die Hände zurück. Diese Frau war nicht Genovefa. Genovefa war tot. Es war sinnlos, sich solch marternden Träumen hinzugeben.

Bruno schaute auf. Der Pfad verlief in einem scharfen Bogen, und in der Finsternis vor ihnen erwachte ein rotes Licht, das immer stärker wurde und die nassen Wände schimmern ließ. Bruno dachte an ein Märchen, das er einmal gehört hatte. Der Held der Geschichte war bei seinen Abenteuerfahrten geradewegs in das aufgesperrte Maul eines riesigen Drachen hineingeritten. So ähnlich fühlte Bruno sich. Eine dumpfe stickige Wärme schlug ihnen entgegen und brannte unangenehm in der Kehle.

Dies hier ist keine alte Geschichte, dachte er. Was, wenn dort wirklich ein Drachen sein Maul aufsperrte?

Rechts und links neben ihm floß das Wasser immer spärlicher, bis es schließlich völlig versiegte. Die Luft wurde heiß und schwer, Bruno geriet allmählich ins Schwitzen.

Die Stute sprang von den Holzplanken herab und stand wieder auf felsigem Boden. Genau vor ihnen konnte Bruno im roten Glanz die Umrisse des Höhlenausgangs erkennen, doch die Ursache des roten Lichtes, die hinter dem Ausgang lag, gefiel Bruno überhaupt nicht.

»Dort beginnt der Burgweg«, flüsterte Luovana und zeigte auf eine schmale Brücke, die draußen in der Dunkelheit schemenhaft zu erkennen war. Sie schien über einen brennenden Lavastrom zu führen, der sich wie ein riesiger glühender Wurm durch eine breite Schlucht in die Erde fraß. Luovana wandte sich an Faramund. »Glaubt Ihr, daß Euer Pferd über diese Brücke gehen wird?«

»Was fragt Ihr nach meinem Pferd, edle Frau«, erwiderte Faramund, während er wie gebannt auf den feurigen Abgrund starrte. »Fragt lieber, ob ich über dieses Tor zur Hölle hinwegreite.«

»Es bleibt Euch leider keine Wahl, denn bei Nacht könnt Ihr den Weg durch die Wasserhöhle nicht zurückgehen.«

»Wieso nicht?«

»Der Höhlenbewohner würde Euch töten.«

»Wenn ich mich recht entsinne, habt Ihr nicht erwähnt, um was es sich bei dem Burgweg handelt.« Bruno blickte auf den Abgrund. Das flüssige Gestein quoll langsam dahin und bildete dabei hin und wieder rote Blasen, aus denen einzelne Flammen gierig hervorzüngelten. Fast von selbst hatten sich bei diesem Anblick seine Hände wieder um die Hüften der Frau gelegt. »Verzeiht uns unsere Überraschung, wir waren nicht darauf gefaßt.«

»Um Eure Bedenken ein wenig zu zerstreuen, Aysar ist es gewohnt über den Burgweg zu gehen, sie wird nicht scheuen«, bemerkte Luovana und lehnte ihren Rücken an seine Brust, »wenn Ihr ruhig sitzen bleibt, wird Euch also nichts geschehen.«

»Gut, dann laßt es uns versuchen«, erwiderte Bruno mit betont kühler Stimme.

»Aber das könnt Ihr doch nicht wagen«, rief Faramund voller Entsetzen. »Wir werden wie Wildschweine über dem Feuer geröstet, wenn wir über diese Brücke gehen. Wer sagt überhaupt, daß diese Brücke nicht unter uns zusammenbricht?«

Bruno wandte sich zu Faramund, um ihn zu beruhigen. Doch der junge Ritter ließ ihn nicht zu Worte kommen.

»Nein, sagt jetzt nicht, daß es mir an Mut mangelt.« Damit gab er dem Braunen die Sporen und ritt an der Stute vorbei aus der Höhle hinaus. Bruno atmete erleichtert auf, als er sah, wie ruhig und sicher der mächtige Wallach hinaus auf den schmalen Weg zwischen Höhle und Brücke trat. Die Ohren des Pferdes waren aufmerksam nach vorn gerichtet, und vorsichtig setzte es die Hufe voreinander. Es vertraute seinem Reiter. Die Pferde aus dem Burgundenland sind verläßliche Tiere, dachte Bruno. Der Braune würde den Jungen sicher hinüberbringen. Sein Fuchs hätte auch keine Schwierigkeiten gemacht.

»Nein!« Luovana schrie plötzlich auf und trieb

die Stute verzweifelt aus der Höhle hinaus, hinter dem Braunen her.

Bruno hielt sich unwillkürlich an Luovana fest, um den Halt nicht zu verlieren. Ihm stockte der Atem. Die Hitze schlug ihnen wie eine Welle entgegen, als sie die Höhle verließen. Fast hatten sie Faramund eingeholt, als sie den Wallach schmerzerfüllt wiehern hörten. Wild bäumte sich das Tier vor ihnen auf. Über Luovanas Schulter hinweg sah Bruno den rotgefiederten Pfeil, der sich gnadenlos in den Hals des Braunen gebohrt hatte. Faramund verlor das Gleichgewicht und fiel auf den Weg nahe bei dem Abgrund. Der Wallach warf sich herum, um Faramund nicht mit den Vorderhufen zu treffen, und wie von allen Dämonen der Hölle gejagt, floh er in wilder Panik über die Brücke. Als er sie zur Hälfte überquert hatte, verließen ihn jedoch die Kräfte. Er strauchelte und stürzte mit einem schaurigen Wiehern über den schmalen Rand hinab in die rotglühende Tiefe.

Behende sprang Bruno von der Stute und half Faramund aufzustehen. Als er sich umdrehte und in die Richtung schaute, aus der der Pfeil gekommen sein mußte, erkannte er in dem rötlichen Licht die nackten Felsen, die sich über dem Höhleneingang auftürmten.

Direkt oberhalb des Höhlenausgangs saß ein Adler. Ein wenig höher auf einem winzigen Plateau erkannte er die Gestalt einer Frau. Ihr Umhang wehte leicht um sie herum, sie zielte mit dem Bogen auf ihn und lachte. Ein Schauer lief dem Ritter über den Rücken. Alles in ihm schrie nach Rache. Dieser Giftnatter gäbe er mit Freuden den Tod.

»Wie ich sehe, habt ihr kühne Träume von meinem Tod«, rief die Gestalt und lachte wieder. Bruno schluckte. Wie konnte dieses Weib wissen, was er dachte?

»Ich will sie tot vor mir liegen sehen«, schnaufte Faramund und zog sein Schwert.

»Nein!« Auch Luovana war von der Stute gesprungen. »Nein, sie würde Euch töten, noch bevor Ihr ein letztes Gebet gesprochen hättet.«

Sie drehte sich um. »Lursa«, rief sie, »die Opfer für die Göttin sind nun vollbracht. Geh, denn jenseits der Brücke endet deine Macht.«

Die andere lachte wieder und nahm den Bogen herunter. »Keine Angst, ich werde nicht über den Burgweg gehen. Noch nicht, Schwester. Aber sei gewiß, ich werde kommen.« Sie deutete eine spöttische Verbeugung an und verschwand zwischen den drohenden Schatten der Felsen.

»Sie ist des Todes«, flüsterte Faramund und steckte widerwillig sein Schwert weg.

»Das sind wir alle«, bemerkte Luovana leise und trat zu ihrer Stute. »Es ist nur eine Frage der Zeit.«

4

Luovana stand am Kamin und schaute in die Flammen. Sie liebte die weiche rote Farbe des Feuers. Die Flammen besaßen eine eigene Sprache, die Luovana von den Gwenyar gelernt hatte. Jedes einzelne Flackern war Teil eines großen Reigens, der ein Bild ergab. Das alte Volk vermochte in dem Feuer ganze Geschichten und Ereignisse zu lesen, solche, die schon vergangen waren, und solche, die noch geschehen würden. Luovana nahm das Schüreisen, um die Glut ein wenig zueinanderzuschieben, und dachte dabei an den Ritter. Bruno von Falkenstein war ein ungewöhnlicher Mann. Es war nicht nur seine Traurigkeit, die sie tief beeindruckte. Seine hochgewachsene Erscheinung und die hellen Augen unterschieden ihn von den Männern dieser Gegend, die zumeist von eher zarter Gestalt waren. Seine Stimme war von einem samtigen Dunkel, so daß die wenigen Worte, die er gesprochen hatte, einen seltsamen Zauber auf sie gelegt hatten. Luovana seufzte leise. Sie wünschte sich sehnlichst, daß der Ritter zu ihr käme, um sie in seine Arme zu schließen.

Das Flackern der Flammen wurde gieriger. Luovana fühlte, wie das Feuer wärmer wurde, und schaute gebannt auf das züngelnde Orangerot. Ein seltsames Bild entstand in ihrem Kopf. Es schimmerte zuerst wie Mondlicht, das durch lange Baumschatten fiel. Dann wurde es klarer: Sie erkannte deutlich einen Fluß, einen breiten dunklen Strom, auf dem sich das Mondlicht kräuselte. Sie sah einen Mann am Ufer stehen. Er trug eine leblose Frau in einem weißen Gewand auf dem Armen. Er weinte. Nur langsam löste er sich aus seiner Starre und ging vorsichtig mit der Toten in das Wasser. Er drückte die zarte Frauengestalt immer wieder an sich und küßte sie, als könne er sie damit ins Leben zurückholen. Als er bis zu den Hüften im Wasser stand, schrie er verzweifelt auf und schaute mit schmerzverzerrtem Gesicht hinauf zum Mond. Endlich gab er die Tote frei, ließ sie sanft in die Tiefe hinabgleiten, und der Fluß nahm sie mit sich fort. Gleich darauf schrie der Mann wieder auf, versuchte noch nach der Frau zu greifen, doch es war zu spät.

Luovana löste den Blick von den Flammen und wandte sich um. Erschöpft griff sie sich an die Schläfen. Ihr Kopf brannte, und ein wilder Schmerz bohrte sich ihr ins Herz. Solch traurige Bilder hatte sie noch nie gesehen, sie konnte es sich nicht erklären, doch plötzlich wußte sie, was diese Bilder bedeuteten. Bruno von Falkenstein hatte seine Geliebte verloren, ihn hatte sie dort am Fluß gesehen. Sie schauderte vor diesem Schmerz. Wenn er doch nur zu ihr käme, dachte sie.

Sie griff nach dem silbernen Kelch, der unweit von ihr auf dem Tisch stand. Ein süßer schwerer Geruch stieg ihr entgegen und belebte ihre Sinne. Wein, dachte sie, so rot wie das Blut, das Lursa trank, wenn sie der Göttin opferte. Einzig durch das Feuer ließe sich der wesentliche Unterschied feststellen. Der Wein würde schimmern, hielte man ihn in einem Kristallgefäß vor die Flammen, das Blut aber bliebe bei der Berührung mit dem warmen Licht dunkel und schwer.

Luovana stellte den Becher wieder ab und ging zum Fenster hinüber. Der brennende Lavaring, der ihre Burg umschloß, warf sein leuchtendes Schimmern gen Himmel und schützte sie vor den dunklen Mächten, vor der Kälte und dem Schnee. Lursa besaß diesen Schutz nicht mehr. Sie hauste mit

Pyros, dem Adler, draußen in den Bergen irgendwo in einer Höhle. Verlassen von der Weisheit des Lichtes lebte sie mit den Schatten, mit Kälte und Tod. Dennoch war Lursa ihr manchmal sehr nahe. Dann hörte Luovana plötzlich wieder das laute, helle Kinderlachen der älteren Schwester, wenn sie gemeinsam über die langen Flure der Burg gelaufen waren. Lursa hatte diese Wettrennen zumeist gewonnen. Sie war die Stärkere, und sie war wunderschön. Luovana hatte sie um ihre Kraft beneidet und darum, wie schnell sie die Magie lernte, fast so, als sei auch das nur ein Spiel für sie. Niemand hatte je daran gezweifelt, daß Lursa nach dem Tode ihrer Mutter die Hüterin des Feuers werden würde. Sie war die Auserwählte!

Dann war alles ganz anders gekommen. An einem finsteren Tag, an dem die Sonne nicht aufzugehen schien, hatten die Priesterinnen des alten Volkes Lursa eine Prüfung gesandt. Luovana wußte nicht genau, was draußen in den schwarzen Bergen geschehen war. Sie erinnerte sich nur an einen rotgoldenen Feuerball, der das graue Licht zerriß und leuchtend in den Himmel gefahren war. Sie hatte ihn von diesem Fenster aus gesehen, und dann waren die Priesterinnen zu ihr gekommen.

Luovana seufzte und ging zurück zum Kamin. Die Göttin bedachte die Frauen oft mit unerklärlichen Prüfungen. Sie schickte ihnen Aufgaben, deren Sinn sich nicht erklären ließ.

Die Gwenyar hatten ihr den Rubin gegeben und erklärt, daß Lursa nun nicht mehr in die Burg zurückkäme, daß ihr Weg ein anderer sei, den sie draußen in den Bergen allein gehen mußte. Luovana war bestürzt und traurig gewesen, so rasch nach dem Tod der Mutter auch ihre Schwester zu verlieren. Sie fühlte sich verlassen und hilflos. Doch die Priesterinnen blieben eine Weile bei ihr und brachten ihr bei, was sie als Hüterin des Feuers wissen mußte. Sie lehrten sie, der Göttin zu dienen, lehrten sie die alten Mythen und Riten von der Liebe, dem Glanz und des Feuers. Sie übten mit ihr Bogenschießen und versuchten auch, ihr die Kraft der Magie zu vermitteln. Aber Luovana war nicht wie Lursa, die schon als junges Mädchen Ewigkeiten damit zubrachte, kleine Gegenstände mittels ihrer Gedanken bewegen zu können. Magie war noch nie ihre Stärke gewesen. Sie hielt nichts davon, andere Menschen durch eine geheimnisvollen Macht zu beeinflussen. Es lag eine Verlockung darin, die sie fürchtete, weil sie sich eingestehen mußte, daß ihr selbst nicht gerade wohl bei dem Gedanken war, von einem anderen verzaubert zu werden.

Luovana griff wieder nach dem silbernen Kelch und betrachtete den dunklen Wein darin. Lursa hatte ihre Prüfung nicht bestanden. Luovana wußte, daß die Priesterinnen auch ihr eines Tages eine schwere Aufgabe stellen würden. Dann mußte sie beweisen, ob sie würdig war, den Rubin zu tragen.

Aber der Weg des Lichtes und der Weg der Dunkelheit waren nicht weiter voneinander entfernt, als eine Dolchklinge breit war, denn in beiden Wegen lebte dieselbe Macht.

»Darf ich eintreten?« Bruno schaute auf die Frau am Fenster. Sie stand dort, tief in Gedanken versunken in einem roten Samtkleid, das ihre schmale Gestalt unterstrich. An einem langen Lederriemen hing ein Rubin von der Größe eines Hühnereis, und in den Händen hielt sie einen silbernen Becher.

Luovana hob überrascht die Augen und nickte freundlich.

Bruno trat näher, ohne den Blick von ihr wenden zu können. Ihre roten Haare, die bisher sorgsam unter der großen Kapuze ihres Umhangs verborgen waren, fielen nun in wilden Locken über ihre Schultern, daß es ihm den Atem verschlug. Edle Frauen von Stand hatten ihre Haare zu bändigen und wenn nötig mit einem Schleier zu bedecken. Luovana verstieß gegen viele Sitten, wenn sie ihn allein mit einem Blick und einer wilden ungezähmten Lokkenpracht aus der Fassung brachte. Sie ist so anders als Genovefa, dachte er. So voller Kraft und Tatendrang, wie er es nie zuvor bei einer Frau gesehen hatte. Es reizte ihn, in ihrer Nähe zu sein, und doch war sie ihm auch unheimlich.

»Das ist also die Flammenburg«, sagte Bruno. Ihr schweigend gegenüberzustehen verwirrte ihn. Er war aber auch kein Knappe mehr, der sich von seiner eigenen Unbeherrschtheit hinreißen ließ. »Und diese Burg ist wirklich ganz und gar von dem Lavastrom umgeben?«

»Ja, es ist ein Ringkrater. Das ganze Gebirge ist von dem Vulkan durchzogen. Er schützt uns vor ...« Luovana hielt inne und fuhr dann zögernd fort. »Nun, wir haben gelernt, ihn zu lieben.«

Bruno nickte und nahm den silbernen Kelch, den sie ihm reichte. »Ihr trinkt roten Wein?« fragte er erstaunt, als er gekostet hatte. »Woher habt ihr ein solch edles Getränk?«

»Eines unserer Schiffe brachte drei Fässer von seiner letzten Fahrt mit.«

Bruno nickte und nahm noch einen tiefen Schluck. Der Wein war warm, er hatte einen vollen runden Geschmack, der schwer auf seiner Zunge lag. Lange hatte ihm niemand mehr eine solche Kostbarkeit gereicht.

»Verzeiht, aber werden wir die Ehre haben, die Hüterin des Feuers kennenzulernen? Eine Dienerin, die mich in mein Zimmer führte, sprach davon, daß die Herrin dieser Burg die Hüterin des Feuers genannt wird. Ich würde Ihr gerne meine Aufwartung machen und Ihr mein Schwert anbieten, auf daß sie darüber verfügen möge.«

»Ihr wollt die Hüterin des Feuers kennenlernen?« Luovana machte eine schwungvolle Verbeugung. »Ich bin die Hüterin und nehme Euer Angebot, über Euer Schwert zu verfügen, gerne an.«

Bruno hob erstaunt die Brauen.

»Was überrascht Euch daran?«

»Nun, ich hatte mir Euch nicht so vorgestellt. Verzeiht, ich dachte ...« Bruno brach irritiert ab.

»Die Hüterin des Feuers regiert das Volk nicht, sondern sie lebt inmitten des Feuers, um der Göttin und den Menschen zu dienen.«

Bruno nippte wieder an dem silbernen Kelch. Der Wein war wirklich vorzüglich.

»Dann regiert Euer Gemahl, der König?«

»Nein, es gibt hier keinen Gemahl. Die Hüterin des Feuers erwählt sich einen Mann, der ihr gefällt. Aber ein Mann könnte niemals Wächter des Feuers werden.«

Bruno rang plötzlich nach Luft. Er spürte, wie der schwere Wein schon seine Sinne betäubte. »Dann ist das also Eure Burg?« keuchte er.

»Wenn Ihr so wollt, ist es meine Burg. Obwohl ich eher sagen würde, dieser Ort ist die Heimat des Feuers, und ich lebe in seiner Mitte.« Luovana lächelte.

Bruno fühlte ihren Blick auf sich. Insgeheim sehnte er sich nach den sittsamen Frauen seiner Heimat. Die Damen dort schlugen stets die Augen nieder, wenn ihnen ein Mann begegnete. Sie ließen sich verehren, sie lächelten sanft, aber sie brachten einen Mann nicht in solch eine Lage, indem sie ihn unentwegt anstarrten. Selbst Genovefa, die sich seiner Liebe stets sicher sein konnte, hätte niemals gewagt, ihn so furchtlos anzuschauen.

»Ist Euch nicht gut? Fehlt Euch etwas?«

»Nein.« Bruno räusperte sich. »Nein, es ist nur der Wein, ich vertrage einen so schweren Wein nicht mehr.«

Die Hüterin lächelte. Ihre Lippen waren wie zwei zarte rote Bänder.

Bruno straffte den Rücken. Er würde jetzt gehen. Es war klüger zu erkennen, wann man nicht mehr Herr der Lage war. Der Wein drohte ihm endgültig die Sinne zu verwirren. Alles um ihn herum begann sich zu drehen.

Worms und der Hof König Dankrats schienen so unendlich weit fort zu sein. Genovefa, seine Geliebte, wo war sie? Wo war die Liebe seines Lebens? Wie hatte sie ihn so grausam verlassen können? Er schluckte. Sie war tot. Ein Speer König Dankrats hatte sie versehentlich auf dem Turnierplatz getroffen. Ihr Gewand war voller Blut gewesen. Blut so rot wie der Wein. Bruno schaute in den Becher, er war fast leer.

Warum hörte Luovana nicht auf, ihn anzuschauen? Was wollte sie von ihm? Ihr Blick sank von seinen Augen hinab auf seine Lippen, glitt dann langsam, sehr langsam, tiefer bis zu seinen Stiefeln und wieder zurück. Er fühlte das Blut warm durch seine Adern kreisen und stürzte hastig den Rest Wein hinunter.

»Wie ich sehe, passen Euch die Kleider, die ich Euch bringen ließ«, sagte Luovana und kam zwei kleine Schritte näher. Bruno sah es und haßte sich für die Freude, die er darüber empfand. Warum quälte sie ihn so?

Sanft berührte ihre weiße warme Hand den Ärmel seines Hemdes, strich dann über seine Brust und blieb dort liegen, als habe sie ein Recht dazu.

Bruno schüttelte den Kopf. Sie stand nahe genug, daß er ihren süßen Duft einatmen konnte. Er fühlte plötzlich, wie eine zärtliche Sehnsucht ihm die Kehle zuschnürte. Eine Sehnsucht nach weichen Armen, die sich um seinen Hals schlangen, nach einem warmen Leib, der sich an seinen schmiegte.

»Ich«, begann er verlegen, doch er kam nicht weit. Luovana stellte sich auf die Zehenspitzen, und ohne ein weiteres Wort küßte sie ihn auf den Mund. Wie von selbst öffneten sich seine Lippen und erwiderten ihren Kuß, forderten mehr von dem süßen Nektar, den er so lange nicht mehr gekostet hatte. Schattengleich, wie durch Nebel sah er ein blaues Augenpaar, aber es war weit fort, und die Frau in seinem Arm war so warm und so nah. Er würde beichten gehen, dachte er, ja, später würde er irgendwo beichten und Genovefa um Vergebung bitten …

Faramund nahm die Hand von der Mauer. Schwarzes Vulkangestein, dachte er. Die ganze Burg bestand aus dem selben Material wie das Gebirge ringsum. Vereinzelt waren da sogar noch scharfe Kanten und Ecken, wie an dem großen Stein, den er tags zuvor gesehen hatte.

Er gähnte. In der Nacht hatte er keinen Schlaf finden können, denn das Bett war viel zu weich gewesen. Er hatte das Gefühl gehabt, in großen weißen Kissen zu versinken. Außerdem war es in seiner Kammer viel zu warm durch das Kaminfeuer, das aus irgendeinem Grund die ganze Zeit brannte und überhaupt nicht zu verlöschen schien. So etwas ließ einen Mann verweichlichen, dachte er.

Beim Morgengrauen war er aufgestanden und aus dem warmen Bett nach draußen geflohen, um sich die Burg und ihre Umgebung genauer anzusehen. Er ging ein paar Schritte am Turm entlang und schaute zum Abgrund der Lavaschlucht hinüber, die in etwa hundert Schritt Entfernung begann und die ganze Burg wie ein rotglühender Ring umschloß. Das war eine Festung, die ihresgleichen suchte. Für ein Heer war sie schier uneinnehmbar, denn der schmale steinerne Übergang war die einzige Möglichkeit, um zur Festung zu gelangen. Faramund schüttelte den Kopf bei dem Gedanken, noch einmal zu Fuß über diese seltsame Brücke gehen zu müssen. Dreimal war er nahe dran gewesen, in den Abgrund zu stürzen, weil er sich, überrascht von einer der aufsteigenden

Lavablasen zu schnell gedreht und das Gleichgewicht verloren hatte. Außerdem war sein Schuhwerk nicht darauf ausgerichtet, erst durch Schnee und dann über Feuer zu laufen. Seine Füße hatten ziemlich gelitten. Er brauchte dringend wieder ein Pferd. Ohne ein anständiges Pferd fühlte er sich nur wie ein halber Mann, und dann – er ballte seine Hand zur Faust – dann würde er sich rächen. Dieses lachende Teufelsweib mit ihrem Adler würde für den Tod der beiden Pferde bezahlen müssen.

Faramund ließ den Blick über die nahen Berge schweifen. Er konnte nicht verstehen, wieso Bruno es zugelassen hatte, daß dieses Weib ohne Strafe davongekommen war. Er kniff die Augen zusammen und suchte in den Felsen hinter der Lavaschlucht nach einem Zeichen von ihr. Langsam ging er noch ein paar Schritte auf den Abgrund zu, aus dem ein rötliches Licht zu ihm emporschimmerte. Er würde sie jagen, bis ihr das Fleisch von den Knochen fiele, er würde ihr die Haut mit dem Dolch abziehen, bis sie ohnmächtig dahinsank. Dann würde er sie wieder aufwecken, damit sie das Schwert sah, welches ihr den Tod brachte. Ihm, Faramund von Hohenfels, tötete niemand ein Pferd, ohne dafür zu bezahlen.

»Sucht Ihr etwas Bestimmtes?«

Abrupt wandte Faramund sich um. Er erblickte eine junge Frau. Sie hatte auffallend helle Augen, und ihr langes, schwarzes Haar glänzte in dem mattem Licht des heraufdämmernden Morgens. Ihr weißes Kleid aus Leinen schmiegte sich weich an ihren Körper. Sie ist sehr schön, dachte er.

»Ich fragte, ob Ihr etwas Bestimmtès dort oben in den Bergen sucht.«

»Nein.« Faramund schüttelte den Kopf. »Ich habe nur nachgedacht.«

»Ich bin Antana. Die Hüterin des Feuers erwartet Euch im Raum des Lichtes.«

»Mich?«

»Folgt mir, ich werde Euch den Weg zeigen.« Sie wandte sich um. Ihr Gang war wie ein sanftes Schweben; es schien, als würden ihre Füße kaum den Boden berühren.

Faramund warf noch einen kurzen Blick auf die Berge. Das Adlerweib würde ihm nicht entgehen, dachte er. Später war auch noch Zeit, auf die Jagd zu gehen.

Bruno saß auf der Kante des großen Holzbettes und betrachtete seine Hände. Wie oft hatte er damit einen Schwertgriff umfaßt, um zu töten? Doch nach dem Zauber dieser Nacht war er nicht sicher, ob er je wieder ein Schwert berühren konnte. Er schüttelte sich. An seiner ganzen Haut haftete Luovanas Duft, obwohl sie schon vor Sonnenaufgang aufgestanden und leise gegangen war. Bruno hatte getan, als ob er schliefe, denn er wollte ihr nicht in die dunklen Augen schauen.

Dieser Rausch hatte ihn fast schmerzhaft angefallen, wie ein wildes Tier einen anfällt, dunkel und hinterhältig. Der Wein, dachte Bruno, vielleicht war es dieser süße, schwere Wein gewesen, der ihm die Sinne geraubt hatte. Nichts von dem, was da geschehen war, hatte er wirklich gewollt.

Wo war Genovefa? Er hatte ihr ewige Treue geschworen, und seit ihrem Tod auf dem Turnierplatz zu Worms waren nicht einmal zwei Winter verstrichen. Nicht einmal die Zeit von zwölf Monden konnte er ihr treu sein! Bruno fuhr sich durch das schulterlange Haar und hielt inne. Luovana Sie hatte auch mit seinen Haaren gespielt und ihn sanft im Nacken gestreichelt.

Nackt und wehrlos wie niemals zuvor in seinem Leben hatte er sich in ihren Armen gefühlt, und doch war es berauschend gewesen, wie ein glorreicher Sieg.

Was war das für eine Frau, die selbstverständlich tat, was sonst nur einem Mann zustand? Die sich nahm, was sie hätte geben sollen, die jagte, obwohl sie Beute sein sollte.

Zögernd stand er auf und ging zum Fenster. Draußen zog träge der Morgen herauf. Hier war alles anders, hier war der Himmel bei Nacht nicht schwarz und bei Tag nicht blau. Hier war nicht Genovefa, sondern Luovana. Er atmete tief durch, gierte nach dem kalten Wind, als könne dieser Klarheit in sein verwirrtes Herz bringen. Doch nichts geschah. Seine Verwirrung blieb. Es war ihm unheimlich. Ein tiefes Verlangen nach Luovana brannte in ihm. Schon als sie ihn verließ, wollte er, daß sie wiederkam.

Bruno starrte wieder auf seine Hände. Wie sanft waren sie geworden, als er ihre Brüste damit berührte. Wie wenig hatten diese Finger da noch vom Tod gewußt. Vom Tod, den er selbst schon hundertfach gesät hatte.

Ein Ritter, der den Tod vergißt, selbst nur für eine Nacht, wird ein schlechter Kämpfer, das hatte ihn sein Schwertmeister vor vielen Wintern gelehrt, und auch Bruno hatte seine Schüler stets ermahnt, daß das Schwert die einzig wahre Geliebte eines Kriegers sei. Natürlich durfte ein Ritter eine Dame verehren und ihr den Hof machen. Ja, er durfte eine Frau sogar lieben, so wie er Genovefa geliebt hatte, andächtig und ehrfurchtsvoll. Aber so etwas wie diese Nacht durfte nicht passieren. Er war verloren! Diese weichwogenden Brüste, die sich seinen Händen entgegengehoben hatten, waren es wert gewesen, das Morden für immer zu vergessen. Er hatte die Rundungen immer wieder umspannt, hatte sie sanft gedrückt und schließlich sogar geküßt. Eine seltsame Gier war in ihm erwacht, daran zu saugen und zu trinken, wie ein kleines Kind es bei einer Amme tat.

Es jagte ihm Schauer über den Rücken.

Langsam ging Bruno zu dem Stuhl auf dem seine Kleider lagen und griff nach seinen Hosen. Niemals hätte er gewagt, Genovefa in einer solchen Wildheit nahezukommen. Gewiß, er hatte des Nachts bei ihr gelegen, es war ein zärtliches Kosen, mit dem sie ihn empfing. Alles an Genovefa war sanft und zart, nichts an ihr hatte ihn je zum Kampf gefordert.

Ein Bett war schließlich kein Turnierplatz.

Luovana war jedoch wie der Vulkan, in dessen Mitte sie lebte. Trotz all ihrer weiblichen Zartheit.

Bruno streifte sich das Hemd über. Luovana durfte von all dem nichts erfahren, niemals durfte sie auch nur eine Ahnung haben, wie sehr er sich schon jetzt nach ihr verzehrte. Den einzig wahren Gott würde er anflehen, ihm seine Sünden zu verzeihen. Er war ein Ritter, und nach Genovefas Tod konnte es nur noch eine edle Geliebte in seinem Leben geben: das Schwert! Entschlossen trat er zur Tür. Irgendwo in diesem Schloß mußte Luovana zu finden sein. Er würde sie suchen und ihr erklären, daß alles, was geschehen war, nur mit dem schweren Wein zu tun gehabt hatte.

5

Antana schwebte leichtfüßig durch die langen Flure, bis sie vor eine großen hölzernen Saaltür stehenblieb.

»Ihr könnt eintreten, die Hüterin des Feuers erwartet Euch«, sagte sie lächelnd und verschwand hinter einer der schwarzen Säulen.

Faramund sah ihr nach, bevor er sich der mächtigen schweren Holztüre zuwandte. Er öffnete die Tür und hielt den Atem an. Augenblicklich war ihm klar, warum Antana vom Raum des Lichtes gesprochen hatte. Hunderte von Kerzen erfüllten den großen Saal und wurden von glänzenden Kristallen, die an den Wänden angebracht waren, tausendfach gespiegelt. Doch seine Augen wurden trotz des Lichtes magisch in die Mitte des Raumes gezogen, wo ein kleiner Seerosenteich lag.

Vorsichtig schritt der junge Ritter näher und schaute in das klare Wasser. Bunte Fische tummelten sich darin, tauchten unter den grünen Blättern der Seerosen durch, schwammen im Kreis und verschwanden hin und wieder in den dunklen Tiefen, um sich seinen Blicken zu entziehen.

»Tretet ruhig noch ein wenig näher, Faramund, ich heiße Euch an dem Ort des Lichtes willkommen«, sagte Luovana und erhob sich von einem Kissen, das am gegenüberliegenden Ende des Raumes vor dem Kamin lag.

»Das ist das Schönste, was ich seit langem sah.« Faramund schaute über die Lichter.

Luovana lächelte. »Dies ist der Raum der Liebe, es ist ein Ort der Vereinigung von Wasser und Feuer. Hier ruht die lichte Seite der Göttin in beiden Elementen.«

»Dann seid Ihr also die Hüterin des Feuers?« fragte Faramund und wandte sie an Luovana. Sie sah anders aus, so ohne Umhang und Kapuze. Sie wirkte irgendwie leuchtender, nicht so zerbrechlich, sondern auf ihre eigene Art majestätisch. Vielleicht lag es auch an ihrem weißen Kleid. Im Licht der vielen

Kerzen schimmerte es zart und bildete einen klaren Gegensatz zu ihren roten Haaren, die ungebändigt über ihre Schultern fielen.

»Setzt Euch eine Weile zu mir an das Feuer«, sagte sie und bot Faramund ein Kissen an. Er nickte, ging gehorsam um den Teich herum und ließ sich auf dem weinroten Samt nieder. Einen solch prachtvollen Raum hatte er noch nie gesehen. Es wunderte ihn, daß es nirgendwo Wachen gab, die diese spiegelnden Schätze bewachten. Er schaute sich um; vielleicht hatte er sie ja auch nur übersehen. Als er niemanden entdeckte, fragte er Luovana danach.

»Wozu sollte dieses Heiligtum bewacht werden?« Luovana lächelte. »Es gibt hier niemanden, der die Orte der Göttin schänden würde. Die Göttin straft einen solchen Frevel weit mehr, als die Wachen oder ich es je könnten.«

»Auch nicht diese Adlerfrau?«

»Auch Lursa nicht.« Luovana hob ihr Haupt. Faramund erkannte eine tiefe Traurigkeit in ihrem Gesicht. »Lursa liebt die Göttin auf ihre Art, und sie würde niemals zerstören, was der Göttin gehört.«

»Sie hat unsere Pferde getötet. Sind die Tiere denn nach Eurem Glauben nicht auch Geschöpfe der Göttin?«

»Deshalb ist das Unglück ja geschehen.«

Faramund schaute Luovana fragend an.

»Lursa hatte die Pferde bereits der Göttin geopfert, als ich sie fand. Sie konnte nicht zulassen, daß die Tiere in den Ring des Feuers oder gar bis in die Burg gekommen wären. Sie mußte sie töten. Sie hatte keine Wahl.«

»Deshalb das Blut an Brunos Fuchswallach?«

»Ja, deshalb das Blut. Er gehörte bereits der Göttin.«

»Warum habt Ihr dann überhaupt versucht, die Pferde zu retten?«

»Weil Lursa den dunklen Teil der Göttin verehrt und es nicht gut ist, diesen Teil der Macht gewähren zu lassen. Er bringt uns die Finsternis und den Tod. Wenn wir vor ihr den Burgweg erreicht hätten, wären die Tiere in Sicherheit gewesen. Es war ein Wettlauf, den Lursa gewann.«

Faramund ließ seinen Blick über die Lichter schweifen. »Warum habt Ihr mich hierher rufen lassen? Was soll ich in Eurem Heiligtum?«

»Seht Euch um.« Luovana machte eine weite Geste, als wolle sie den ganzen Raum vor Faramund ausbreiten. Doch der junge Ritter bedachte sie nur mit einem spöttischen Blick.

»Verzeiht, edle Hüterin des Feuers, nehmt es mir nicht übel, aber ich kann meinen Glauben nicht verraten. Es gibt nur einen allmächtigen Gott!« Er zögerte einen Augenblick. »Allein, Euer Reichtum würde mir einen gewissen Respekt abverlangen, nicht aber Eure heidnische Gottheit.«

Luovana wiegte lächelnd den Kopf hin und her. »Jeden Morgen betrete ich voller Freude diesen

Raum, um einige Lichter, welche in der Nacht erloschen sind, neu zu entzünden. Ich grüße dann die Göttin, und ich bete für die Liebe.« Sie schaute auf. »So etwas Ähnliches tun Eure Priester doch auch?«

»Das könnt Ihr doch nicht vergleichen? Ich gebe zu, viele unserer Kirchen sind nicht so prächtig wie dieser Saal«, erwiderte Faramund mit heftiger Stimme. »Aber das müssen sie auch nicht sein, denn unser Gott ist das Licht selbst, er ist von den Toten auferstanden, er allein hat die Finsternis besiegt. Eure Göttin gibt es nicht, es ist folglich ein Irrglaube, dem ihr aufgesessen seid, edle Frau. Das alles ist nichts als fauler Zauber.«

»Wir werden nicht darüber streiten, wer den rechten Glauben hat«, sagte Luovana. »Ich weiß sehr wohl, daß Männer Eures Schlages nichts neben sich gelten lassen und daß Euer Gott es auch nicht tut.« Sie schloß die Augen, und als sie sie nach einer Weile wieder öffnete, schaute sie Faramund geradewegs an. Eine seltsame Tiefe lag in ihrem Blick. »Aber beantwortet mir dennoch eine Frage. Wenn Euer Gott die Dunkelheit besiegt hat, warum führt Ihr dann immer noch endlose Kriege? Warum tötet Ihr Leben, um anderen einen Glauben zu bringen, den sie nicht haben wollen?«

Faramund lächelte. »Ihr seid ein Weib, noch dazu ein heidnisches, darum sei Euch die Dummheit dieser Frage verziehen. Vielleicht versteht Ihr es so, wir führen keine Kriege, um zu morden, wie Ihr es nennt, sondern wir vermehren den Ruhm Gottes in der Welt. Wir Ritter sind das Schild gegen die Finsternis und gegen die Versuchung.«

»Ihr tötet für den Ruhm Eurer Gottheit?«

»Wir töten nur das Böse!«

»Indem Ihr es mit seinen eigenen Waffen zu schlagen versucht? Das ist doch absurd.«

»Wie meint Ihr das?«

Luovana machte eine umfassende Geste. »Dieser Raum ist ein Ort des Friedens und des Lichtes. Aber heute morgen wurden meine Gebete, meine Gesänge, meine Liebe durch Tod und Krieg gestört!«

Faramund hob die Brauen. »Ihr habt Feinde?« Unwillkürlich griff er nach seinem Schwert. »Mein Gefährte und ich sind zwar nur zu zweit, aber schließt daraus nicht, daß wir es nicht mit einem ganzen Heer aufnehmen würden«, sagte er und beobachtete die Türe.

Luovana lachte leise. »Das, mein lieber Freund, glaube ich Euch gerne. Aber dort draußen warten keine Mörder. Ihr allein wart der Anlaß für Tod und Krieg in meiner Liebe. Mein Gebet wurde durch Euren Racheschwur gestört. Ihr habt dort draußen Lursa den Tod gewünscht, Euer Haß und Eure Wut waren so unerbittlich, daß sie bis hier herauf in diesen Raum drangen. Damit tragt Ihr zur Vermehrung des Bösen bei. Es ist ein Irrtum zu glauben, man könnte das Böse mit Waffen besiegen.«

»Was sagt Ihr da? Ich bin es, der Euch gestört hat?«

Luovana nickte. »Wenn Ihr Euren schwarzen Zorn den finsteren Bergen entgegenschickt, wenn Ihr Eure Wut, die Euch Lursa jenseits des Feuerrings töten lassen möchte, so laut hinausschreit wie heute morgen, dann vergrößert Ihr diese Finsternis. Dort oben in den Bergen gibt es Orte, die diesem Hort des Lichtes an Kraft in nichts nachstehen, aber sie sind schwarz und tödlich. Mit Eurem Zorn, den ihr dorthin entsendet, vermehrt ihr diese dunkle Macht. Deshalb ließ ich Euch rufen, bevor Ihr noch mehr Unheil anrichtet. Ihr selbst seid ein Teil der Finsternis, denn Ihr tragt den Haß in Euch.«

Faramund sprang wie zum Kampf gefordert vom Kissen auf. »Hütet Eure Zunge, heidnisches Weib! Was maßt Ihr Euch an über Gerechtigkeit zu wissen? Diese Frau in den Bergen ist vom Teufel besessen, sie muß vernichtet werden.« Faramund hielt inne. Luovana hatte die Augen geschlossen. Das Licht im Saal war plötzlich deutlich heller und strahlender geworden, und der See verlor schillernd seine Klarheit. Er wurde leuchtend rot, wie die dampfende Quelle in den Bergen, als Luovana den Giftpfeil darin vernichtete. Leichte Wellen schwappten über den Rand des Teiches, und von den bunten Fischen war nicht einer mehr zu sehen. Ein süßer schwerer Duft zog durch den Raum. Faramund wandte sich um, er wollte diesen Ort verlassen, doch er konnte nicht. Dann plötzlich war der ganze Spuk genauso rasch vorüber, wie er gekommen war.

Schaudernd blickte Faramund sich um. Die Wellen in dem Teich beruhigten sich, das Wasser verlor seinen blutigen Glanz und wurde wieder klarer, die Kerzen leuchteten wie vorher, nur die Frau ihm gegenüber auf dem Kissen erschien ihm deutlich blasser als vorhin. Alle Farbe war aus ihrem Gesicht gewichen, und sie sah aus, als wäre sie einer Ohnmacht nahe. Langsam schlug sie die Augen auf.

»Wenn ihr Lursa wirklich strafen wollt, dann liebt sie mit der ganzen Kraft Eures Herzens«, flüsterte sie.

»Diesen Teufel soll ich lieben?« flüsterte Faramund.

»Lehrt Euer Gott nicht auch die Liebe. Verzeiht er nicht denen, die gefehlt haben, und liebt er nicht auch die, die ihn verrieten?« Wieder schaute Luovana ihn an.

»Mit einem Weib über Fragen des Glaubens zu reden ist sinnlos. Jeder Mann weiß, daß eine Frau es war, die den Apfel von der Schlange nahm. Eine Frau, edle Hüterin des Feuers, ist Schuld am Sündenfall!«

»Weil sie nach Erkenntnis suchte?«

»Was versteht Ihr schon davon? Ihr kennt Christus nicht wirklich, sonst würdet ihr nicht an diesem Zauber hängen, sondern der wahren Liebe huldigen.«

»Ihr habt Recht, den Sinn Eures Glaubens werde ich wohl niemals verstehen.« Zögernd hielt sie inne und schaute auf die silberweißen Seerosen. »Noch eines, bevor Ihr geht, Faramund.« Sie stand auf. »Sprecht niemals mehr einen Fluch in diesem Saal aus. Hier lebt der Frieden, und die Göttin wird nicht zulassen, daß ihr ihn zerstört. Ob ich Euch ein zweites Mal vor ihrem Zorn werde schützen können, wage ich zu bezweifeln.«

Faramund schaute sich schweigend um und nickte. Eigentlich war es gleich, welche Gauklereien diese Frau noch beherrschte, aber er wollte lieber nichts riskieren.

»Geht jetzt.« Luovana schritt auf die schwere hölzerne Türe zu. »Lursa ist eine von uns, sie ist ein Mensch, Faramund, wie Ihr und ich. Ihr werdet sie nicht töten, solange ich lebe. Es ist nicht Eure Aufgabe.« Sie berührte flüchtig seinen Arm. »War es nicht Euer Jesus, der sagte: Liebt Euren Nächsten wie Euch selbst?« Damit wandte sie sich um und verließ den Raum.

Faramund schaute ihr nach. Er wurde das Gefühl nicht los, soeben ein Gefecht verloren zu haben.

Lursa erhob sich von der Feuerstelle im Inneren ihrer Höhle und trat hinaus auf den schmalen Felsenvorsprung, von dem aus sie weit hinunter auf den Feuerring und auf die Flammenburg blicken konnte. Der Himmel über ihr verdunkelte sich langsam, das dämmrige Grau ging an manchen Stellen bereits in tiefes Schwarz über. Es würde eine kalte Nacht werden. Lursa wickelte sich in ihren roten Umhang und warf einen düsteren Blick auf die Basaltburg zu ihren Füßen. Aus einigen Fenstern schimmerte ein weißliches Licht zu ihr herauf. Luovana wird in dieser Nacht nicht frieren, dachte sie bitter. Wahrscheinlich wird man drüben ein Fest zu Ehren der Fremdlinge geben mit Musik und Tanz, mit rotem Wein, edlen Speisen und einem Freudenfeuer für die Göttin.

Lursas Gedanken verfinsterten sich. Sie überlegte einen Augenblick, ob sie dieses Fest besuchen sollte. Sie malte sich das Entsetzen auf den Gesichtern aus, doch dann verwarf sie den Gedanken wieder. Wahrscheinlich würde sie den grünen Festsaal gar nicht erreichen. Der Feuerring würde ihr einen Teil ihrer Kraft rauben, und Pyros, der Adler, würde sie töten, wenn sie den Burgweg überquerte. Er würde sie in die Flammen treiben, er konnte sie nicht hinüberlassen.

Die Lichter in den Burgfenstern wurden heller und leuchteten. Lursa lächelte böse. Wenn sie zu diesem Fest schon nicht geladen war, so konnte sie doch wenigstens dafür sorgen, daß auch Luovana keine Freude daran fand. Diese Fremdlinge wußten nichts von den geheimen Kräften der Magie, sie waren so leicht in die Irre zu führen. Lursa wußte, womit sie ihrer Schwester das Fest gründlich verderben konnte. In der vergangenen Nacht hatte sie gespürt, daß Luovana den älteren Ritter verführte. Es wäre ein leichtes, seine Sehnsucht nach Luovana auszulöschen. Es würde keine Mühe kosten, dachte sie, seine Angst vor Luovanas Leidenschaft konnte sie bis hier herauf spüren. Er fürchtete, sich selbst zu verlieren. Luovana würde unter seiner Kälte tausend Liebesqualen leiden. Wenn die Hüterin des Feuers eines nur schwer ertrug, dann war es, daß man ihre Liebe ablehnte.

Lursa konzentrierte sich und malte mit der Linken ein geheimnisvolles Zeichen in den kalten Abendwind. Sie sprach den Vers der Liebe langsam rückwärts und schleuderte die Worte mit einer Kußhand hinüber in Richtung Burg.

Sie lächelte wieder. »Das wird seine Angst vor dem Verlangen ins Unendliche steigern, es wird ihn lähmen und ihn in seinem Herzen erstarren lassen«, flüsterte sie.

Sie konnte Luovana ohnehin nicht verstehen. Was fand die Hüterin nur an diesem Ritter? Meist sprachen diese Herren aus dem Süden in einem fort von sich selbst, oder sie redeten von ihren Heldentaten, mit all dem Blut, das ungeopfert in die Erde floß. Am schlimmsten war es jedoch, wenn sie über ihren gekreuzigten Gott sprachen, als ob es eine Wonne sei, einem hingemordeten Gott dienen zu dürfen. Doch von der Liebe zwischen Mann und Frau verstanden sie alle nichts. Sie hatten keine Ahnung von der Magie, die dafür nötig war.

Lursa ließ ihren Blick entlang des Lavastromes gleiten. Diese Sorte kämpfender Männer, die mit den großen weißen Segelschiffen und stolzen Pferden hierher in den Norden kamen, blieben meist nicht lange. Entweder raffte sie der Winter dahin, was natürlich war, wenn man seine Tücken nicht kannte, oder sie wurden Opfer der Göttin, was zwar weniger natürlich war, aber dennoch genauso oft eintrat. Manche von diesen Kriegern waren eben viel zu ritterlich, um die Waffe gegen eine Frau zu heben. Sie waren zu dumm, den Tod zu sehen, wenn er ihnen in Gestalt einer Frau entgegentrat. Ihre einzige Chance, mit dem Leben davonzukommen, war Luovana, wenn sie etwa zufällig, wie gestern, in ihrer Nähe war, um sie zu retten.

Wie anders war da doch ein Magier. Lursa schaute hinauf in den dunklen Himmel. Ein Magier liebte und begehrte mit Wonne den Leib einer Frau. Er dachte dabei nicht an Gebete und Krieg, er hatte keine Angst, sich bei der Hingabe selbst zu verlieren. Diese Macht des Mannes war es, die Lursa schätzte, die sie selbst erst zur Hingabe fähig machte.

Sie schaute noch einmal zur Burg und straffte den Rücken. Nein, sie beneidete Luovana nicht um diese dummen Schwertträger, die wahrscheinlich mit all der Leidenschaft einer Hüterin des Feuers nichts anderes anzufangen wußten, als davor fortzulaufen.

Lursa horchte. Sie hatte in der Ferne einen heiseren Schrei gehört, der ihr sehr vertraut war, und suchte mit den Augen die Gipfel ab, bis sie den kleinen dunklen Punkt entdeckte, der sich rasch näherte. Pyros kehrte von der Jagd zurück. Ihr Herz klopfte ein wenig schneller, wie immer, wenn sie den großen Vogel durch die Lüfte schweben sah.

Zwischen seinen Krallen erkannte Lursa ein kleines Tier. Pyros sorgte für sie und für die Göttin; er war ein würdiger Geliebter auch noch in der Gestalt eines Adlers.

Der Greif ließ den erlegten Schneehasen vor Lursas Füße fallen und stolzierte langsam und majestätisch an ihr vorbei ins Innere der Höhle. Erwartungsvoll sah er ihr entgegen, als sie den Hasen aufhob und zum Feuer ging.

»Die andern feiern heute nacht ein Fest«, sagte Lursa leise. »Sie frönen dem Licht und der Liebe.« Langsam ließ sie sich auf ein paar Fellen nieder und schnitt mit dem Dolch dem Hasen den Bauch auf, griff in den kleinen Körper hinein und hielt kurz darauf dem Adler das blutige Herz hin.

»Für die Liebe«, flüsterte sie und wartete, bis der große Vogel näher kam. Vorsichtig, um Lursa mit dem scharfen Schnabel nicht zu verletzen, pickte er das Hasenherz aus ihrer Hand und verschlang es gierig.

Lursa leckte sich das Blut von den Fingern und streichelte dann sanft über die Flügel des Adlers. Die weichen Federn schmeichelten ihren Händen und wärmten sie für einen Augenblick.

Aus einem kleinen ledernen Säckchen nahm sie ein paar getrocknete Kräuter und warf sie in die Glut. Weißer Rauch stieg auf und erfüllte die Höhle mit einem süßen schweren Duft. Lursa streichelte wieder über die Flügel des Adlers.

»Ich brauche den Mann, Pyros.« Lursa sah den Greif an, und auch der Vogel schaute zu ihr auf. Seine dunklen Adleraugen blickten ernst, und sein ganzer Körper verfiel in eine seltsame Art Ruhe, als gelte es, keine Silbe von dem, was gesprochen wurde, zu verpassen.

»Ich brauche einen Sohn!« Sie kniff die Augen zusammen und blinzelte durch den weißen Rauch. »Meine Schwester hat in der vergangenen Nacht ein Kind empfangen.« Sie lachte kurz auf. »Ein Kind von diesem nichtssagenden Schwertträger, aber so war Luovana schon immer. Wenn sie liebte, ließ sie sich von nichts abhalten. So weit wie diesmal ist sie jedoch noch nie gegangen!« Lursa schüttelte den Kopf und atmete den weißen Rauch tief ein. Nach einer Weile begann ihr Körper sich ruhelos hin und her zu wiegen.

»Sie wird ein Mädchen zur Welt bringen, Pyros, dessen Schicksal es sein wird, die Frau eines großen Königs zu werden. Am Tage ihrer Abreise werden zwei Kämpfer des alten Volkes in strahlendem Gewande neben ihr reiten, um sie von da an in der anderen Welt zu beschützen. Das alte Volk wird sie in kostbare Kleider hüllen, und die Hohepriesterin selbst wird ihr einen Umhang aus tiefblauem Samt schenken. Blaue Bänder werden ihr Haar schmücken, und all das werden die Fremden nehmen und nicht verstehen.« Sie zog eine Grimasse. »Welch eine Verschwendung, dieses Mädchen zu den Fremden reiten zu lassen. Niemand wird sie verstehen, niemand wird ihre Warnungen ernst nehmen. Sie wird alleine sein, und sie wird nichts verhindern können.« Lursa lachte wieder. »Das Königsgeschlecht, in das sie hineinheiratet, wird in einem rauschenden Kampf untergehen, und sie wird daran nicht unschuldig sein.«

Lursa atmete tief ein. »Pyros, wir sollten dem Mädchen ein anderes Schicksal schenken. Eines voller Liebesqual. Ich schwöre beim Feuer meines Herzens und beim Blut meines Kindes. Mein Sohn wird die Hüterin des Feuers vernichten und auch ihre Tochter durch die Begierde zerstören. Es wird seine magische Liebe sein, die sie auf einen schmerzensreichen Wege bringen wird. In einer stürmischen Nacht soll er kommen und sie umarmen, damit das Mädchen erfährt, wozu ein Magier fähig ist. Dann wird sie keinen anderen Mann mehr erhören und sich in ewiger Sehnsucht nach dieser Leidenschaft verzehren. Wie gefällt Euch mein Wunsch für das Kind meiner Schwester, Pyros?«

Gedankenverloren streichelte sie wieder den Adler, während ihr Blick in die rote Glut fiel. Der weiße Rauch hatte sich verzogen, und die Luft in der Höhle wurde wieder klarer. »Ja, seine Liebe wird ihr Tod sein.« Sie schaute auf den Vogel und nickte. »Es ist entschieden, Pyros, ich brauche einen Sohn.«

Nach einer Weile legte sie langsam ihren Umhang ab und zog schließlich auch ihr Gewand aus, bis sie nackt auf den Fellen kniete. Ihre vollen Brüste hoben und senkten sich sachte in einer stillen Erregung, und ihre Haut schimmerte im Widerschein der Flammen.

»Die Göttin will es so«, flüsterte sie wieder.

Lursa löste ihren Blick von dem Feuer und wikkelte ihren Umhang schützend um den linken Arm. Als sie sich vergewissert hatte, daß alles seine Richtigkeit hatte, schloß sie die Augen und wartete. Der Adler kam langsam näher und setzte sich vorsichtig auf den Stoff, der ihren Arm schützte, um sie nicht mit den scharfen Krallen zu verletzen. Als Lursa das Gewicht des Vogels spürte, begann sie mit leiser Stimme eines der alten Lieder zu singen. Es war ein langes, trauriges Lied, und während der ganzen Zeit saß der Adler unbeweglich auf ihrem Arm und wartete. Als der Gesang jedoch endete und der letzte Ton durch die Höhle widerhallte, stieß der Greif pfeilschnell mit dem Schnabel zu und riß der Frau ein Stück Fleisch aus der linken Brust, das er sofort gierig verschlang. Lursa schrie schmerzerfüllt auf, doch sie zwang sich, bewegungslos knienzubleiben, bis der Vogel seine Schwingen ausbreitete und die Höhle mit einem heiseren Schrei verließ. Dann erst brach sie, eine Hand auf der blutenden Wunde, vor dem Feuer zusammen.

»Es heißt die Liebe des Feuers«, erklärte Luovana und warf einen Blick auf Bruno, der die Tänzerin am Ende des grünen Saales nicht aus den Augen ließ.

»Die roten Federn, mit denen Antana tanzt, symbolisieren das Erwachen des Feuers und damit die Kraft der Liebe.« Sie schaute zurück zu Antana, die zwischen den Feuerschalen auf dem Boden in ihrem roten Gewand wie eine lebendige Flamme wirkte. Selbst für sie war es immer wieder bezaubernd, diesem Mädchen bei ihren schlangenhaften Bewegungen zuzuschauen, auch wenn diese lebendige Anmut ihr heute einen leichten Stich versetzte. Irgend etwas war anders als sonst. Sie fühlte sich unglücklich. Vorsichtig schaute sie wieder auf Bruno, der nun schon seit Stunden unbeweglich neben ihr saß und fast gelangweilt diesem Fest beiwohnte, obwohl alle sich große Mühe gaben, ihn aufzuheitern. Die Menschen hier ringsum schienen ihn nicht zu interessieren. Als Mandu, der grazile schöne Tänzer, der Abend für Abend allein der Hüterin zu Ehren seinen Feuertanz aufführte, das Fest eröffnet hatte, mußte sie Bruno ihre Hand auf den Arm legen, damit er aufschaute. Mandu hatte trotz aller Geschicklichkeit nicht Brunos Aufmerksamkeit erregen können, selbst dann nicht, als er riesige Flammen durch den Raum warf, die wie Blitze hier und da über die Decke des Saales zuckten.

Luovana war sicher, daß Bruno nie zuvor einen solch eindrucksvollen Tanz gesehen hatte, aber wenn es ihm gefallen hatte, so hatte er sich nichts anmerken lassen. Brunos Gedanken und Gefühle waren wie zu Eis erstarrt. Selbst seine Augen, mit denen er sie kaum ansah, lagen wie unter einem dichten dunklen Schleier verborgen. Luovana konnte sich sein Verhalten nicht erklären, es konnte nicht an diesem Fest liegen. Hatte sie einen Fehler gemacht?

Luovana hatte einen furchtbaren Schrecken bekommen, als eine Dienerin ihr am frühen Abend ausrichtete, der edle Herr von Falkenstein wolle nicht zu diesem Fest erscheinen. Sie war sofort zu ihm geeilt in banger Furcht, eine Krankheit habe ihn ans Bett gefesselt, doch er war wohlauf. So hatte sie darauf bestanden, daß seine Anwesenheit vonnöten war. Sie hatte ihre Macht als Hüterin des Feuers zum erstenmal gebrauchen müssen, um ihn davon zu überzeugen, daß er nicht auf einem Fest fehlen könnte, welches ihm zu Ehren gefeiert wurde.

»Möchtet Ihr noch Wein?«

»Wie?« Sein Blick schien aus weiter Ferne zu kommen, als er sie ansah. Luovana versuchte in seinen Augen zu lesen, doch es gelang ihr nicht.

»Wein?« fragte sie und hielt den irdenen Krug hoch.

»Nein, keinen Wein«, sagte er und wandte sich wieder von ihr ab. Der Tanz war zu Ende, und Antana verbeugte sich tief. Die Umstehenden klatschten begeistert in die Hände, und einer nach dem anderen tat es der Tänzerin gleich und verbeugte sich ebenfalls.

»Sie danken der Göttin für diese schöne Darbietung, die sie uns durch Antana geschenkt hat«, erklärte Luovana.

»Entschuldigt mich.« Bruno stand auf. »Ich glaube, ich war lange genug auf diesem Fest, um Eurer Ehre zu dienen. Jetzt werde ich Euch verlassen.« Erhobenen Hauptes schritt er durch den grünen Festsaal. Er deutete ebenfalls eine kurze Verbeugung an, als er an Antana vorüberging.

»Meine Verehrung, schöne Frau, Euer Tanz hat meine dunkle Gesinnung für eine kurze Weile vertrieben«, sagte er und lächelte zum ersten Mal an diesem Abend. Schwer fiel die hölzerne Tür hinter ihm ins Schloß.

Luovana hatte Mühe ihn an der dritten Säule einzuholen.

»Wartet«, rief sie, »Ihr könnt doch nicht einfach so gehen.«

»Warum nicht? Bin ich etwa Euer Gefangener?« fragte er und warf ihr einen eisigen Blick entgegen.

Luovana schüttelte den Kopf. »Nein, Ihr seid nicht mein Gefangener.« Sie lehnte sich an die Säule. Irgend etwas an dieser Situation raubte ihr alle Kraft. Sie verstand es selber nicht. Was ging da vor? Hatte sie sich so täuschen können? War der Mann vor ihr wirklich der zärtliche Liebhaber, der ihr in der letzten Nacht alle Freuden geschenkt hatte, die ein Mann einer Frau zu geben hatte.

»Bruno, ich bitte Euch, sagt, was geschehen ist? Ihr seid so verändert.« Sie berührte seinen Arm, zog ihn aber sofort wieder zurück, als sie spürte, wie sich seine Haut unter ihren Fingern straffte.

»Nichts ist geschehen, oder vielmehr, es wird nichts mehr geschehen. Es wird Euch kein dunkler Zauber mehr gelingen, Hüterin des Feuers.« Er schaute sie finster an. Um seine Lippen herum gruben sich tiefe Falten in sein Gesicht und verliehen ihm eine tödliche Härte. »Ich habe einen Verrat begangen, für den ich den Rest meines Lebens werde büßen müssen. Vergrößert nicht meine Schmach, indem Ihr mich ständig daran erinnert.«

»Bruno?« Luovana wagte nicht mehr zu sagen.

»Ich bitte Euch nur noch um eines, Hüterin, gebt mir und meinem Waffenbruder zwei Pferde, dann werden wir Euch morgen, bei Anbruch des Tages verlassen.«

»Aber das könnt ihr nicht tun. Nicht so!« Luovana blickte den Ritter voller Verzweiflung an.

»Also bin ich doch Euer Gefangener?« Er hob verächtlich die Brauen. »Sind diese Mauern mein Verlies und der feurige Ring dort draußen der Riegel, der fortan zwischen mir und meiner Freiheit steht?«

Die Hüterin griff haltsuchend nach der Säule hinter ihr. »Ihr habt mich letzte Nacht geliebt«, flüsterte sie, als könne sie ihn damit an etwas erinnern, was ihn in ihre Arme zurückbrachte. Doch er schüttelte sich.

»Sprecht mir nicht von dieser Nacht. Nie mehr.« Seine Stimme klang heiser. »Ihr habt mich gezeichnet. Ich werde für alle Zeiten verflucht sein.«

Luovana schrie auf. Ein stechender Schmerz fuhr ihr plötzlich in die linke Brust, als risse ihr jemand ein Stück Fleisch aus dem Körper.

»Lursa«, schrie sie verzweifelt. Natürlich, die Schwester war es, die sie schwächte. Sie wollte Rache! Rache für dieses Fest und für ihre Liebe in der vergangenen Nacht. Luovana sah die Augen der anderen deutlich vor sich. Schmerzverzerrt hielt sie sich ihre Brust. »Tu es nicht, Lursa«, bat sie flüsternd. »Es ist der dunkle Zauber, er bringt uns um!«

Doch sie spürte, wie sinnlos es war. Ihre Schwester konnte sie nicht hören, und sie würde nicht davon lassen.

Wie durch grauen Nebel sah sie Brunos entsetzten Gesichtsausdruck. Dann fühlte sie, wie ihr die Sinne schwanden. Langsam glitt sie an der Säule hinab.

Jemand hatte die Glut wieder entfacht. Lursa erkannte es an dem sanften roten Feuerschein, der die ganze Höhle auszufüllen schien und, wie von Geisterhand geführt, schattenhafte Skulpturen an die Wände zeichnete. Das Atmen tat ihr weh, doch wenigstens hatte die Wunde aufgehört zu bluten. Vorsichtig hob sie den nackten Arm, unterließ es jedoch gleich wieder, als ihr ein reißender Schmerz durch die Brust fuhr. Sie seufzte und legte den Arm behutsam wieder ab. Sie wußte, daß dieses Ritual jedesmal ein Stück mehr ihres Lebens forderte. Es lag daran, daß sie ein Wesen, welches nicht mehr für diese Zeit und diesen Ort bestimmt war, aus der Verwandlung zurückrief. Der Preis dafür war hoch, doch sie war bereit, ihn zu zahlen.

Die Männerhand berührte sanft ihr Gesicht und linderte damit auf behutsame Weise ihre Schmerzen. Natürlich, dachte Lursa, wie hatte sie nur zweifeln können, daß der Zauber nicht geglückt wäre? Pyros war verläßlich. Er war der Magier.

Zärtlich strich die Hand über ihr Kinn, streifte ihre kühlen Wangen und fuhr hinauf zu ihren Haaren.

»Seid mir gegrüßt, Priesterin der Nacht«, sagte der Mann so nah neben ihr, daß sie es mehr fühlte als hörte. Sanft umfaßte die Hand wieder ihr Gesicht und drehte es zum Feuer, so daß sie ihn anschauen mußte. Langsam hob sie die Lider. Die dunklen Augen über ihr waren ihr vertraut. Warm glänzten sie im Widerschein der Glut und weckten in ihr eine längst verloren geglaubte Sehnsucht. Lursa ließ den Blick tiefer gleiten, die Lippen des Mannes schienen zu flüstern, doch in ihrem Kopf klang immer noch die zärtliche Begrüßung nach.

»Priesterin der Nacht.« Wie lange schon hatte niemand sie mehr so genannt. Sein Gesicht näherte sich langsam dem ihren, und seine langen Haare streichelten dabei, weich wie die Federn eines Vogels, über ihre Haut, berührten ihre Lider, ihre Wangen, ihren Hals. Sie roch den vertrauten Duft des Mannes und spürte, wie seine feuchte, warme Zunge geschmeidig über ihre Lippen leckte. Eine lockende Begierde entflammte in ihren Sinnen, rot wie Blut und schwer wie Wein, der einen trunken macht.

Die Männerhand glitt an ihrem Hals hinab, berührte ihre Brüste, die noch nackt und blutig von dem Ritual waren, und streichelten sie. Lursa fühlte keine Schmerzen, alle Pein des Rituals war wie fortgenommen, nichts, außer das klebrige Blut erinnerte noch daran. Sie hinderte den Magier nicht daran, sanft über ihre Wunde zu lecken, bis sie wieder aufriß. Wie ein durstiges Kind saugte er das Blut aus ihrer Brust, und sie ließ es geschehen, daß seine Lippen sie umklammerten und er gierig einen Teil ihres Lebens trank. Weich fuhren ihre Hände über die behaarte Brust, die sich über sie beugte. Irgendwo dort war die Narbe, wo der Pfeil ihn getroffen hatte. Die Priesterinnen der Gwenyar verfehlten niemals ein Ziel, sie waren die besten Bogenschützinnen des Nordens. Sie hatten ihn getroffen, doch keine hatte vermocht, den Magier zu töten.

Lursa hob die Augen und versuchte das Gesicht des Mannes zu ergründen; seine blutverschmierten Lippen hatten sich von ihr gelöst. Äußerlich hatte er sich nicht verändert, jede Faser seiner Haut war ihr vertraut, jeder Atemzug war genauso untrennbar von dem ihrigen wie damals. Seine Augen glänzten. Lursa tauchte ein in diesen Blick und gab schweigend ihr Einverständnis zu dem, was nun kommen würde.

»Einen Sohn«, bat sie und ließ es geschehen, daß seine Hand ihre Schenkel auseinanderschob. Er nickte, um zu zeigen, daß er verstanden hatte, und lächelte wieder.

»Einen Sohn und was immer Ihr sonst noch begehrt, meine schöne Priesterin der Nacht.«

Seine Finger strichen zärtlich über die feuchte Haut, fuhren über ihren Bauch und die Brüste hinauf zu ihren Lippen, streichelten wieder weich über ihre Wangen, während sein Mund sich in ihren

Hals vergrub. Seine ebenmäßigen Zähne spielten zärtlich mit der pochenden Ader, und Lursa begann, ihr schlagendes Herz zu fühlen. Schwer lag sein Gewicht auf ihren Gliedern, doch mit einer nicht enden wollenden Gier suchte ihr Körper die Erfüllung. Mit dem ihr eigenen Zauber verlor sie sich an die brennende Fackel, die sich gnadenlos in ihren Leib bohrte, ihn mit der Hitze eines glühenden Sternes aufflammen ließ, um ihn dann in ekstatischer Weise zu verbrennen.

2. Teil

6

Bruno schaute durch die schwarzen Zinnen des Burgturms hinunter. Der Morgen war kalt, und der Wind, der nun schon seit Wochen wieder von Norden herüberwehte, schnitt ihm scharf ins Gesicht. Sein Blick verlor sich in den nahen Bergen, die sich wie dunkle, drohende Wächter vor ihm auftürmten. Irgendwo dahinter, dachte er, lag der große See, der im vergangenen Winter zu einer riesigen Schneefläche gefroren war und auch jetzt wahrscheinlich schon wieder zu Eis erstarrt sein würde. Dann folgten weiter südlich ein paar sanfte Hügel, und dahinter lag die kleine Stadt mit dem Hafen. Der Ritter seufzte. Er fühlte sich gefangen, wie ein Tier im Käfig, obwohl es keine sichtbaren Ketten gab, die ihn fesselten.

Die Luft hatte wieder diese metallische Schwere wie im vergangenen Winter, eine Mischung aus Schnee und Schwefel, die ihm unangenehm in den Kopf stieg und einen bitteren Geschmack auf der Zunge hinterließ. Der kurze Sommer hatte ihm gezeigt, daß über diesem Land eine ähnlich helle Sonne wachte wie über dem goldenen Worms. Bruno sehnte sich nach den Wäldern, seiner Heimat und nach dem Glitzern des Rheines in der Morgensonne. Er schloß für eine Weile die Augen und versuchte es sich vorzustellen. Die silbernen Fluten des Rheins tauchten vor ihm auf, und er dachte an das letzte Mal, als er dort am Ufer gestanden hatte. Es war einige Zeit, nachdem er die tote Geliebte dem Rhein übergeben hatte. Genovefa war ihm erschienen. In ihrem weißen Gewand hatte sie vor ihm gestanden und hatte ihm gesagt, er solle nach Norden reisen. Jetzt war er im Norden. Einen Winter und einen Sommer lang war er bereits hier an einen ritterlichen Schwur gebunden, den er in einem schwachen Augenblick der Hüterin des Feuers gegeben hatte. Er fühlte sich dabei wie ein wildes Tier in der Falle. Was hatte Genofeva damit bezweckt, ihn hierher zu senden?

Er schaute sich um. Immer noch die schwarzen Berge und der Lavaring. Alle Trauer, alle Schmerzen der Vergangenheit waren leichter zu ertragen als dieses Leben in der Fremde. Kein Schwertkampf, keine Dichtkunst, statt dessen Feuer und eine Zauberin, die ihn mit ihrer Liebe verfolgte. Die düstere Aussicht, einen weiteren Winter hinter diesen schwarzen Mauern festzusitzen, erlaubte ihm jedoch wenigstens, über eine Flucht nachzudenken. Er sollte mit Faramund darüber reden, aber dann verwarf er den Gedanken wieder. Es war unmöglich, er konnte nicht fliehen.

In jener Nacht, als Luovana an der Säule zusammenbrach, da hatte er geschworen, ihr Ritter zu sein. Sie hatte damals im Sterben gelegen. Eine fiebrige Krankheit hatte sie plötzlich befallen, und Antana, die Tänzerin, hatte die ganze Nacht bei Luovana im Raum des Lichtes gewacht. Antana war nicht nur eine gute Tänzerin, sondern auch eine kenntnisreiche Heilerin. Am Morgen, als das Fieber gesunken war und sie wußte, daß Luovana überleben würde, hatte sie Bruno gesagt, daß die Hüterin des Feuers ein Kind erwartete. Wie hätte er da an Abreise denken können?

Antana hatte ihm auch gesagt, daß der Adler Luovanas Leben bedrohte, weil sie ein Kind bekam.

Bruno streifte mit der Rechten eine Locke aus seinem Gesicht und schaute hinüber zum Burgweg. Eine graue, schmale Gestalt eilte mit fliegenden

Schritten geradewegs auf die steinerne Brücke zu. Voller Erstaunen fragte er sich, wer zu so früher Stunde die Burg verließ, nach dazu ohne Pferd. Der heisere Schrei eines Adlers riß ihn aus seinen Betrachtungen. Der dunkle Greif flog auf die Berge zu und verschwand dann zwischen den schwarzen Felsen. Bruno wandte interessiert seine Aufmerksamkeit wieder auf die Brücke, doch die graue Gestalt war verschwunden. Sie mußte es wirklich sehr eilig gehabt haben, das gegenüberliegende Ufer zu erreichen.

Sonderbar, dachte Bruno. So nah an der Burg hatte er den Adler noch nie gesehen, und was trieb jemanden dazu, zu Fuß über diese Lavabrücke zu laufen? Seine Neugierde war geweckt. Immerhin hatte Luovana in dieser Nacht das Kind zur Welt gebracht. War der Adler deswegen gekommen?

Bruno lächelte einen Lidschlag lang. Er war nun Vater einer Tochter. Luovana hatte das Mädchen Brunhild genannt. Der Ritter wandte sich von den Zinnen ab und ging zur Treppe. Er würde Faramund suchen und mit ihm in die Berge reiten, um nach dem Rechten zu sehen.

Antana zögerte einen Augenblick und schöpfte Atem. Der Weg hier herauf war ziemlich beschwerlich gewesen, doch Pyros, der Adler, hatte bei

Tagesanbruch an ihrem Fenster gesessen und sie mit heiseren Schreien gerufen. Es mußte Lursa sehr schlecht gehen, wenn der Vogel bis hinunter zur Burg flog, um Hilfe zu holen. Antana nahm all ihren Mut zusammen und schob mit der Hand die Decke beiseite, die den Eingang zur Höhle verhängte. Ein beißender Gestank von kalter Asche, Blut und Urin schlug ihr aus dem Inneren entgegen, so daß sie unwillkürlich die Luft anhielt. Sie brauchte eine Weile, bis sie die schattenhaften Umrisse der niedergebrannten Feuerstelle erkannte. Daneben hatte sich etwas bewegt.

»Lursa?« Die Heilerin hatte Mühe, ihrer eigenen Stimme einen festen Klang zu geben, so sehr schnürte ihr der Geruch die Kehle zu. Ein leises Stöhnen war alles, was sie als Antwort erhielt. Sie holte noch einmal tief Luft, bevor sie mit raschen Schritten auf die Frau zuging, die in Decken gehüllt auf dem Boden lag. Antana kniete nieder und befühlte die glühende Stirn der anderen.

Rasch griff sie in ihren Korb und suchte nach einem feuchten Tuch.

»Nein!« Lursa hatte die Augen aufgeschlagen und schob Antanas Hand, die das Tuch hielt, von sich.

»Sei ruhig, es ist nicht das heilige Wasser«, beruhigte Antana sie. Das heilige Wasser aus dem Raum des Lichtes vermochte zwar Luovana zu heilen, aber Lursa hätte es umbringen können.

»Das Kind ... du mußt es holen«, flüsterte Lursa. »Es muß leben.«

Antana nickte und zog die Decke von Lursas Leib. Der aufgequollene Leib glänzte feucht vom Fieber und war blutverschmiert. Auf der Brust erkannte Antana eine tiefe dunkle Narbe.

»Du hast es also doch getan«, sagte sie und deckte die andere wieder zu. »Ich habe es vermutet. In jener Nacht, als Luovana beinahe umgekommen wäre. Es war die einzige Erklärung für ihr Dahinsiechen. Du hast ihn zurückgeholt und damit euer beider Leben riskiert. Es ist sein Kind!«

Lursa nickte. »Ja, es ist sein Kind.«

»Ich werde es nicht holen.«

»Du mußt! Ich kann es nicht alleine.« Unter gewaltigen Anstrengungen richtete Lursa sich auf. »Du mußt«, wiederholte sie, »sonst sterbe ich.«

»Du hast Pyros zurückgeholt, um ein Kind zu empfangen, das nichts als Unheil bringen wird. Dieses Kind darf nicht leben.«

»Auch dann nicht, wenn es das Kind deines Bruders ist?« sagte Lursa mit schwacher Stimme.

»Das kann es nicht sein. Ich habe keinen Bruder«, erwiderte Antana und ließ Lursas Hand los. »Meine Mutter starb bei meiner Geburt.«

»Nein, das tat sie nicht.« Lursa schaute ihr tief in die Augen. »Deine Mutter war die Schwester meiner Mutter, und die Gwenyar haben sie mitgenommen, weil sie einen Magier namens Elinor liebte.«

»Du fieberst. Ich weiß, wer Elinor ist. Es ist der dunkle Geist eines Magiers, den die Hohepriesterin der Gwenyar hinter den schwarzen Wasserfall gebannt hat. Wie sollte er mein Vater sein?«

»Deine Mutter liebte ihn. Er wohnte unweit von hier in den Bergen, in einem unterirdischen, schwarzen Palast. Immer wieder verließ deine Mutter trotz aller Verbote die Flammenburg, um zu Elinor zu gehen. Am Tage deiner Geburt kamen die Gwenyar, um dich und deine Mutter zu holen, weil ihr nicht vollends in die Dunkelheit fallen solltet, doch meine Mutter versprach den Gwenyar, für dich zu sorgen. Sie wollte darauf achten, daß du in ihrem Sinne erzogen wurdest. Für dich drohte keine Gefahr, denn Elinor würde nicht nach einem Mädchen verlangen. Er wollte einen Sohn, dem er das Erbe des dunklen Feuers vermachen konnte.« Lursa keuchte und ließ sich wieder in die Decken zurück sinken. »So nahmen die Priesterinnen nur deine Mutter mit und ließen dich bei uns in der Flammenburg zurück.«

»Das ist nicht wahr!«

»Hast du dich niemals gefragt, warum du wie keine zweite von uns die Fähigkeit des Heilens besitzt?« Um Lursas Lippen spielte ein böses Lächeln. »Du kannst die Menschen heilen, weil du mehr als andere dazu geboren wurdest, sie magisch zu töten, genau wie dein Vater Elinor. Nur wer diese Fähigkeit besitzt, kann auch magisch heilen. Meine Mutter mußte als Hüterin des Feuers den Gwenyar schwören, daß du niemals erfährst, welche Kraft wirklich in dir liegt, damit du die dunkle Kraft in dir nicht leben kannst.«

Antana schaute in das schmerzverzerrte Gesicht der anderen. »Du hast Fieber«, flüsterte sie, wie um sich selbst zu versichern, daß nichts von all dem wahr sein konnte, und doch spürte sie, daß Lursa recht hatte. Viele Dinge, die ihr immer wieder Rätsel über sich selbst aufgegeben hatten, bekamen damit einen Sinn.

»Ja, ich habe Fieber, und du bist die einzige, die mich und das Kind retten kann. Also hole es.« Lursus griff wieder nach Antanas Hand. »Beginne endlich!«

Antana zögerte einen Moment, dann machte sie sich wieder los. »Nein, ich werde nicht das Kind eines dunklen Magiers holen«, sagte sie und legte das Tuch zurück in ihren Korb.

Lursa krallte sich an ihren Arm.

»Außerdem lügst du. Elinor kann nicht mein Vater sein, er ist hinter dem schwarzen Wasserfall gebannt.«

»Er war unvorsichtig. Er wollte deine Mutter von den Gwenyar befreien und ritt zum schwarzen Wasserfall. Du weißt besser als keine andere, Antana, daß es zwei Orte gibt, die sich an Kraft gleichen. Der eine ist die Flammenburg, der andere ist der schwarze Wasserfall. Der eine Ort wird vom Feuer, der andere vom Wasser beherrscht. Das war nicht immer so.

Das alte Volk hat von jeher das Wasser geliebt, sie kamen einst über das Meer hierher, und sie verehren die Göttin im Wasser. Sie sind diesem Element auf ewig verbunden. Elinor jedoch war ein Magier aus den Bergen. Sein Element war immer das Feuer.« Lursas Stimme wurde leise. »Lange bevor die Gwenyar die Hüterin des Feuers auswählten und beschützten und ihr die Kraft des heilenden Wassers zur Seite gaben, herrschten Männer wie Elinor über die Vulkanberge. Elinor forderte mit seiner Reise zum schwarzen Wasserfall die Macht des Wassers zum Kampf, um deine Mutter zu befreien. Es kam zu einem magischen Duell, bei dem er die Hohepriesterin der Gwenyar mit einem feurigen Stab tötete. Doch bevor sie starb, bannte sie ihn mit einem Fluch in die Höhle hinter dem Wasserfall, und da das Wasser heilig ist, kann er alleine ohne die brennende Kraft der Glut von dort nicht fliehen.«

Lursa keuchte wieder. Das Reden strengte sie sehr an. »Deine Mutter gebar kurz darauf bei den Gwenyar einen Sohn, und sie nannte ihn Pyros.«

»Nein, hör auf! Pyros ist nicht mein Bruder. Meine Mutter starb bei meiner Geburt!«

Lursa schüttelte den Kopf. »Nein, sie starb, damit Pyros leben konnte. Sie gab ihm ihr Blut über lange Zeit hinweg, so, wie Elinor ihr das seine zu trinken gegeben hatte, wenn er ihr beiwohnte. So bekam der Sohn auch das Blut des Vaters und mit ihm die Macht des Feuerzaubers. Pyros sollte Elinor eines Tages befreien und sie alle rächen. Er wird die Gwenyar vernichten!

Mit letzter Kraft verließ deine Mutter damals das Reich der Gwenyar und lebte in einem kleinen steinernen Haus, das unweit des Wasserfalls liegt. Pyros erzählte, in lauen Nächten könne man von dort den Wasserfall rauschen hören, aber das Haus steht jenseits der magischen Grenze, so daß die Priesterinnen deine Mutter nicht weiter suchten. Deine Mutter blieb jedoch in der Nähe des Wasserfalls, weil sie hoffte, Elinor würde eines Tages freikommen. Aber als sie einsah, daß es mit ihr zu Ende ging und daß sie ihren Geliebten nie wiedersehen würde, da verfluchte sie alle. Sie verband Pyros, ihren Sohn, durch ein magisches Band mit mir, der ältesten Tochter ihrer Schwester, genauso, wie ich das Leben von Luovanas Tochter mit meinem Sohn verbinden werde, um sie zu zerstören.« Lursa hielt inne, um Atem zu schöpfen. Der Schweiß rang ihr übers Gesicht, doch sie ließ Antana nicht los. »Du, Antana, bist geboren, um dem Schicksal zu dienen. Es ist deine Pflicht, dieses Kind zu holen, damit der Kreis sich schließen kann.«

»Nein.« Antana riß sich los, dabei fuhren ihr Lursas Fingernägel tief ins Fleisch und hinterließen blutige Wunden auf ihrem Arm. Lursas Augen funkelten erregt, als sie das frische rote Blut erblickte, und gierig leckte sie sich die Lippen.

»Gib es mir, dann habe ich Kraft genug, dieses Kind zu bekommen.«

»Nein!« Antana schrie auf, doch mit der gewaltigen Kraft einer Frau, die nicht sterben will, hatte Lursa ihren Arm wieder gepackt und leckte mit der Zunge über die Wunden. Antana stieß Lursa mit Gewalt von sich und sprang auf die Füße. Hastig griff sie nach ihrem Korb und floh zum Höhlenausgang. Lursas Stöhnen ließ sie jedoch innehalten. Sie wandte sich noch einmal um.

»Ich darf dieses Kind nicht holen, damit würde ich die dunkle Magie weitergeben. Und ich kann es erst recht nicht holen, wenn das, was du sagst, die Wahrheit ist. Lieber lasse ich dich sterben, um diesem elenden Fluch ein Ende zu bereiten.«

Lursa lächelte wieder. Das Blut schien ihr tatsächlich Kraft gegeben zu haben. »Du wirst mich nicht sterben lassen.«

»Doch Lursa, das werde ich! Deine Mutter war eine gütige, liebe Frau. Sie hat mich die Heilkunst gelehrt. Ich würde sie verraten, wenn ich dir helfen würde. Pyros ist die Dunkelheit, und er ist Vater dieses Kindes. Er wird mit seinem Zorn und seiner Finsternis uns alle vernichten. Wenn er Elinor befreit, werden die Gwenyar für alle Zeiten dieses Land verlassen und die Göttin wird zurück in die geheiligten Gärten gehen. Nichts als die Gewalt des Feuers und kalte staubige Asche wird bleiben. Nein, Lursa, die Liebe und die Heilung sind meine einzigen Pflichten gegenüber dem Schicksal. Die Liebe zur Göttin verlangt von mir, daß ich deinen Sohn nicht auf diese Welt hole.«

Sie schob die Decke, die den Eingang verhängte, zur Seite. »Ich hätte etwas für dich tun können, wenn nicht Pyros der Vater wäre.«

»Du wirst deinem Schicksal nicht entkommen. Ehe es Nacht wird, wirst du mein Kind holen«, keuchte Lursa.

Antana schüttelte entschlossen den Kopf. »Du irrst dich. Ehe es Nacht wird, Lursa, wirst du tot sein.«

Sie griff in ihren Korb und holte ein kleines Kristallfläschchen mit einer dunklen Flüssigkeit heraus. Sie ging zurück und legte das Fläschchen neben die schwangere Frau. »Das ist alles, was ich für dich tun kann! Wenn es unerträglich wird, trink dies. Du wirst keine Schmerzen haben.«

Lursa schob das Fläschchen verächtlich zur Seite. »Laß das, ich brauche es nicht!«

Die Heilerin hielt inne. »Gut«, sie wandte sich um.

»Antana, du hast keine andere Wahl!«

»Falsch, Lursa, man hat immer die Wahl«, sagte Antana und verließ die Höhle. »Es ist eines von den Dingen, die mich deine Mutter gelehrt hat«, sagte sie, während sie hinunter auf die Burg schaute, die in einem warmen Lichterkranz dalag. Wie immer, wenn sie für kurze Zeit in den Bergen war, genoß

Antana diesen verträumten Anblick. Lange jedoch blieb sie nie fort, sie verließ Luovana nur ungern und nur dann, wenn es wichtig war, um Kräuter zu suchen oder wenn einer der Leute aus den nahen Dörfern in Lebensgefahr schwebte. Eine geheimnisvolle Ahnung riet ihr, stets der Hüterin des Feuers zur Seite zu stehen. Ihr Schicksal war mit dem Licht verbunden, nicht mit der Dunkelheit!

Unten verließen zwei Reiter das Burgtor und galoppierten auf den steinernen Überweg zu. Das war ungewöhnlich. Sie ritten die grauen Pferde der Hüterin des Feuers und hatten es sehr eilig. Was war da geschehen? Mit flinken Schritten verließ Antana den kleinen Felsvorsprung vor Lursas Höhle und betrat den schmalen Pfad, der sie hinunter zum Burgweg brachte. Vielleicht wurde sie gebraucht.

7

Luovana schlug die Bettdecke zurück und stand auf. Sie fühlte sich nach den Anstrengungen der Nacht noch ein wenig schwach. Die Geburt der kleinen Brunhild war anstrengend gewesen, doch Antana hatte ihr Bestes gegeben. Das Mädchen hatte begnadete Hände und verstand eine Menge von der Seele einer Frau. Luovana hielt ihre Finger über das Feuer im Kamin und genoß die wohlige Wärme. Antana hatte ihr alleine durch ein paar Worte, durch Blicke oder mit einer einzigen kleinen

Geste immer wieder die Kraft gegeben, die sie gebraucht hatte.

Luovana zog sich einen leichten Umhang über die Schultern. Sie ging zu der Wiege, in der ihr Kind schlief. In diesem Bettchen hatten sie und ihre große Schwester auch gelegen. Die alte Mona, Lursas und ihre Amme, hatte das hölzerne Möbelstück in einem der oberen Kammern gefunden. Die Alte hatte es liebevoll abgestaubt und mit einem neuen Bezug aus weißem Leinen versehen.

Die Hüterin zog die kleine Decke fort und beugte sich über das Kind. Voller Stolz betrachtete sie das winzige Wesen. Sie mußte lächeln, als sie sah, wie der kleine Mund im Schlaf hin und her nuckelte, als würde er das Saugen üben. Bald, dachte sie, bald meine Kleine, wenn du aufwachst, wirst du auch trinken können, bis du satt bist.

Das kleine Mädchen hatte ein rundes Gesichtchen, und ihre Händchen waren zart und schmal. Die Kleine würde einmal eine würdige Hüterin des Feuers werden.

Ein kühler Lufthauch veranlaßte Luovana, den kleinen Körper wieder zuzudecken.

»Luovana, verzeiht, wenn ich Euch störe, aber . . .« Eine Dienerin war leise eingetreten. Luovana schaute auf, und für einen Augenblick glaubte sie einen traurigen Zug in dem Gesicht der anderen zu lesen. Sie lächelte. Das Mädchen war noch sehr jung.

»Komm, Elena«, sagte sie. »Schau dir meine Tochter an, dann wird das, was du auf dem Herzen hast, vielleicht ein wenig leichter.« Der traurige Ausdruck verschwand für einen Augenblick. Die Dienerin lächelte freundlich und trat näher.

»Darf ich wirklich?«

Luovana nickte freundlich.

Elena zog die Decke ein wenig herab, um das kleine Gesicht des Kindes genau zu sehen.

»Sie ist so schön wir Ihr, Hüterin des Feuers. Sie wird Euch gewiß viel Freude bereiten«, sagte sie, senkte jedoch rasch den Blick. Luovana sah wieder den traurigen Ausdruck in ihrem Gesicht.

»Warum bist du gekommen?« fragte sie.

»Es ist ...« Elena schaute auf. Nackte Verzweiflung lag in ihrem Blick.

»Nun, was ist geschehen?« drängte Luovana. Sie mochte es nicht, wenn jemand zauderte, ihr schlechte Nachrichten zu überbringen, als wäre sie ein altersschwaches Weib. »Was es auch ist, ich werde es schon verkraften. Ich bin die Hüterin des Feuers. Also sprich.«

Das Mädchen schluckte, und Luovana spürte, was es Elena für eine Anstrengung kostete.

»Die beiden Ritter sind fort. Sie sind geflohen! Sie haben zwei Eurer Pferde aus dem Stall genommen und ...« Sie hielt inne.

»Und? Warum hat man sie nicht gehindert?« Luovana packte das Mädchen ungeduldig bei den

Schultern. Lursa wird ihnen auflauern und sie töten, wenn sie ohne Schutz versuchen, an den Paß zu gelangen.«

»Inmee hat es ja versucht.«

»Inmee? Das Mädchen aus dem alten Volk, das vor ein paar Tagen vom schwarzen Wasserfall kam?«

»Ja, Hüterin, das Mädchen war zufällig im Stall. Sie war tapfer und wollte die Männer nicht gehen lassen, aber Faramund hat sein Schwert gezogen ...«

Luovana ließ das Mädchen los und schaute sie fassungslos an. »Er hat sein Schwert gezogen?«

Elena hielt sich die Hände vor das Gesicht. »Ich glaube, sie stirbt. Als wir sie fanden, war sie über und über mit Blut bedeckt.«

»Und die Männer?«

»Sie sind Richtung Burgweg davongaloppiert.«

»Wohin sollten sie auch sonst reiten«, sagte Luovana und warf einen Blick auf ihr Kind, das immer noch friedlich schlief. Dann schaute sie wieder auf die Dienerin. »Elena, hat eine von euch gesehen, ob die Pferde das Blut aufgeleckt haben?«

»Nein, es war ja niemand von uns da.«

Luovana wickelte sich fester in den Umhang und ging zur Tür. »Du bleibst bei der kleinen Brunhild. Ich werde Antana suchen, sie muß das Mädchen retten. Wir werden sie in den Raum des Lichtes bringen.«

»Aber ...«, Elena schluchzte auf. »Antana ist nicht hier, sie kann Inmee nicht helfen.«

Luovana blieb wie versteinert stehen. »Was soll das heißen, Antana ist nicht hier? Sie hat die ganze Nacht bei mir gewacht und hat mir geholfen, Brunhild zur Welt zu bringen. Vielleicht schläft sie irgendwo. Wir werden sie suchen.«

Elena schüttelte den Kopf. »Wir haben die ganze Burg nach ihr abgesucht. Wenn wir Antana gefunden hätten, wäre ich deswegen nicht zu Euch gekommen, nicht jetzt.« Sie wischte sich mit dem Handrücken wieder eine Träne von den Wangen. »Die Heilerin ist nicht in der Burg.«

Luovana überlegte einen Augenblick. »Gut, dann werde ich es selber tun müssen. Inmee darf nicht sterben. Du, Elena, achte mir auf das Kind. Wenn es wach wird, dann bringe es mir.« Die Hüterin eilte den Flur entlang. Hinter sich hörte sie das leise Weinen der Dienerin. Ich werde mich später um sie kümmern, dachte Luovana und bog in den Säulengang ein, der zur Treppe führte.

Das große Tor, das in den Hof hinausführte, ließ sich nur schwer öffnen, daher nahm sie den kleineren Nebeneingang, der auch näher bei den Ställen lag. Der Nordwind fuhr ihr kühl ins Gesicht, als sie nach draußen trat. Luovana dachte an ihren warmen Umhang, den sie hätte nehmen sollen, doch dafür war nun keine Zeit mehr. Sie rannte so schnell sie konnte über den Hof zu den Pferden.

Wenigstens war es im Stall nicht so kalt. Luovana schaute sich flüchtig um. Ein paar Frauen standen ratlos bei den Tieren. Aus den Augenwinkel sah die Hüterin, daß einige von ihnen Waffen trugen, Schwerter, aber auch Langbögen waren darunter. Auf dem Boden lag inmitten einer roten Blutlache das Mädchen Inmee.

»Laßt mich zu ihr«, rief Luovana aufgebracht. Sie kniete sich neben dem zerschundenen Körper nieder. Elena hatte die Wahrheit gesagt. Faramund hatte tatsächlich das Schwert gezogen und Inmee damit lebensbedrohlich verletzt. Ihr Herz schlug kaum noch. Luovana schaute auf. Ihr Blick fiel geradewegs auf eine blonde Kriegerin.

»Arma«, flüsterte sie. Tränen stiegen in ihr auf. »Du bist hier? Wieso weiß ich das nicht?« Ungläubig schaute sie sich um. Sie sah jede einzelne der Frauen an, die bewaffnet und zum Kampf bereit dastanden. Kriegerinnen aus dem alten Volk.

»Wir sind bereit zur Jagd, Hüterin. Wenn Ihr wollt, holen wir Eure Pferde und die Männer zurück«, sagte Arma.

»Der Göttin sei Dank, daß du hier bist,« entgegnete die Hüterin und griff voller Freude nach dem Arm der Frau, die den Druck freundlich erwiderte.

Das kurze blonde Haar betonte Armas schmale Gesichtszüge und unterstrich das leuchtende Grün ihrer Augen. Unentwegt schaute sie auf Luovana, seit sie den Stall betreten hatte.

»Wann bist du gekommen?« flüsterte die Hüterin.

Arma strich ihr zärtlich über das Gesicht. »Vergangene Nacht sind wir gekommen, die drei Frauen und ich.« Sie zeigte auf ihre Gefährtinnen.

»Reist du nicht mehr alleine?«

»Ich war lange in der Gegend bei den schwarzen Wasserfällen.« Sie lächelte. »Du weißt, ich liebe den Frühling.«

Luovana nickte. Die Landschaft rund um den Wasserfall war sanft und immerzu grün. Dort gab es keinen Winter. Luovana war selbst auch sehr gerne dort, sie liebte den Frieden, den das alte Volk in seinem Herzen trug.

»Die Hohepriesterin ist in Sorge um dich, sie sandte mich zu dir. Sie sagte, du und dein Kind, ihr würdet Schutz brauchen, denn der Adler sei gefährlich nahe. Vielleicht näher als jemals zuvor. Niemand weiß genau, was er vorhat.«

Luovana nickte. »Lursa hat vor vielen Monden das Ritual gesungen und Pyros verwandelt. Wir alle dachten damals, er würde die Burg angreifen, doch nichts geschah. Seitdem weiß ich nicht, was sie tut. Ich begegne ihr nicht mehr in den Bergen.« Sie lächelte Arma an. »Allerdings war ich in der letzten Zeit auch nicht sehr oft jenseits des Lavarings. Ich war ziemlich unbeweglich.«

»Hast du den Adler heute morgen nicht gesehen?«

Luovana schüttelte stumm den Kopf.

Arma wechselte einen bedeutungsvollen Blick mit einer der Frauen. »Das ist Mirka. Die Hohepriеsterin schickt sie dir, sie soll deine Tochter segnen und über sie das Schicksal sprechen. Mirka hat den Adler heute morgen hier über der Burg kreisen sehen.«

Luovana schüttelte den Kopf. »Ich habe geschlafen.«

»Seid unbesorgt, Hüterin, vielleicht hat das alles nichts zu bedeuten. Wir werden ein paar Tage Eure Gäste sein und die Geburt Eurer Tochter feiern«, sagte Mirka. »Falls Inmee es überlebt.«

»Hast du beobachtet, was geschehen ist?« fragte Luovana. Sie riß ein Stück Stoff aus ihrem Umhang und verband die blutende Wunde damit notdürftig.

Arma schüttelte den Kopf. »Nein, Elena hat sie entdeckt. Sie kam zu mir, weil sie die Heilerin nicht fand. Sie wollte dich nicht stören. Da sie mich heute nacht zum Tor hineingelassen hatte, wußte sie, daß wir hier sind.«

Luovana nickte. »Antana ist eine gute Heilerin, aber sie ist nicht hier.«

»Dann hole sie«, sagte Arma. »Es wäre an der Zeit, daß sie noch einmal ihr Bestes tut.«

»Inmee ist schon sehr schwach«, mischte sich Mirka ein.

Lavana nahm die Hand des verletzten Mädchens. »Elena sagt, Antana sei nicht in der Burg. Ich werde Inmee selber heilen müssen.«

Arma und Mirka wechselten einen vielsagenden Blick.

»In deinem Zustand?« fragte Arma. »Es war schon falsch von dir, überhaupt das Bett zu verlassen. Es wird dich zu viel Kraft kosten, sie zu heilen. Du bist zu schwach, um sie zu retten.«

Luovana zuckte mit den Schultern. »Weißt du einen anderen Weg? Wenn ich es nicht versuche, wird sie auf jeden Fall sterben.«

Arma schaute auf das Mädchen. Luovana hatte recht. Es war offensichtlich, daß Inmee dem Tode näher als dem Leben war.

»Du weißt, was es bedeutet, wenn sie stirbt«, flüsterte Luovana. In ihren Augen schimmerten wieder Tränen.

Arma nickte stumm. Sie kannte das alte Volk. Sie hatte lange genug am schwarzen Wasserfall gelebt, um die seltsamen Riten zu verstehen. Wenn eine aus dem alten Volk durch die Schuld eines Fremden starb, dann forderte das alte Volk ein neues Leben von dem Mörder. So wie die Sache jetzt stand, würde Luovana ihre Tochter dem alten Volk geben müssen, wenn Inmee unter ihrem Dach zu Tode kam.

»Gut.« Arma winkte zwei ihrer Frauen heran, die Inmee vorsichtig aufhoben. »Bringt sie in den Raum des Lichtes.«

»Legt sie gleich neben den Teich«, rief Luovana ihnen nach und stand auf, um ihnen zu folgen. »Dann muß ich das Wasser nicht zu ihr tragen.« Sie wandte sich an Arma, die wieder ihre Hand hielt.

Die Kriegerin gab ihr mit dieser Berührung einen Teil ihrer Kraft.

»Die Frauen werden bei dir bleiben und vor der Türe wachen. Sie werden da sein, wenn du sie brauchst. Ich will nicht, daß dir etwas geschieht«, sagte Arma. Sie strich der Hüterin sanft mit dem Finger über die Wange.

»Danke«, sagte Luovana und schlang ihren Arm um Arma. Sie war froh, die Kriegerin in ihrer Nähe zu wissen.

»Ich werde mit Mirka alleine losreiten und dir die Männer zurückbringen.« Arma lachte leise, als sie sich wieder von Luovana löste. »Soll ich sie am Leben lassen?«

Die Hüterin des Feuers nickte. Arma gab ihr einen sanften Kuß auf die Lippen. »Wahrscheinlich bin ich vor der Dämmerung zurück.« Sie trat zu ihrem Pferd.

»Nein, reite mit Aysar«, sagte Luovana. »Sie kennt das Gebirge wie kein anderes Pferd. Sie wird dich gewiß zu mir zurücktragen, denn ich will heute nacht in deinem Arm schlafen.«

»Aber Aysar ist das Pferd der Hüterin.«

»Hast du vergessen, daß du die Geliebte der Hüterin bist«, lächelte Luovana. »Was liegt da näher, als daß du mein Pferd reitest?«

Arma war seit vielen Wintern ihre Gefährtin, auch wenn ihre Wege nicht immer die gleichen waren. Die Kriegerin war rastlos, es trieb sie oft von einem Ort zum anderen. Doch Luovana liebte sie sehr. Sie hätte jederzeit ihr Leben für sie geopfert, und sie wußte, daß Arma das gleiche auch für sie tun würde. Ihre Liebe überwand alle Zeit und jede Entfernung.

Arma strich ihr wieder sanft über die Wange. »Gut, meine Schöne, ich werde deine Stute reiten«, sagte sie, küßte Luovana noch einmal und trat zu dem dunkelgrauen Pferd, das gespannt die Ohren aufstellte. Luovana flüsterte dem Tier ein paar Worte zu. Dann wandte sie sich an die Kriegerin.

»Arma, gib auf den Adler acht. Vielleicht haben die Pferde von dem Blut des Mädchens geleckt. Inmee gehört zum alten Volk. Der Adler wird sie jagen, und er wird dich jagen, weil du beim alten Volk gelebt hast. Pyros nimmt seine Rache sehr ernst.«

Arma nickte, beugte sich vom Pferd hinab und gab Luovana einen sanften Kuß auf die Lippen. »Mach dir keine Sorgen, ich werde zurückkehren, Hüterin. Wer außer mir sollte sonst deiner Tochter das Kämpfen beibringen?«

Luovana lächelte matt. Sie sah Arma nach, die aus dem Stall hinaus auf den Hof Richtung Tor ritt. Mirka trieb ebenfalls ihre Stute an und folgte der blonden Kriegerin.

Luovana machte sich auf den Weg zum Raum des Lichtes. Arma war stark. Sie würde ihr in der Nacht, wenn sie bei ihr lag, alle Kräfte zurückgeben, die sie jetzt für Inmee brauchte.

Die Hüterin kniete sich im Raum des Lichts neben den Seerosenteich. Ein paar der umstehenden Kerzen waren erloschen. Sie war am Morgen nicht aufgestanden, um sie neu zu entzünden. Mit kalten Fingern umschloß sie den schwach leuchtenden Rubin, der an dem ledernen Riemen um ihren Hals hing. Auch er besaß nicht mehr soviel Kraft. Sie würde ihn zur Quelle bringen müssen, wenn sie dies alles hinter sich gebracht hatte.

Luovana schaute auf das Mädchen.

»Wartet draußen«, sagte sie zu den beiden Frauen aus dem alten Volk. Langsam tauchte sie ihre Hände in das warme Wasser des Teiches und bat die Göttin um Hilfe. Zum ersten Mal in ihrem Leben hatte sie Angst, daß eine Heilung über ihre eigenen Kräfte gehen könnte.

Atemlos kam Antana am Fuß des Berges an. Sie war so schnell sie konnte den Geröllpfad hinuntergelaufen, denn sie spürte plötzlich, daß ihre Kräfte sie verließen. Ihr Arm, an dem Lursa getrunken hatte, verfärbte sich um die Wunde bereits dunkel, dazu kamen die Anstrengungen der letzten Nacht, die an ihr zehrten. Sie mußte sich beeilen und auf dem schnellsten Weg in den Raum des Lichtes gelangen. Noch ein paar Schritte, dachte sie, dann würde sie den Burgweg erreichen. Wenn sie erst die Feuerbrücke hinter sich hatte und mit ein wenig Glück schnell genug an das heilige Wasser käme, würde sie der dunklen Macht, die sich in ihrem Körper auszubreiten begann, noch rechtzeitig entfliehen können.

Als sie aufschaute, sah sie zwei Reiterinnen, die über den Burgweg ihr entgegenkamen. Sie erkannte Arma, die große blonde Kriegerin, die Luovanas Stute ritt. Das hieß nichts Gutes. Irgend etwas mußte während ihrer Abwesenheit in der Burg geschehen sein.

»Beeilt Euch, Heilerin«, rief die Kriegerin ihr zu. »Die beiden Fremden haben Inmee, das Mädchen aus dem alten Volk, schwer verletzt. Luovana ist mit ihr im Raum des Lichtes. Aber ich fürchte, sie ist zu schwach, um sie zu retten.«

Antana sah die Kämpferin erschrocken an. »Das fürchte ich auch! Die Geburt der Kleinen hat sie an den Rand ihrer Kräfte gebracht. Auch der Rubin der Göttin, den Luovana trägt, hat kaum noch heilende Wirkung.«

»Um so schlimmer«, sagte Arma. »Beeilt Euch.«

Antana schluckte. Wenn die Hüterin mit Inmee im Raum des Lichtes war, würde sich niemand um die kleine Brunhild kümmern. Sie schaute zurück zu den schwarzen Bergen. Das ist Lursas Werk, dachte sie. Lursa hatte mit ihren finsteren Zaubern den beiden Männern eingegeben, ausgerechnet an dem Tag zu fliehen, an dem Luovana von der Geburt geschwächt war!

Arma, die ein ausgeprägtes Gespür für Gefahr hatte, zügelte Aysar neben der Heilerin und betrachtete sie genauer.

»Was ist mit Euch? Was schaut Ihr hinauf zu den Bergen, habt Ihr die Männer dort oben gesehen?«

Antana schüttelte den Kopf. »Nein, die Männer sind über den Burgweg gekommen und dann in der Wasserhöhle verschwunden. Es ist noch nicht sehr lange her. Ich habe sie von oben gesehen.« Sie schaute an der Kriegerin vorbei zu Mirka. »Der Jüngere sah so aus, als ob er Schwierigkeiten mit dem Pferd hatte. Jedenfalls ritt er ziemlich waghalsig über die Schlucht hinweg. Zweimal hätte es ihn fast das Leben gekostet, so nahe war er am Abgrund.«

Arma lächelte. »In ihrer Eile haben sie Mirkas Pferd erwischt. Das Tier ist am schwarzen Wasserfall aufgewachsen, es ist nicht gewöhnt, über Feuer zu gehen und von einem Mann geritten zu werden. Es hat überhaupt nie jemand anderes als Mirka getragen.« Sie drehte sich zu ihrer Gefährtin um. »Ich glaube, es wird eine Kleinigkeit, die beiden noch vor dem Paß zu stellen.« Sie musterte Antana noch einmal durchdringend.

»Ihr seht müde aus, Heilerin. Mir scheint, die Geburt der kleinen Brunhild hat Euch mehr zu schaffen gemacht als der Hüterin. Wo seid ihr eigentlich gewesen?«

»Pilze suchen«, erwiderte Antana rasch und wich dem prüfenden Blick der Kriegerin aus. Arma durfte nicht erfahren, woher sie kam, und wenn die Blonde ihren Arm sah, würde man sie wahrscheinlich nicht einmal mehr über den Burgweg zurücklassen. Antana wußte, daß Arma lange genug am schwarzen Wasserfall gelebt hatte, um die Bedeutung dieser Wunden zu erkennen.

»Es ist besser, wenn ich nun nach dem Rechten sehe«, sagte Antana deshalb und war bemüht, den Umhang so fest um sich geschlungen zu halten, daß Arma keinen Verdacht schöpfte.

Die Kriegerin nickte zögernd. »Wir kommen so schnell wie möglich zurück.« Arma trieb die graue Stute an. »Vielleicht schaffen wir es noch vor der Abenddämmerung, die beiden Ritter zurückzubringen.«

Antana nickte und schaute erleichtert zu, wie die beiden Frauen in der nahen Wasserhöhle verschwanden. Ein heiseres Kreischen über ihr schreckte sie auf. Sie hob den Kopf und erkannte Pyros, der zur Flammenburg flog. Antana ließ ihren Korb fallen und vergaß ihren blutigen Arm. Wenn der Adler kam, konnte das nur eines bedeuten!

Sie rannte so rasch sie konnte über die heiße Brücke und eilte mit letzter Kraft zur Burg.

Wenn Luovana bei dem Mädchen im Raum des

Lichtes war, dann war die kleine Brunhild in größter Gefahr. Lursa hatte gesagt, daß sie das Leben ihres Sohnes mit dem der kleinen Brunhild verbunden hatte. Wenn Lursa nun oben in ihrer Höhle sterben würde, weil sie das Kind alleine nicht zur Welt bringen konnte, dann würde der Adler versuchen, Luovanas kleine Tochter zu töten.

Als Antana mit beiden Händen das gewaltige Burgtor aufstieß, sah sie flüchtig, daß ihr rechter Unterarm schon ganz dunkel verfärbt war und die Wunden wieder stärker bluteten, doch sie spürte keine Schmerzen. Sie hatte nur einen Gedanken, das Kind zu retten. Im Laufen warf sie ihren Umhang ab und eilte mit wehenden Haaren die Stufen hinauf zum Säulengang. Von dort aus war es nicht mehr weit bis zu Luovanas Gemach. Sie zog den kleinen Dolch aus ihrem Stiefel und warf sich gegen die Tür.

Fassungslos blieb sie stehen und brauchte einen Augenblick, um zu sich zu kommen. Auf Luovanas Bett lag die schreiende Elena und kämpfte mit Pyros, der immer wieder ihre Brust angriff. Es roch nach Blut und Tränen. Antana spürte ein unangenehmes Würgen im Hals.

Die Heilerin erkannte, daß die arme Elena vergeblich kämpfte. Der Adler hatte bereits gesiegt. Das Gewand des Mädchens war zerrissen, ihre nackten Brüste waren blutüberströmt. Wahrscheinlich war sie eingeschlafen, so daß der Greif unbemerkt durch das offene Fenster hereinfliegen konnte. Er hatte erlangt, was er wollte: ein Stück Fleisch aus der Brust einer Frau, um sich verwandeln zu können. Lursa hatte nicht mehr die Kraft, ihm ein Teil ihres Lebens zu geben, so mußte der Adler es sich woanders holen. Doch Lursa mußte das Lied singen, sonst konnte diese Verwandlung nicht gelingen. Antana betete inständig, daß Lursa die Kräfte während des Singens verließen und so diesem finsteren Zauber ein Ende gemacht wurde.

Elena hatte viel Blut verloren. Der Greif war gnadenlos in seinem Kampf. Die Heilerin wußte, daß sie dem Mädchen nicht mehr helfen konnte. So fuhr sie herum und griff, ohne zu überlegen, nach dem kleinen Kind in der Wiege. Solange der Adler mit dem Kampf beschäftigt war, würde es ihr vielleicht gelingen, mit Brunhild den Raum des Lichtes zu erreichen. Dort war die Kleine sicher. Die Heilerin lief mit dem schreienden Bündel im Arm zur Tür, als ein unheimliches Rauschen und Flattern von Flügelschlägen sie innehalten ließ.

Voller Angst warf sie einen Blick über die Schulter zurück und schluckte. Elena war tot. Auf ihrer nackten zerfetzten Brust lag eine Adlerfeder. In Elenas aufgerissenen Augen erkannte Antana noch deutlich die schreckliche Pein. Sie wandte den Blick ab.

Am Kamin stand ein junger schöner Mann, der sie lächelnd ansah. So also sieht Pyros aus, dachte sie. Ihre Angst war augenblicklich verschwunden, denn dieser Mann dort hatte nichts Bedrohliches an sich, im Gegenteil, er wirkte äußerst anziehend.

Seine Augen hatten einen braunen, seidigen Glanz, und sein Lächeln war freundlich. Pyros glich, wie er da am Kamin lehnte, eher einem jungen Gott, so vollendet war seine Gestalt.

Antana versuchte, sich an die Legenden zu erinnern, die sie über den Magier gehört hatte. Er war ein mächtiger Magier, der an Zauberkraft den Gwenyar in nichts nachstand.

Als Lursas und Luovanas Mutter gestorben war, hatten die Priesterinnen Lursa vor die Wahl gestellt. Sie sollte auf den Magier verzichten, um Hüterin des Feuers zu werden, doch sie wollte nur gemeinsam mit ihm dem dunklen Feuer der Göttin dienen. Ihre Liebschaft zu ihm hatte damals allseits Mißfallen in der Burg erregt. So war es schließlich irgendwann zu jenem Kampf gekommen, bei dem die Priesterinnen Pyros vernichten wollten. Doch er war stärker. Lange kämpften sie gegeneinander, bis die Hohepriesterin ihr Leben opferte, um seine Macht soweit zu brechen, daß die anderen Frauen ihn mit ihren heiligen Liedern in einen Adler verwandeln konnten. Lursa hatte entschieden, bei ihm zu bleiben. Sie hatte ihre Rache und ihren Haß den Gwenyar entgegengeschrien und war in die Berge gezogen. Seither lebte sie oben in der Höhle.

Antana war damals zu jung gewesen, um sich an

alles genau zu erinnern. Jedenfalls kam es ihr so vor, als sähe sie sein Gesicht zum ersten Mal. Voller Faszination betrachtete sie den menschlichen Pyros. Luovana hatte einmal gesagt, daß Pyros ein so mächtiger Magier war, weil er jeder Frau in der Gestalt erscheinen konnte, der sie in Liebe verfallen würde.

Lursa war ihm verfallen, und auch keine andere Frau würde sich seiner Verzauberung entziehen können. Er fände immer das Bild der Sehnsucht, welches jede Frau in ihrem Herzen trug.

Pyros war nackt, bis auf ein schwarzes Tuch, welches er lose um die Lenden geschlungen hatte. Seine langen dunklen Haare fielen ihm ins Gesicht und verschleierten seinen Blick ein wenig. Antana fühlte, wie ihre weibliche Neugier erwachte. Auf seiner Brust brannte im rötlichen Licht des Feuers eine tiefe Narbe.

»Laß von dem Kind ab, Antana, und komm her zu mir an den Kamin.« Seine Stimme hatte einen warmen Klang.

»Niemals«, sagte Antana und umklammerte die kleine Brunhild, als wäre sie ihre eigene Tochter. »Bevor du das Mädchen bekommst, mußt du mich töten.«

Der Mann lachte, und Antana schaute ihn verwirrt an.

»Lege die Kleine zurück in ihre Wiege. Sie hat heute, am Tag ihrer Geburt, genug Aufregung gehabt. Ich werde der Braut meines Sohnes kein Leid zufügen, das kannst du mir glauben.«

»Der Braut deines Sohnes? Ich glaube dir kein Wort«, erwiderte Antana, doch sie ging willenlos zurück zur Wiege und legte das Kind wieder zwischen die Decken. Vielleicht ist es besser, die Arme frei zu haben, dachte sie. Wenn sie mit dem Mann kämpfen mußte, würde das Kind vielleicht verletzt werden. Sie umklammerte fest den Dolch in ihrer Rechten. Entschlossen schaute sie ihn wieder an. Dann lauschte sie, ob vielleicht jemand die Saite einer Laute angeschlagen hatte. Ihr war plötzlich, als habe sie Musik gehört, doch es war still, bis auf die Stimme in ihr, die sie in den Raum des Lichtes rief. Doch wie weit war dieser Raum plötzlich fort. Es erschien überhaupt, in diesem Augenblick alles sehr weit von ihr entfernt zu sein. So viel weiter weg als dieser schöne Mann, der langsam auf sie zuschritt.

»Du wirst Lursa helfen, ihr Kind zu bekommen.« Pyros schaute auf ihren Arm und schüttelte den Kopf. »Dir bleibt keine Wahl, wenn du leben willst.«

»Lieber werde ich sterben, als Eurem Sohn zu helfen, auf die Welt zu kommen«, zischte Antana und wollte zurückweichen, doch hinter ihr stand die Wiege.

Pyros lachte leise. »Liebe Schwester, beeile dich nicht so sehr mit dem Sterben. Vielleicht bist du schon tot, ehe die Sonne ein weiteres Mal aufgeht. Außerdem ...« Er strich sich mit der linken nachdenklich über das Kinn. »... gibt es auch weit Schlimmeres als den Tod. Du solltest unseren Vater sehen. Elinor leidet tausend Qualen, weil er hinter dem Wasserfall nicht sterben kann.«

»Was geht mich Euer Vater an.« Antana umklammerte den Dolch in ihrer Hand.

Mit einem weiteren Schritt war der Magier ihr so nah, daß sie den warmen Duft seiner Haut roch. Seine tiefen, dunklen Augen begannen zu glühen wie die Lavaschlucht draußen vor der Burg.

»Du bist wunderschön, Schwester.«

»Ich bin nicht Eure Schwester. Meine Mutter starb bei meiner Geburt«, flüsterte sie. Der Widerstand brachte sie an den Rand ihrer Kräfte. Sie wollte fliehen, bevor es zu spät war.

»Du bist eine tapfere kleine Frau, Antana.« Pyros hielt ihr einen Finger unter ihr Kinn und zwang sie, ihm wieder in die Augen zu sehen. Zärtlich strich er eine Strähne ihres schwarzen Haares aus dem Gesicht und näherten sich ihren Lippen.

Mit aller Anstrengung, zu der sie noch fähig war, drehte Antana den Kopf von ihm weg. Was dem Magier jedoch nicht mehr als ein sanftes Lächeln entlockte.

»Ich brauche deine Hilfe, damit mein Sohn leben kann«, drängte er leise und strich mit seinen warmen Lippen über ihre Wangen.

»Nein!« Antana schaute auf und spürte sofort, daß es ein Fehler war, ihm in die Augen zu sehen. In seinem Blick lag soviel zärtliche Magie, die ihre gesamte Willenskraft mit einem einzigen Lidschlag außer Kraft setzen konnte. Antana schluckte. Verzweifelt bäumte sie sich auf, doch ihr Körper blieb regungslos stehen.

Sanft berührten seine Lippen ihren Mund. In ihrem Kopf drehte sich alles. Nichts war mehr wichtig. Nicht die kleine Brunhild in ihrer Wiege, nicht Lursa in ihrer Höhle. Antana hörte in ihrem Inneren Luovana verzweifelt nach ihr rufen, sah den Raum des Lichtes und fühlte wieder einen stechenden Schmerz in ihrem Arm. Das Zimmer um sie herum verschwand in grauem Nebel, als Pyros seine warme Zunge wie eine Schlange über ihre Lippen gleiten ließ.

Als der Magier sie wieder freigab, schmerzte ihr Arm entsetzlich, und auch ihre Lippen taten ihr weh.

»Sei meine Gefährtin. Gib dich mir, du bist eine wundervolle Schönheit.« Seine Hände fuhren immer wieder durch ihr langes schwarzes Haar, streichelten sanft die empfindlichen Stellen in ihrem Nacken und fuhren langsam ihren Rücken abwärts. »Und ich liebe Schönheiten, besonders wenn sie deine Fähigkeiten haben. Gemeinsam könnten wir unseren Vater befreien. Komm, ich werde dich lehren, eine wahre Magierin zu sein«, flüsterte er und biß dabei zärtlich an ihrem Ohr, daß es ihr Schauer über den Rücken jagte.

Pyros hob Antanas rechten Arm, der sich mittlerweile ganz schwarz verfärbt hatte, und leckte weich über die Wunden. Seine Zunge strich immer wieder darüber, bis das geronnene Blut erneut zu fließen begann. Es war, als ob er ihr Blut immer schneller durch ihre Adern trieb, bis es rauschte.

Von irgendwoher erklang wieder Musik. Diesmal nicht nur eine Laute, sondern auch eine Harfe, die Antana hörte, und doch war es still um sie herum, bis auf das Weinen der kleinen Brunhild.

Antanas Atem ging schneller, Pyros hielt einen Augenblick inne; er sah sie an und lächelte. »Du begehrst die Magie, denn du hast sie genauso in dir wie ich. Sie ist ein Geschenk unseres Vaters, und ich bin der einzige, der sie dich wirklich lehren kann.«

Die Heilerin schaute auf ihren Arm, der sich langsam von schwarz zu rot verfärbte. Die Schmerzen hatten nachgelassen. Pyros gab ihr eine neue seltsame Kraft zum Leben. Sie war nicht nur die Heilerin. Lursa hatte recht. Die Macht zu heilen und die Macht zu töten waren zwei Seiten eines einzigen Amulettes. Sie gehörten zusammen.

»So gefällst du mir noch besser. Deine hellen, strahlenden Augen werden die Gier nach Leben nie mehr verbergen können.«

Er griff hinter sich nach einem Ende der blutigen Decke, auf der die tote Elena lag. Mit einem Ruck schlug er den Stoff samt der Leiche vom Bett und zog Antana zu sich.

»Komm, ich werde dich lehren, was du wissen mußt, und dann wirst du meinen Sohn retten.«

Antana nickte gehorsam. Sie warf noch einen kurzen Blick auf das weinende Kind in der Wiege, doch es bedeutete ihr nichts mehr; es war, als sei sie aus seiner Welt hinaus in eine andere geglitten.

Sie fühlte diese warmen fordernden Lippen auf ihrer Haut, spürte, wie seine Hände ihr Gewand von ihrem Leib streiften. Brunhild, Luovana und all die anderen waren ihr plötzlich gleichgültig.

9

Bruno lenkte sein Pferd um einen großen Felsen und erkannte, daß sie wieder auf dem Hochplateau angekommen waren, von dem aus der Paß hinunter zu dem weiten Schneefeld führte. Nachdem das Mißgeschick mit dem Mädchen im Stall der Flammenburg geschehen war, hatten Faramund und er beschlossen, so schnell wie möglich nach Worms zu reiten. Er wollte nicht wirklich in den Bergen nach dem Rechten sehen. Er wollte fliehen – das wußte er nun! Erst hatte Bruno noch das Gewissen geplagt, doch je weiter sie von der Burg fortkamen, um so freier fühlte er sich.

Bruno schaute hoch und erschrak. Auch Faramund, der neben ihm ritt, hielt entsetzt inne. Auf dem Felsen vor ihnen stand eine blonde Kriegerin in einer ledernen Rüstung und hielt einen gespannten Bogen auf sie gerichtet.

»Die Hüterin des Feuers erwartet Euch. Ihr werdet uns dorthin begleiten und sie unverzüglich aufsuchen!« Der Klang ihrer Stimme ließ keinen Zweifel daran, daß ihre Worte ein Befehl waren.

Der Ritter wandte sich an Faramund. »Wollt Ihr zurück zur Flammenburg reiten, junger Freund?«

Faramund schaute ihn entsetzt an. »Nein, gewiß nicht!«

»Wohlan!«

Mit einem Satz war Bruno von seinem Pferd herabgesprungen und hatte sein Schwert gezogen. Doch ehe er zu einer Attacke ausholen konnte, fuhr ihm ein Pfeil surrend in den Arm. Bruno fühlte einen stechenden Schmerz. Sein Schwert fiel zu Boden.

»Ich scherze niemals«, sagte die Kriegerin, senkte den Bogen und sprang von dem Stein. Langsam schritt sie auf die beiden Ritter zu. »Meine Gefährtin und ich werden Euch zur Burg begleiten.«

Sie riß einen Streifen Stoff aus ihrem Umhang. »Reicht mir Euren Arm Ritter«, sagte sie. »Ich werde ihn verbinden.«

Bruno gehorchte wortlos. Für einen Augenblick

überlegte er, daß er die Frau mitsamt ihrer Gefährtin überlisten könnte, doch die Wunde blutete stark, es fehlte ihm an Kraft.

Als sie mit dem Verband fertig war, drehte Bruno sich herum. Immerhin hatten Faramund und er fast den Paß erreicht. Sein Blick fiel auf den jungen Ritter. Bruno fühlte genau, was in dem anderen vorging. Es gab nichts, was einem mehr Lebensmut rauben konnte als eine mißlungene Flucht.

»Wißt Ihr nun, mein Freund, warum ich nicht gerne von großen Heldentaten berichte. Manche Dinge, die man erlebt, vermögen den eigenen Ruhm nicht zu mehren.«

Der Junge schaute ihn wütend an und schwieg. Bruno sah, daß die Gefährtin der Kriegerin mit Faramund das Pferd getauscht hatte. Es mußte dem armen Kerl ganz schön zusetzen, das Pferd mit einem Weib zu tauschen. Aber es war vermutlich besser so. Faramund hatte das schöne Tier kaum zu bändigen gewußt, beinahe wäre er sogar in den Abgrund gestürzt, weil das Pferd nicht auf die Zügelführung reagierte. Es war zwar ein ausnehmend schönes Tier, mit einem weichen Gang, doch für eine Flucht war es ganz und gar nicht geeignet.

Die Kriegerin gab das Zeichen zum Aufbruch, und Bruno beeilte sich, in den Sattel zu steigen.

Mit Einbruch der Dämmerung gelangten sie zum Eingang der Wasserhöhle. Die blonde Kämpferin hatte immer wieder zur Eile angetrieben, doch jetzt schien sie zu zögern. Sie hielt die Stute an und betrachtete den Himmel.

»Es ist zu spät«, sagte sie und wandte sich an ihre Gefährtin, die mit gezogenem Bogen die Flucht für die beiden Ritter unmöglich machte. »Wir können es nicht mehr wagen.«

»Willst du vielleicht bis morgen warten?«

Die Blonde schüttelte den Kopf. Bruno fiel ein, was Luovana ihnen von dem Höhlenbewohner erzählt hatte.

»Wir können unmöglich bei Nacht über das Gebirge gehen.« Sie deutete auf die Männer. »Die beiden wären ein gefundenes Fressen für den Adler. Denk daran, Arma, du hast sie der Hüterin lebend versprochen. Dort oben werden sie sterben.«

»Das werden sie in der Höhle vielleicht auch, wenn es zu spät ist.« Ohne ein weiteres Wort zog die Blonde ihr Schwert und ritt in die Höhle. Bruno folgte ihr. Sie trieb ihre Stute so rasch es ging über die nassen Planken. Der Ritter hatte Mühe mitzuhalten. Er war froh, daß er nicht zum ersten Mal diesen Weg ritt. Das ständige Rauschen des Wasser und die feuchte Luft, die einem entgegenschlug, konnten einen schon sehr irritieren. Er wischte sich mit der Hand durch sein Gesicht. Dünne zarte Fäden streiften seine Haut.

Eben als er glaubte, daß vor ihnen nun bald das rote Schimmern des Lavarings auftauchen mußte, wurde es plötzlich hell in der Grotte. Eine Fackel hatten sich vor ihnen aus dem Nichts entzündet. Bruno sah schattenhaft die Stute vor ihm auf die Hinterbeine steigen und zügelte sein Pferd, das unruhig zu tänzeln begann.

»Zurück«, rief die Frau und schwang das Schwert. Bruno versuchte, an ihr vorbeizuspähen, und erkannte einen Fackelträger in grauschwarzen Gewändern, der einen Stock in der Hand hielt.

Die Kriegerin fluchte laut und wirbelte mit der Klinge herum, als wäre sie leicht wie ein Dolch. Wie eine donnernde Rachegöttin ließ sie die Waffe tanzen, aber es ließ sich nicht erkennen, ob sie wirklich irgendwen traf, und um ihr zu Hilfe zu kommen, war der Gang zu schmal. Außerdem war Bruno nicht sicher, ob er ihr wirklich helfen wollte. Sein Arm und die Schulter schmerzten.

»Verdammt, Ihr sollt endlich umkehren, habt Ihr nicht gehört? Ich kann Ema nicht ewig aufhalten«, schrie die Kriegerin.

Bruno hatte Mühe, sein Pferd zu beruhigen, doch fasziniert von der eleganten Beweglichkeit dieser Frau schaute er auf die Szenerie vor ihm. Die Kriegerin verteilte ihre Hiebe zügig und gnadenlos, aber den Fackelträger schien das wenig zu beeindrucken. Er stand sehr ruhig in dem Gang und hielt seinen Stock hin und wieder in die Höhe, um Armas Klinge Einhalt zu gebieten.

Er schien kein Gesicht zu haben, jedenfalls keines, das im Widerschein der brennenden Flamme zu erkennen gewesen wäre. Sie fauchte bei jedem Schlag wie eine wildgewordene Katze, daß es laut von den Wänden widerhallte.

»Mirka«, rief die Kriegerin, »verschwinde endlich von hier, ich kann nicht mehr.«

»Warte, Arma«, rief die Bogenschützin von hinten. »Hör auf mein Zeichen auf zu kämpfen. Legt Euch alle flach auf den Pferdehals.«

Bruno drehte sich erstaunt um und sah, daß die junge Frau, die hinter Faramund ritt, auf den Rükken ihres Pferdes stieg und sich dort niederkniete. Er schloß die Augen und dachte daran, was das Pferd nur ein paar Stunden zuvor mit Faramund in dieser Höhle gemacht hatte. Der junge Ritter verstand wahrhaftig etwas vom Reiten.

»Jetzt«, rief sie. Ihre Stimme schallte durch den schmalen Gang. Der Ritter ließ sich gehorsam nach vorn auf den Pferdehals fallen. Kurz darauf ertönte ein leises Zischen, das sich gemeinsam mit dem Klang der Frauenstimme zu einem eigenwilligen Ton steigerte, der nicht mehr aufzuhören schien. Immer lauter schallte es durch die Grotte, in singenden Kreisen, so daß Bruno sich die Ohren zuhielt. Er vermochte nicht zu sagen, wie lange dieser Zauber wirkte, doch plötzlich war es dunkel um ihn herum.

»Der Wächter ist fort«, sagte die Kriegerin leise. Ihre Stimme klang erschöpft. »Schnell, wir müssen weiter!«

Arma zügelte Aysar. Vor ihnen lag der glühende Schlund des Lavarings. Erschöpft fuhr die Kriegerin sich mit der Hand über die Augen. Ihre Glieder brannten, und in ihrem Kopf drehte sich alles. Es war leichtsinnig gewesen, sich auf Ema, den Wächter, einzulassen. Genaugenommen war es eine ausgemachte Narretei, die sie jederzeit das Leben kosten konnte. Hoffentlich hatte die Heilerin einen warmen Kräutertee, dann würde sie sich zu Luovana ins Bett legen und mindestens drei volle Tage schlafen.

Mirka und die beiden Männer hatten ebenfalls den Höhlenausgang erreicht. Arma nickte der Gefährtin dankbar zu. Wenn Mirka den singenden Pfeil der Gwenyar nicht gehabt hätte, wären sie wahrscheinlich alle verloren gewesen! Ema ließ nicht zu, daß jemand bei Nacht seine Höhle lebend verließ.

»Verzeiht, Kriegerin.« Faramund hielt sein Pferd neben Arma an. »Ich sah Euch vorhin das Schwert schwingen, aber es schien diesem Höhlenbewohner nichts auszumachen. Wer ist er, daß ihn Eure Attakken unberührt lassen?«

Arma schaute ihn an. Das junge Gesicht vor ihr glühte vor Neugier. Langsam schüttelte sie den Kopf. Sie war entsetzlich müde und hatte nicht die geringste Lust auf lange Erklärungen. »Hat Euch die Hüterin nichts über den Wächter erzählt?« fragte sie leise.

»Nein.«

Sie seufzte. Der junge Ritter ließ sie nicht aus den Augen! »Die Legenden erzählen, der Wächter sei ein Mann aus dem alten Volk, der nicht sterben kann, weil er einem Magier seinen Tod verkauft hat.«

»Wollt Ihr damit sagen, er ist unsterblich?«

»Ganz recht.«

»Warum habt Ihr dann überhaupt gekämpft?«

Arma schaute eine Weile auf die brennende Schlucht vor ihnen, ehe sie antwortete. »Ich kann mit dem Schwert verhindern, daß er zaubert. Solange er angegriffen wird, kann er seine Magie nicht anwenden. Mehr kann ich nicht tun!«

»Und was ist, wenn er seine Magie anwendet?«

Arma zuckte mit den Schultern. »Er tötet damit jeden, der nachts in dieser Höhle ist, weil er selbst nicht sterben kann. Manche sagen, er tötet in der Hoffnung, eines von seinen Opfern gäbe ihm seinen Tod freiwillig, so wie er einst dem alten Magier. Aber das ist unwahrscheinlich«

»Warum hat er seinen Tod verkauft?«

Arma war nicht in Stimmung für Geschichten und wollte endlich weiterreiten. Doch der junge Ritter schien unersättlich zu sein. »Vielleicht aus Habgier oder aus Größenwahn«. Sie fuhr ungeduldig mit der Hand durch die Luft. »Was müßte man Euch bieten, damit ihr der Verlockung eines ewigen Lebens nachgeben würdet? Gold? Macht? Magie?«

»Ich weiß nicht...« Faramund hielt inne. »So habe ich das noch nie betrachtet.«

»Das dachte ich mir!« Die Kriegerin straffte den Rücken und trieb die Stute an. Sie schaute auf die Gefährtin. »Bring die beiden Männer sicher hinüber.«

»Verzeiht mir meine Unnachgiebigkeit, Kriegerin.« Als sie den Lavaring hinter sich hatten, drängte sich Faramund mit seinem Pferd neben sie. »Aber ich würde gerne die ganze Geschichte hören.«

Arma seufzte. »Ich sehe schon, Ihr werdet wohl nicht eher Ruhe geben, bis Ihr alles über Ema erfahrt.«

Der Ritter nickte.

»Die Legende erzählt, daß ein Zauberer des alten Volkes einst vor vielen hundert Jahren nach dem ewigen Leben gesucht hat. Er braute sich einen Trank, mit dem er den Tod zu besiegen vermochte. Die Göttin jedoch, die Herrin über Leben und Tod ist, sah diesen Frevel und zürnte dem Magier. Sie legte einen Fluch über ihn. Er würde, so hieß es, nicht sterben, genau, wie er es wünschte. Außerdem würde er alles erlernen können, was er zu wissen begehrte, und würde der größte Magier aller Zeiten werden.«

»Aber das ist doch kein Fluch!« fuhr Faramund dazwischen.

»Doch, junger Freund, denn das große Wissen konnte den Magier niemals befriedigen. Die Göttin machte aus ihm einen Suchenden, der niemals seine Ruhe wiederfand. Die Zeit verging, und auf einen Winter folgte der nächste. Der Zauberer widmete sich zuerst ganz der Magie. Er lernte viele der alten Lieder, lernte die Verse von Wind, Feuer und Sturm, und er wurde ein Meister in der Verwandlungen. Er konnte jede Tiergestalt annehmen, die ihm beliebte, und er war unsterblich, was immer auch geschah.«

»Was passierte dann?«

»Der Alte wurde immer unglücklicher.«

»Unglücklicher?« Faramund schaute die Kriegerin ernst an.

»Nach mehreren hundert Wintern sehnte er sich nach dem Tod, denn das Leben vermochte ihm keinen Reiz mehr zu geben. Dann begegnete der Magier eines Tages dem jungen Ema, der ihm einen Handel antrug. Der Junge wollte alle Magie des Alten und bot ihm dafür seinen eigenen Tod. Ihr könnt Euch vorstellen, daß der Alte bereitwillig seine Zauberkraft gab, um endlich sterben zu dürfen.« Arma fuhr sich wieder mit der Hand über die Augen. »Mirka, erzähle du ihm die Geschichte weiter«, bat sie leise und lenkte die Stute auf den Burghof. »Du bist eine aus dem alten Volk und kennst die Geschichte besser als ich.«

Die Bogenschützin ritt näher und schaute Faramund an. »Ema war nicht geschaffen für die Kraft, die er von dem Alten erhielt. Das Wissen umfaßte eine Zeit von mehreren Leben und war für einen allein kaum zu ertragen. Der Alte war froh, endlich sterben zu können, er stürzte sich lachend in das nächste Schwert, ohne dem Junge noch irgend etwas zu sagen. Für Ema wurde es eine schwierige Zeit, er war dem Wahnsinn nahe. Plötzlich hörte er die Stimmen seiner Ahnen, und des Nachts sah er die Geister über den Himmel reiten. Er konnte den Wind verstehen, und das Feuer sprach zu ihm. Ema wurde immer seltsamer, er fand keine Ruhe mehr. Oft kreiste er um sich selbst, weil er glaubte, verfolgt zu werden. Schließlich kam die Zeit, in der ihn der Wahnsinn vollends einholte. Ema konnte nur noch dunkle Einsamkeit um sich herum ertragen, deshalb zog er in die Wasserhöhle. Tagsüber schläft er dort, doch nachts hofft er wohl immer noch, einen Menschen zu finden, der den gleichen Handel wagt wie er einst.«

Arma ließ sich erschöpft von der Stute gleiten und führte sie rasch in den Stall. Sie wollte nicht, daß die Gefährtin ihr im Widerschein der Fackeln die Anstrengung ansah. Durch die offene Tür hörte sie, daß der junge Ritter Mirka weiter fragte. Arma war froh, nicht antworten zu müssen. Die Schmerzen in ihren Gliedern wurden immer stärker. Sie überlegte, sofort in den Raum des Lichtes zu gehen. Wahrscheinlich würden Luovana und die Heilerin bei Inmee sein. Hoffentlich hatte Antana ein gutes Mittel gegen die Schmerzen bei sich.

Arma erkannte gleich, daß etwas nicht stimmte, denn der Raum des Lichtes hatte an Glanz verloren. Viele der Kerzen waren erloschen. Der Seerosenteich in der Mitte des Raumes hatte sich blutrot verfärbt. Zögernd trat die Kriegerin ein. Es war ungewöhnlich kühl, sie warf rasch einen Blick auf den Kamin. Das Feuer loderte kaum noch. Die Hüterin lag neben Inmee auf dem Boden in der Nähe des Teiches und rührte sich nicht. Mit drei Schritten war Arma bei ihr. Luovanas Hand war bleich und kalt. Die Kriegerin wandte sich um. Nirgends konnte sie die Heilerin entdecken. Warum war sie nicht hier? Arma glitt mit der Hand über Inmees Brust. Ihr Herz schlug schwach, sie lebte also noch.

»Was ist denn hier geschehen?« Mirka trat verwundert ein.

»Ich weiß es nicht, ich kann die Heilerin nirgends entdecken. Sie müßte hier sein.«

»Die beiden anderen sind auch nicht da«, bemerkte Mirka und schaute besorgt in den Kamin.

»Luovana geht es nicht gut, sie atmet kaum noch«, sagte Arma.

Mirka nickte. »Es ist nur noch Glut im Kamin«, erklärte sie und machte ein ernstes Gesicht. »Du weißt, was das bedeutet.« Sie durchquerte den Raum und betrachtete einige der erloschenen Kerzen.

»Es geht mit der Hüterin zu Ende, wenn die Göttin kein Wunder wirkt«, sagte sie leise. Sie trat zum

Kamin. Nahe davor lag ein eiserner Hacken, mit dem sie vorsichtig in der Glut herumstocherte. Es würde vergeblich sein, das wußte sie. Sie schaute auf Arma, die erschöpft und müde neben Luovana kniete. Der Kampf in der Wasserhöhle hätte sie töten können. Selbst jetzt noch wußte Mirka nicht, ob die Kriegerin stark genug war, die Folgen des Gefechtes zu überleben!

»Die beiden Männer habe ich in ihre Zimmer gebracht. Ich hoffe, die Geschichte von Ema wird sie daran hindern, gleich wieder loszuziehen«, sagte sie.

Arma nickte und hob Luovana auf. »Wir legen sie näher vor das Feuer, sie braucht Wärme und einen heißen Tee. Verflucht, wo ist die Heilerin?«

»Das Wasser hat sich gefärbt«, sagte Mirka. »Es muß etwas Schreckliches passiert sein. Ich habe diesen Raum so noch nie gesehen.«

»Wir müssen Antana suchen.« Arma stand langsam auf. Das Brennen in ihren Gliedern wurde stärker. Sie hätte sich gerne neben die Geliebte gelegt und sie in Decken gehüllt. Luovana mußte leben. Mirka hatte recht: Wenn der See in dieser Farbe schimmerte, lag das nicht nur daran, daß Luovana im Sterben lag. Mächtige Zauber von Blut und Tod waren am Werk, wenn der See sich verfärbte.

Sie fluchte leise. »Ich gehe, um Antana zu suchen. Sie muß Luovana helfen und ...«

»Ihr Atem ist sehr schwach«, sagte Mirka, während sie in die Glut starrte. »Sie wird die Nacht nicht überleben.«

»Bleib bei ihr. Irgendwo muß Antana stecken.«

❧

»Du mußt stillhalten«, sagte Antana, und legte Lursas blutiges Gewand beiseite. Der Zustand der Gebärenden hatte sich seit dem Morgen deutlich verschlechtert. Kraftlos lag sie auf dem Boden und wälzte sich unruhig hin und her. Pyros hatte das erloschene Feuer wieder entzündet und einen Kessel mit Wasser hineingestellt.

»Brauchst du sonst noch Hilfe?« fragte der Magier leise.

Die Heilerin schüttelte den Kopf. Selbst wenn er ein Magier war, so blieb doch das Kinderkriegen allein Frauensache.

»Warte draußen, damit ich dich rufen kann, für alle Fälle.«

Er nickte, strich mit einem Finger im Vorübergehen sanft über ihren Nacken und verließ die Höhle. Antana schaute ihm nach. Er trug nur einen wollenen Umhang, den sie ihm gegeben hatte, doch er schien nicht zu frieren. Sie lächelte. Nie zuvor hatte sie solch eine Ruhe in sich gespürt. Es gab nur noch die Sehnsucht in ihr, ihn für alle Ewigkeit zu lieben.

Als sie sich Lursa wieder zuwandte, sah die Frau ihr geradewegs in die Augen. Sie schien aus ihren Fieberträumen erwacht zu sein. Antana konnte deutlich lesen, daß Lursa alles wußte. Die Jägerin war Frau genug, auch in ihrem Zustand noch zu spüren, was zwischen Pyros und Antana vorgefallen war, welche magische Bindung sie eingegangen waren.

Antana senkte den Blick und griff nach den Tüchern. »Es wird eine schwere Geburt. Du wirst alle Kräfte dazu brauchen«, sagte sie.

»Das Kind liegt falsch, nicht wahr?« Lursas Stimme war kaum mehr als ein Flüstern.

Antana nickte. Es würde schwer werden, Mutter und Kind zu retten. Sie sah Lursa an. Diese Frau hatte alles, was ihr Leben war, wegen Pyros geopfert. Sie würde demnach nicht sehr freundlich mit ihr umgehen, wenn sie wieder bei Kräften war. Die Heilerin wandte ihr Gesicht ab. Was würde Pyros tun, wenn Lursa starb?

»Er wird dir nichts tun, wenn ich sterbe«, sagte Lursa, als hätte sie Antanas Gedanken erraten. »Er braucht dich, um seinen Vater zu befreien. Ich besitze nicht genug Kraft, um ihm zu helfen.«

»Beruhige dich. Du wirst nicht sterben.« Antana strich der anderen über die feuchte Stirn. Irgendwie konnte sie Lursa verstehen. Dieser Mann war es wert, für ihn zu sterben.

Antana holte aus ihrem Korb einen kleinen Tiegel mit Salbe und massierte die grüne, übelriechende Masse auf den Bauch der Frau, um die Schmerzen für sie erträglicher zu machen.

»Du wirst es schaffen«, flüsterte sie und wußte nicht recht, ob sie es mehr zu sich selber sagte als zu Lursa.

Die Jägerin griff nach ihrer Hand. »Er wird dir nichts tun«, wiederholte sie, »aber ich, wenn ich kann.« Ihre Augen waren voller Haß. »Du wirst ihn mir nicht nehmen. Er sollte dich nur hierherbringen, nichts weiter!« Erschöpft ließ sie die Hand wieder los und sank zurück. »Es ist sein Sohn, er wird mich nicht verlassen.«

Antana nickte nur. Wenn Lursa sich in diesem Zustand weiter aufregte, würde sie nicht einmal mehr das Kind retten können.

»Ich muß deinen Sohn drehen, sonst schafft ihr es beide nicht«, sagte sie.

»Tu, was du tun mußt!« zischte Lursa.

Antana rollte ein Stück Stoff zusammen und reichte ihn der anderen. »Hier, beiß darauf, damit du dich nicht verletzt, und dann schließe die Augen.«

Lursa tat, was die Heilerin ihr riet. Offensichtlich sah sie ein, daß sie derzeit wirklich machtlos war. Einer solch schweren Geburt entgegenzusehen war auch für sie nicht einfach. Antana griff nach ihrem Korb und schaute dabei auf ihren Arm. Er sah fast wieder normal aus. Nur noch eine blaßrote Färbung ließ sich am Rande der Wunden erkenne: Pyros hatte also auch heilenden Kräfte in sich.

»Pyros?« rief Antana.

Der Mann steckte den Kopf in die Höhle. »Ja?«

»Komm her, halt sie fest. Ich werde das Kind drehen müssen, sonst wird sie sterben.«

Der Magier kam mit langen Schritten auf sie zu und kniete sich neben Lursa. »Ist es so gut?« Er umfaßte den unförmigen Leib mit beiden Armen.

Antana nickte. »Ja, aber gib acht, daß sie ihre Beine nicht zusammenschlägt und...« Sie hielt einen Moment lang inne, »...und hilf ihr, wenn du kannst, sonst schafft sie es nicht.«

Der Mann richtete sich ein Stück zu ihr auf. »Meinst du das ehrlich? Ich soll ihr helfen? Du weißt, was das bedeutet.«

Die Heilerin rollte die Ärmel ihres Gewandes nach oben. »Ja, ich weiß, was es bedeutet!« Sie streute ein paar wohlduftende Kräuter in das warme Wasser und wusch sich mit einem Tuch sorgfältig die Hände. »Tu es, wenn du kannst!«

Der Magier nickte.

»Können wir anfangen?«

»Wenn du willst.«

Lursa schlug die Augen noch einmal auf und schaute Pyros an. Er lächelte. Zärtlich beugte er sich über sie. Seine Zunge berührte ihre aufgesprungenen Lippen.

»Meine schöne Priesterin der Nacht, ich bin

hier«, flüsterte er, während seine Finger sanft über ihre Wangen streichelten.

»Du wolltest einen Sohn von mir, dann mußt du auch leben. Du darfst nicht aufgeben. Kämpfe! Versprich es mir!« Er küßte wieder ihren Mund, diesmal leidenschaftlicher als zuvor. Antana spürte einen leisen Stich in ihrer Brust, als sie sah, daß er von den winzigen Rissen auf Lursas Lippen das Blut ableckte und trank. Seine Zunge fuhr immer schneller über die winzigen Wunden, genau wie er es bei ihrem Arm gemacht hatte. Wenn es Lursa die gleiche Kraft gibt wie mir, dachte sie, dann hat die Jägerin eine gute Chance zu überleben. Sie schaute auf das Paar vor sich. War es wirklich ihr Wunsch, daß Lursa lebte? Antana wollte fortschauen, doch ihr Blick wurde von der unendlichen Liebe angezogen, die sie in Lursas Augen lesen konnte. Sie sah die Hingabe, die sie kurz zuvor noch selbst für diesen Mann in sich gespürt hatte.

Pyros wandte sich zu ihr um. »Fang an, Schwester, du wolltest, daß sie es schafft. Nun hat sie die Kraft dazu.«

Das leise Weinen eines Kindes veranlaßte Arma schneller zu gehen. Auf dem letzten Stück Weg zu Luovanas Zimmer zog sie vorsichtshalber ihren Dolch. Es war ihr unheimlich, daß niemand sich rührte. Die Burg schien wie ausgestorben zu sein. Keine einzige Frau war ihr in den langen Gängen begegnet. Ihre ledernen Stiefel hallten einsam auf dem steinernen Fußboden wider, wie ein unheilvolles Zeichen. Voller düsterer Ahnung öffnete sie langsam die Holztür zu Luovanas Zimmer und erstarrte bei dem Anblick, der sich ihr bot. In dem dämmrigen Licht der verlöschenden Glut wirkte dieses Zimmer wie ein finsterer Alptraum auf sie. Das große Bett, das sie mit Luovana geteilt hatte, war blutverschmiert. Davor lag, seltsam in eine Decke geschlungen, die Leiche von Elena. Ihre Augen waren weit aufgerissen, als hätte sie einen Dämon gesehen. Neben Elena lagen die beiden Kriegerinnen aus dem alten Volk. Sie mußten auf ähnliche Weise gestorben sein wie die Dienerin, denn ihre Körper waren genauso zugerichtet worden. Tiefe Wunden hatten ihre Leiber verunstaltet. Arma würgte. Nur langsam trat sie näher und zog das Ende der Decke über das tote Gesicht von Elena. Auch die Kriegerinnen deckte sie mit einem der Laken sorgfältig zu. Dann wandte sie sich von dem Bild des Grauens ab.

Der kleinen Brunhild war nichts geschehen. Arma atmete erleichtert auf.

Die Kriegerin ging um das große Bett herum. Blutige Stoffetzen von Elenas zerrissenem Gewand lagen vor dem Kamin. Nahe der Glut fand sie eine Adlerfeder. Arma hob sie auf und entdeckte unter der Feder einen kleinen schwarzen Stein. Vorsichtig fuhr sie mit den Fingern darüber, doch sobald sie die glatte glänzende Fläche berührte, begann ihr Blut schneller zu kreisen. Ihre Händen wurden wärmer, und diese Wärme begann sich allmählich auszubreiten. Der Stein war einer der dunklen Feuersteine, wie sie die Magier des Feuers verwendeten, um ihre magischen Kräfte zu verstärken. Solch ein Artefakt zu besitzen hieß, dem dunklen Zauber zu verfallen.

Arma schauderte und wandte sich ab. Diesen Stein würde sie nicht noch einmal berühren.

Brunhild weinte immer noch. Es war ein verzweifeltes leises Wimmern, das der Kriegerin ins Herz schnitt. Sie nahm das winzige Bündel hoch und schaukelte es in ihren Armen. Das kleine Gesicht war gerötet und naß von den vielen Tränen. Das Kind mußte schon Ewigkeiten alleine daliegen. Das beste war, sie brachte die Kleine in den Raum des Lichtes. Arma überlegte, Luovana war zu schwach, um das Kind zu stillen. Sie brauchte eine Amme.

Die Kriegerin machte einen Schritt und stieß mit dem Fuß an einen Dolch. Sie bückte sich. Die Waffe war mit ihrer Obsidianklinge unverwechselbar. Sie gehörte Antana. Oft genug hatte sie die Heilerin damit gesehen. Arma runzelte die Stirn. Nur schwer konnte sie sich erklären, was genau in diesem Raum geschehen war. Wenn es hier zu einem Kampf gekommen war, wo war dann Antanas Leiche? Wieso hatte der Adler die Heilerin nicht auch getötet? Warum hatte er die kleine Brunhild zurückgelassen?

Hatte Antana sich vielleicht für das Kind geopfert?

Arma schüttelte verwirrt den Kopf und warf einen letzten Blick in Luovanas Raum. Wie sehr die Hüterin des Feuers auch beten würde, vorausgesetzt, sie überlebte diese Nacht – der entsetzliche Tod der Frauen und all das Grauen ringsum ließen sich nicht mehr auslöschen. Kein Wunder, daß der Seerosenteich rot gefärbt war. Der Tod hatte reiche Ernte gehalten.

Arma betrachtete das kleine Kind in ihrem Arm. Es hatte sich beruhigt und aufgehört zu weinen. Aus großen, dunklen Augen schaute es der Kriegerin erwartungsvoll entgegen.

»Arme Kleine, du bist an einem dunklen Tag geboren. Die Göttin hat dir kein leichtes Schicksal bestimmt.«

10

»Wacht auf.« Bruno fühlte sich an der Schulter gepackt und schlug die Augen auf. Er erkannte die blonde Kriegerin, sie stand an seinem Bett und rüttelte ihn so heftig, daß es schmerzte.

»Los, beeilt Euch, wir haben nicht viel Zeit.« Ihre Augen hatten einen fieberhaften Ausdruck, der ihn dunkel an etwas erinnerte. Er versuchte sich zu besinnen. Wo hatte er dieses eilige Drängen schon einmal gespürt?

Bruno schaute die Frau genauer an. Das Gesicht der Kriegerin war fahlgrau, wie die Morgen hier im Norden, und ihre Lippen hatten jede Farbe verloren.

»Was ist geschehen?« Langsam richtete er sich auf, soweit die Wunde an seinem Arm es zuließ.

»Die Hüterin will Euch sehen«, antwortete die Kriegerin bitter. Sie wandte sich zur Tür. »Kommt jetzt!«

»So?« Bruno deutete mit dem Kinn auf seine Hände und seine Füße, die Mirka mit einem Strick zusammengebunden hatte. »Das wird kaum möglich sein.«

Arma zog erstaunt die Brauen hoch und trat zurück an sein Bett. »Mirka hat nichts davon gesagt, daß sie Euch gefesselt hat. Sie ist eine gewissenhafte Frau.« Die Kriegerin befreite den Ritter von den Fesseln.

Der Dolch der Kriegerin beeindruckte Bruno. Er hatte eine goldverzierte Klinge, deren Griff wellenartig geschwungen war, so daß sich die schmalen Finger der Frau genau darumlegen konnten. Eine solch kostbare und feine Arbeit hatte der Schwertmeister noch nie zuvor gesehen.

Arma folgte seinem Blick. »Es ist eine Waffe des alten Volkes. Am schwarzen Wasserfall versteht man sich auf die Herstellung solcher Schätze.« Sie ließ den Dolch wieder in ihren Stiefel gleiten. »Kommt jetzt,« drängte sie und reichte ihm seinen Umhang. »Die Hüterin wartet nicht mehr lange.«

»Aber es ist doch mitten in der Nacht!«

»Gewiß«, zischte Arma. Sie fuhr sich mit den Fingern nervös durch das kurze, blonde Haar.

Der Kampf, dachte Bruno und betrachtete die Frau nun genauer. Natürlich, der Kampf mit Ema in der Wasserhöhle hatte der Kriegerin mehr Kraft geraubt, als sie zugeben wollte. Warum schlief sie nicht? Ein Grund mehr, seinen Besuch bei der Hüterin des Feuers auf den morgigen Tag zu verlegen. Eine reizbare, müde Kämpferin, die dazu noch ihr Schwert an der Seite trug, war eine unberechenbare Begleitung für einen Gefangenen.

Widerwillig folgte Bruno der Kriegerin, die mit raschen Schritten sein Zimmer wieder verlassen hatte, und schaute sich um. Es mußte wirklich tiefe Nacht sein, die Gänge und Räume wirkten wie ausgestorben. Sie gingen an den hohen Säulen vorbei bis vor den Raum des Lichtes.

»Noch eines, Ritter!« Die Kriegerin hielt ihn an dem unverletzten Arm zurück. »Die Hüterin wird die Nacht nicht überleben, also bedenkt Eure Worte. Wenn Euch einfallen sollte, etwas Falsches zu sagen, lebt Ihr keinen Herzschlag länger als sie. Das verspreche ich Euch!«

»Was ist geschehen?« fragte Bruno. Er konnte sich Armas Worte nicht erklären. Wieso würde Luovana die Nacht nicht überleben?

»Die Geburt der kleinen Brunhild hat sie sehr geschwächt, und in diesem Zustand hat sie versucht, das Mädchen, das Euer Freund mit dem Schwert verletzt hat, zu heilen.«

»Nein!« Bruno fühlte einen wilden Schmerz in sich aufsteigen. Plötzlich wußte er, woran ihn Armas Augen erinnert hatten. Er sah im Geiste den Knappen in Worms über den Sandhof laufen. Atemlos und erschöpft war er vor ihm stehengeblieben und hatte ihn an der Hand zum Turnierplatz gezogen. »Sie stirbt, Herr«, hatte er gerufen. »Genovefa stirbt!« Bruno wußte, daß er niemals mehr diesen gehetzten fiebrigen Ausdruck in den Augen des Jungen vergessen würde. Er sah Arma prüfend an. Sie sagte die Wahrheit. Luovana würde sterben.

»Warum?« flüsterte er. Doch noch ehe die Kriegerin antworten konnte, wußte er tief in seinem Inneren die Antwort schon. Es war allein seine Schuld. Er hatte zum zweiten Mal versagt, und nun strafte Gott ihn dafür.

»Die Göttin geht stets ihre eigenen Wege«, sagte Arma, während sie die Tür öffnete. »Vergeßt meine Worte nicht, Ritter!«

Der Raum des Lichtes war fast dunkel. Eine eisige Kälte schlug ihm entgegen. Viele der brennenden Kerzen waren erloschen, die Kristalle an den Wänden wirkten matt und glanzlos. Im Kamin glomm nur ein wenig Glut.

Bruno hielt den Atem an. Das weiße Gesicht von

Luovana wirkte klein und zart auf den roten Samtkissen. Er kannte diesen Anblick und verfluchte insgeheim seinen Gott, daß er ihn noch einmal erleben mußte.

»Nun geht schon, sie hat nicht mehr viel Zeit«, drängte Arma und schob ihn unsanft Richtung Kamin.

Langsam ging Bruno durch den Raum. Jetzt, da der Glanz der Lichter schon fast verloschen war, erinnerte dieser Ort ihn an die Schloßkapelle in Worms. Das rötlich dämmrige Licht und diese seltsame Kälte hüllten ihn genauso ein wie damals. Er schaute sich um. Ja, dachte er, genauso hatte die Schloßkapelle in jener Nacht auf ihn gewirkt, als er Genovefas Leiche stahl, um sie den Fluten des Rheines zu übergeben. Man hatte Genovefa nach dem Unglück auf dem Tunierplatz in der Schloßkapelle aufgebahrt, und König Dankrat hatte in der ersten Nacht die Totenwache gehalten. Er bat Gott und Bruno um Vergebung, aber der Ritter wußte, daß sein Herz dem König niemals verzeihen konnte. Dankrat hatte den Speer geworfen, Genovefa starb durch seine Hand. Alle sagten, es sei ein Unfall gewesen. Doch Bruno war sich sicher, daß der König ihm die Liebe zu Genovefa geneidet hatte. In der zweiten Nacht hatte Bruno Genovefa zum Fluß gebracht und war erst beim Morgengrauen in das Schloß zurückgekehrt. Kurz darauf war der Priester herbeigestürzt und hatte dem König von der verschwundenen Leiche berichtet. Alle redeten von einem Wunder, daß die Jungfrau Maria Genovefa geholt habe. Nur die Köchin sprach von einem bösen Omen für den König. »Er hat«, so sagte sie, »unschuldiges Blut vergossen. Gott der Herr wird ihn und die Seinen dafür strafen. Es werden dunkle Zeiten anbrechen. Und der Tod wird grausam sein.«

Bruno kniete sich neben Luovana nieder und griff nach ihrer Hand. Sie war kalt und weiß wie Schnee.

Die Hüterin schlug die Augen auf und lächelte schwach. »Es ist schön, daß Ihr zurückgekehrt seid, mein Ritter«, flüsterte sie. »Ich gehe nun auf eine lange Reise zu den Gärten der Gwenyar und hoffte, Euch zuvor noch einmal zu sehen.«

Bruno drückte ihre Hand. Er fühlte sich elendig. Wie hatte er die Gefühle dieser Frau, die ihn geliebt hatte, so verraten können? Warum war er so kalt zu ihr, wie er es sonst zu keinem Menschen je gewesen war? Ihre Augen hatten ihn nie darüber im unklaren gelassen, was sie für ihn empfand. Tag um Tag, den er gemeinsam mit ihr in dieser Burg verbracht hatte, war er ihr, wann immer es möglich war, aus dem Weg gegangen. Er konnte ihre Augen nicht ertragen, diesen warmen freudigen Ausdruck, wenn sie ihn anlächelte. Er war nicht wirklich ihr Gefangener, er hielt sich selbst gefangen. Die Angst, sich in den dunklen Abgründen ihrer Augen zu verlieren, war um so viel größer als sein Mut.

Er strich wieder über ihre kalten Hände. Jetzt lag

Luovana im Sterben, er trug die Schuld am Tod dieser Frau.

»Wo ist Antana?« fragte Bruno und schaute die Kriegerin an, die leise hinter ihn getreten war. »Wo ist die Heilerin? Sie muß Luovana helfen. Ihr müßt sie holen!«

»Die Heilerin ist fort«, erklärte Arma ruhig. »Und sie wird auch nicht kommen.«

»Sie kann nicht einfach verschwunden sein. Schickt nach ihr!«

»Sie ist nicht hier, Ritter«, wiederholte Arma mit fester Stimme.

»Warum ist es so dunkel und kalt in diesem Raum?« Bruno wandte sich ungeduldig an Mirka, die wieder in der Glut herumstocherte. »Macht wenigstens ein Feuer!« fuhr er sie an.

»Ich bin nicht die Hüterin der Flammen, Herr. Ich werde es nicht verhindern können, daß die Glut ausgeht«, erwiderte Mirka leise.

»Holt aus einem der Räume einen hölzernen Stuhl zum Verbrennen, dann werdet Ihr sehen, daß die Flammen wieder auflodern«, sagte Bruno, nahm seinen Umhang ab und deckte Luovana damit zu. »Diese Frau darf nicht sterben. Wir brauchen Wärme und Licht.« Er sah Arma ungeduldig an. »Habt Ihr mich nicht verstanden? Wir brauchen Holz!«

»Wenn Ihr nicht vor der Liebe geflohen wäret, edler Ritter, würde dieses Feuer jetzt nicht erlöschen.«

»Das ist doch Unsinn!« Bruno warf der Kriegerin einen zornigen Blick zu. Wer war sie, daß sie ihm so etwas sagen durfte? »Was hat meine Liebe mit diesem Feuer zu tun?«

»Viel, denn das Feuer erlischt, weil die Hüterin des Feuers sterben wird!«

Er warf einen Blick auf Luovana. Er wollte sie nicht einfach ihrem Schicksal überlassen. »Zur Hölle mit Eurem Heidengeschwätz«, schimpfte er und zupfte mit zitternden Fingern an dem Umhang herum, bis er den Körper der blassen Frau vollständig umhüllte. »Holt mir endlich einen Tisch, einen Stuhl, irgend etwas, oder ich werde selber gehen.«

Armas Augen funkelten ihn an. »Nein! Ihr werdet nicht gehen! Wenn ein anderer als die Hüterin dieses Feuer entfacht, ohne daß er den Geist der Göttin in sich trägt, wird das Feuer alles vernichten.«

Bruno schaute die Kriegerin ernst an. »Das müßt Ihr mir schon genauer erklären!«

Arma hielt seinem Blick stand. »Diese Frau ist die einzige, die das Feuer hier bewachen und erhalten kann. Wenn sie stirbt, geht das Feuer aus.«

»Und Ihr könnt nichts dagegen tun?« Der Ritter schaute fragend hinüber zu der Frau, die am Kamin stand. Doch sie schüttelte den Kopf.

»Das ist Eure Schuld! Wenn Ihr Luovana beigestanden hättet, als sie Euch brauchte, dann würde sie jetzt schlafend in ihrem Bett liegen und nicht dem Tod in die Arme gleiten«, zischte die Kriegerin böse.

»Arma, habe Nachsicht mit einem, dessen Herz gebrochen war und der nicht von hier ist«, sagte Luovana leise. Sie hatte die Augen wieder geöffnet. »Du weißt, daß ich dich nicht verlasse, Arma, sondern daß ich zu den Gärten der Göttin fahre. Unser Abschied hat eines Tages ein Ende. Die Gwenyar werden dafür sorgen, daß mein Schiff zu den Inseln in See stechen kann, und auch deines wird eines Tages an der Insel mit den Gärten stranden. Wir beide, meine Geliebte, werden uns niemals verlieren.«

»Ich werde kommen, wann immer du willst.« Arma wischte sich über die Augen. Luovana lächelte sanft. »Du hast jetzt ein Kind, Arma, sorge für die kleine Brunhild. Lehre sie zu kämpfen, Kriegerin, so wie nur du es kannst. Lehre sie das Schwert zu lieben und mit dem Bogen zu treffen, was immer sie treffen will. Mach aus meinem Kind eine wahre Kämpferin des alten Volkes. Sie soll jeden Stein weiter und höher werfen können, als je ein Mann es vermocht hat. Und erzähle ihr von der Göttin, damit sie weiß, was Liebe bedeutet.«

Arma berührte zärtlich Luovanas Hand. »Es soll sein, wie du es wünschst. Ich werde deine Tochter zu einer starken Kriegerin machen.«

»Ich warte auf dich in den Gärten der Gwenyar«,

flüsterte die Hüterin. Arma löste sich langsam von der anderen. »Hab' eine gute Reise«, sagte sie und ging zu Mirka.

Luovana wandte sich an Bruno. »Ich weiß, Männer fürchten sich oft vor der Liebe, obwohl es das einzige ist, was ihrer unruhigen Seele Frieden geben könnte. Sie fürchten den Schmerz, aber die Liebe alleine, Bruno, hätte dich heilen können.« Sie hielt inne. Der Ritter spürte, wie sehr sie das Reden anstrengte.

»Verzeih mir, Luovana, ich wollte das alles nicht, ich...« Er schaute ihr in die Augen, und zum ersten Mal fürchtete er diese tiefen dunklen Abgründe nicht mehr.

Luovana nickte unmerklich.

Der Ritter strich sanft über ihr Haar und drehte sich eine ihrer Locken um den Finger. »Ich werde nicht wieder gehen.«

»Wir beide werden uns nicht wiedersehen. Auf dem Schiff der Gwenyar wird nur Platz für mich sein, und der Wächter der Göttin am Rande des Meeres wird dich nicht einlassen.«

»Es muß doch einen Weg geben, dir zu helfen. Ich suche die Heilerin.« Er vergrub sein Gesicht in ihren feuchten Locken, um seine Tränen zu verbergen.

Luovana drückte seine Hand. »Antana kann mir nicht mehr helfen, selbst wenn du sie finden würdest.«

Bruno fühlte, daß sie die Kräfte verließen. Er umarmte sie, wiegte sie wie ein Kind und weinte. Langsam verlosch im Kamin die letzte Glut.

Antana hielt den schlafenden Knaben in Decken gehüllt auf ihrem Arm und schaute von dem Felsenvorsprung nahe dem Höhleneingang hinunter auf die Flammenburg. Der kalte Wind vertrieb ihr die Müdigkeit aus den Gliedern und erinnerte sie daran, daß sie noch lebte. Wie taub hatte sich ihr Körper nach den Anstrengungen der vergangenen Nacht gefühlt, als wäre jedes Leben aus ihrem Leib gewichen. Es war die zweite Nacht, die sie damit zubrachte, einem Kind auf die Welt zu helfen. Sie betrachtete das winzige Gesichtchen in ihrem Arm. Der Kleine sah seinem Vater ähnlich, die tiefdunklen Augen ließen sich schon jetzt erkennen.

Unten in der Burg waren alle Lichter verloschen. Das konnte nur bedeuten, daß die Hüterin des Feuers nicht mehr lebte, dachte Antana und schaute wieder auf das Kind. Der Kleine machte sanfte Saugbewegungen. Antana lächelte.

Seltsam, es kümmerte sie nicht, daß Luovana tot war. Zu weit war diese andere Welt von ihr fortgeglitten, wie Schnee, der im Frühling taut und im Nichts verschwindet.

Der Junge hatte Hunger und brauchte etwas zu essen. Das Leben ging schließlich auch nach dem Tod der Hüterin seinen Gang. Hinter ihr bewegte sich die Decke. Pyros trat zu ihr hinaus.

»Wie geht es meinem Sohn?« Er legte von hinten einen Arm um ihre Taille und küßte zart ihren Nacken.

»Dein Sohn ist hungrig«, sagte Antana. »Aber ansonsten geht es ihm prächtig.«

»Ich habe ihm den Namen Raban gegeben«, sagte Pyros, während er aufmerksam über Antanas Schultern hinweg in das Kindergesicht schaute. »Er wird ein schöner Magier werden, in dem sich meine Kräfte und die meines Vaters vereinigen.« Er hielt inne.

»Verzeih, unseres Vaters«, verbesserte er sich und blickte dann hinunter auf die Burg. »Das Feuer ist erloschen.«

»Freut es dich?« Antana wandte sich zu dem Magier um.

»Worüber soll ich mich freuen? Darüber, daß Luovana tot ist?« Er zuckte mit den Achseln.

»Daß deine Göttin gesiegt hat.«

Er streichelte ihre Hüften. »Es war nicht die Göttin, die gesiegt hat. Du, Antana, hättest Luovana gestern retten können, aber du hast dich statt dessen in die Macht verliebt. So etwas geschieht gelegentlich.« Er küßte wieder ihren Nacken. »Dafür kann die Göttin nichts.«

»In die Macht? Ich dachte in dich«, sagte Antana und schaute wieder hinunter auf die Burg. Die starken Mauern wirkten schwer und dunkel, die Wärme und das Licht waren verschwunden. Pyros gab ihr die Schuld an Luovanas Tod, aber es kümmerte sie nicht. Das alles war wirklich sehr weit fort.

»Wie geht es Lursa?« fragte sie.

»Du wolltest, daß sie überlebt. Ich habe ihr soviel Kraft gegeben, wie mir möglich war, also wird sie es schaffen.«

Antana wiegte den Knaben in ihren Armen und lächelte wieder. Es war ein schönes Gefühl, dieses warme Bündel zu halten. Eine Weile hing sie ihren Träumen nach, schaute abwechselnd auf die dunkle Burg und auf den heller werdenden Himmel über dem Gipfeln der Berge, bis Pyros ihre Schulter berührte.

»Meine Zeit ist um, Schwester«, sagte er. »Ich spüre schon, daß die Wirkung des Zaubers nachläßt.« Seine Augen hatten immer noch den seidigwarmen Glanz. »Lursa ist zu schwach, um meinen Sohn zu nähren. Du wirst für Raban sorgen, bis es ihr besser geht!«

Die Heilerin sah auf den Knaben und nickte. Sie würde mit Pyros gehen oder bleiben. Was immer er für richtig hielt, würde sie tun. Sie würde auch sein Kind aufziehen oder es töten. Sie war willenlos, seit sie ihm gehörte.

»Er braucht Blut«, sagte Pyros, »damit er stark

wird. Wenn er jetzt dein Blut trinkt, so bekommt er das doppelte Erbe seines Großvaters.«

Antana schaute auf. Die dunklen Augen brannten in ihren, und sie ließ es zu. Sie nickte und gab dem Magier das Kind. Mit ruhigen Händen öffnete sie geschickt ihr Gewand und entblößte ihre linke Brust. Der Magier bückte sich ein wenig nach vorn und küßte die empfindliche Spitze, die sich ihm rosig entgegenstreckte. Er spielte mit der Zunge daran, bis warme Wellen durch ihren Körper fluteten. Immer schneller kreiste die Zunge um die Spitze, doch genau in dem Augenblick, als sie sich dem Wonnegefühl ganz hingeben wollte, zerriß ein wilder Schmerz all ihre Lust. Sie schrie auf.

»Es ist für meinen Sohn«, flüsterte Pyros an ihr Ohr. »Es ist für Raban.« Antana spürte, wie er ihr den Knaben an die blutende Brust legte. »Komm, mein Sohn, trink dich satt.«

Antana schwebte in einem wirren Zustand aus Schmerz und Leidenschaft. Sie spürte die tiefe Lust in sich, geliebt zu werden, und die verzweifelte Lust am Schmerz, für Pyros zu leiden. Sie fühlte sich schwach und erschöpft, doch gleichzeitig erwachte ein feuriges Pulsieren in ihr, als sie dieses winzige Wesen an ihrer Brust wirklich wahrnahm, das sich mit seinen kleinen Fäustchen gegen sie stemmte und ihr Blut trank, als wäre es Muttermilch.

Lursa brauchte eine Weile, bis sie wirklich erkannte, was sie da sah. Sie hatte sich mühsam von ihrem Lager erhoben, als ein durchdringender Schrei sie geweckt hatte. Leise, weil sie nicht wußte, was draußen geschah, war sie zum Eingang der Höhle geschlichen und hatte die Decke vorsichtig beiseite gehoben.

Auf dem Felsvorsprung vor ihr stand Pyros, ihr Geliebter, und umarmte die Heilerin voller Leidenschaft. Irgendwo dazwischen lag ihr kleiner Sohn an der Brust dieser Frau und trank ihr Blut.

Lursa hatte augenblicklich das Gefühl, eine mächtige Faust donnerte vom Himmel herab, um sie zu zerschmettern. Eine ungeheure Wut belebte plötzlich ihren Geist, und eine Kraft erwachte in ihrem Körper, die sie nie zuvor gekannt hatte. Der Magier gehörte ihr, ihr allein. Niemals würde sie ihn teilen, und mit dieser Frau schon gar nicht. Was hatte dieses Weib anderes als lange schwarze Haare und helle Augen? Ihr Körper war jünger, aber er würde es genausowenig bleiben wie ihr eigener. Die Heilerin hätte in der vergangenen Nacht ihre Chance, sie umzubringen, nutzen sollen, dachte Lursa bitter, jetzt würde sie sich an ihr rächen. Sie schaute sich das Bild dieser tiefen Innigkeit lange an. Dann stürzte sie sich mit einem einzigen wilden Schrei auf das Paar und riß an Pyros, bis er die Heilerin endlich losließ. Der Magier flog herum. Er wollte sie mit den Armen festhalten, doch er bekam sie nicht so rasch zu fassen. Sie rangen einen Augenblick miteinander, aber noch ehe er sie wirklich überwältigen konnte, endete der Zauber, der ihm die menschliche Gestalt verlieh, und er verwandelte sich wieder in einen Adler.

Lursa nutzte die Gelegenheit und riß der verwirrten Heilerin das weiche Bündel aus den Armen. Mit Schwung wirbelte die Jägerin herum und schleuderte die erstaunte Frau an den Rand der Felsen. Antana kam, von der Wucht des Aufpralls getroffen, ins Stolpern. Sie hielt sich jedoch nicht fest, sondern starrte immer noch wie gebannt auf den Adler, der kreischend seine Schwingen ausbreitete. Lursa holte noch einmal aus. Sie sprang mit aller Kraft gegen die andere Frau und stieß sie über den Rand hinweg in den Abgrund. Mit einem gellenden Schrei stürzte die Heilerin in die Tiefe.

Lursa blieb atemlos stehen und umklammerte zitternd das weinende Kind in ihren Armen.

Antana war wirklich verschwunden. Das grausame Bild der innigen Umarmung, das Lursa vorhin hier gesehen hatte, existierte nicht mehr. Sie hatte es ausgelöscht für alle Zeiten. Die Heilerin war fort. Sie würde den Aufprall auf den Felsen unten nicht überleben. Antana würde ihr Pyros nicht mehr wegnehmen können!

Lursa schaute auf. Über sich hörte sie ein heiseres Kreischen, das ihr vertraut war. Sie sah den Adler heranfliegen, aber es machte ihr keine Angst. Sie hielt schließlich seinen Sohn in ihren Armen. Sie würde solange sicher vor seiner Rache sein, wie sie das Kind hatte. Er würde das Leben des Knaben nicht riskieren.

Im Sturzflug ließ der Adler sich vom Himmel fallen, an ihr vorbei in die Tiefe. Er folgte Antana, dachte Lursa bitter, aber es würde ihr nichts helfen. Sie lächelte böse. Auch ein Magier wie Pyros konnte Antana nicht wieder zum Leben erwecken.

Sie atmete tief durch. Der Schrei des Adlers klang in ihren Ohren wie eine verzweifelte Todesmelodie und vergiftete ihr Herz mit einem brennenden Dolch. Lursa schaute hinüber zur Flammenburg. Die verloschenen Lichter bedeuteten, daß Luovana nicht mehr lebte. Das Schicksal begann sich zu erfüllen. Lursa hatte geschworen, ihr Sohn würde die Hüterin des Feuers und auch ihre Tochter vernichten. Sie lächelte. Der kleine Junge in ihren Armen begann recht früh mit seinem Lebenswerk, wenn allein seine Geburt schon den Tod von Luovana verursacht hatte. Lursa war zufrieden, daß die Schwester besiegt war. Auch Antanas Tod war ein gutes Zeichen, denn jetzt stand ihr nichts mehr im Weg.

Der Kleine war ein hübscher Bursche. Von jetzt ab würde sie für ihn jagen, damit er genügend Blut bekam.

»Die Flammenburg wird eines Tages dir gehören, mein kleiner Prinz«, sagte sie leise, als habe sie sich selbst damit ein Versprechen gegeben. Sie wollte hinuntergehen und ihr rechtmäßiges Erbe in Besitz nehmen.

Sie hob die Decke vor ihrer Höhle hoch. Beim Schein des Feuers betrachtete sie noch einmal den Ort, an dem sie so lange gelebt hatte. Es wurde Zeit, dachte sie, ein neues Leben zu beginnen.

11

Faramund erwachte mit einem schlechten Geschmack auf den Lippen. Er hatte geträumt, drei schwarzgewandete Ritter hatten versucht, ihn inmitten einer eisigen Schneewüste zu fangen. Faramund sah die Traumbilder noch genau vor sich. Die Ritter hatten ihn überwältigt, ihm das Schwert entrissen und ihn gefesselt im Schnee liegengelassen. Er schauderte und schlug die Augen auf. Was für ein Alptraum!

Vorsichtig versuchte er sich umzudrehen und erkannte, daß ein wesentlicher Teil seines Traumes nicht nur seiner Phantasie entsprang. Seine Hände und Füße waren gefesselt! Langsam kam die Erinnerung zurück. Armas Gefährtin hatte ihn in dieses Zimmer gebracht, und nachdem alle seine Fragen über Ema, den Wasserhöhlengeist, beantwortet waren, hatte sie den Strick genommen. Ehe er sich versah, lag er zusammengebunden da, wie ein Hühnchen, das gerupft werden sollte.

Faramund richtete sich so gut er konnte in seinem Bett auf und suchte mit den Augen nach etwas, das scharf genug war, um die Stricke durchzuscheuern. Es war nicht einfach, bei dem fahlen Licht, das durch das Fenster hereinschien, etwas zu erkennen. Er schaute zum Kamin. Jetzt verstand er auch, warum er fror. Das Feuer war erloschen. Faramund entdeckte den eisernen Schürhaken, der nahe am Kamin lag. Er hielt inne. Damit müßte er den Strick durchtrennen können.

Mühsam stellte er sich auf seine Beine. Er hüpfte vorsichtig zu dem Hacken. Dort ließ er sich fallen und rieb die Fesseln so lange daran, bis das Seil endlich nachgab und durchriß. Faramund wartete, bis das unangenehme Kribbeln aus seinen Gliedern verschwunden war. Dann schlich er zur Tür. Es war verrückt, dachte er, das Weib hatte sich nicht einmal die Mühe gemacht, sein Schwert mitzunehmen. Sie hatte es direkt neben dem Bett fallengelassen und war gegangen. Wenn er das Schwert zuvor entdeckt hätte, wären die Fesseln eine Kleinigkeit gewesen.

Mit der Linken versuchte er vorsichtig die Türe zu öffnen und war erstaunt, daß nirgends ein Widerstand zu spüren war. Die Tür war nicht verschlossen!

Vorsichtig spähte er auf den Gang. Mit dem Schwert voraus schlüpfte er nach draußen. Es ließ sich niemand sehen, und so wurde Faramund mutiger. Er schlich bis zu Brunos Zimmer, lugte hinein: Der Raum war verlassen! Auf dem Boden vor dem Bett lagen ein paar zerschnittene Stricke. Faramund nickte. Der edle Ritter hatte sich offenbar ebenfalls auf Erkundungsgang begeben.

In der Burg hier lebten nicht so viele Menschen wie am Hofe König Dankrats, aber daß ihm gar niemand auf den Fluren begegnete, fand Faramund doch unheimlich. Er gelangte zu Luovanas Gemach. Die Tür stand offen.

Leise tippte er mit der Schwertspitze an das dunkle Holz. »Hüterin?« Er horchte, doch nichts geschah.

Er schaute in den Raum und hielt sich vor Schreck die Hand vor den Mund, um nicht laut zu schreien. Tränen schossen ihm in die Augen. Er zitterte am ganzen Leib.

Ein solch blutiges Durcheinander hatte er noch nie gesehen. Der Anblick dreier Frauenleichen vor dem zerwühlten Bett ließ ihn würgen. Er hatte Mühe, nicht davonzulaufen.

Faramund nahm allen Mut zusammen und warf einen Blick in die Kinderwiege. Sie war leer. Vielleicht hatte Luovana rechtzeitig mit dem Kind fliehen können. Oder vielleicht war sie geraubt worden, so wie einst Genovefa in Worms von dem schwarzen Ritter Eberhard von Bronkhorst geraubt worden war. Der finstere Geselle hatte Genovefa auf seiner Burg gefangengenommen, bis Bruno von Falkenstein sie von dort auf abenteuerlichste Weise befreit hatte. Jedenfalls hatte man sich das bei Hofe erzählt.

Faramund straffte sich. Er mußte herausfinden, was hier geschehen war. Mutig schaute er über den grausigen Anblick der Frauen hinweg und entdeckte eine große schwarze Adlerfeder, die vor dem Kamin lag.

Das Teufelsweib aus den Bergen hatte also ihre furchtbaren Krallen im Spiel, dachte er. Fluchend erinnerte er sich an Luovanas Wort. Er hob die Feder auf, sie würde ihm als Beweis dienen. Unter der Feder entdeckte er einen kleinen Stein, der wunderschön glänzte. Kurz entschlossen steckte er beides in seine Tasche und verließ eilig das Gemach der Hüterin. Jetzt galt es nicht nur Bruno zu finden, sondern auch die Hüterin mit ihrem Kind.

Wieder stand er ratlos im Gang. Wen sollte er zuerst suchen?

Er dachte nach und entschied sich für Bruno. Wenn er ihn an seiner Seite hatte, war doch manches leichter. Vielleicht war er auf dem Burgturm! Mit leisen Schritten machte Faramund kehrt, bis er vor die kleine Tür gelangte, die hinauf zum Turm führte. Immer noch war ihm niemand begegnet.

Der Riegel war zurückgeschoben. Fast erleichtert atmete Faramund aus. Also war jemand nach oben gegangen, überlegte er und tastete sich leise die schmalen steinernen Stufen hinauf. Und wer außer Bruno sollte sonst um diese frühe Morgenstunde dort oben sein? Bruno stand immer um diese Zeit dort!

Wie frohgemut war er gestern noch mit dem Ritter diese Stufen hinabgesprungen, und wie anders waren die Menschen hier gestern gewesen. Sie hatten sich gefreut, waren ihm lachend entgegengekommen, und einer hatte dem anderen erzählt, daß Luovana eine Tochter geboren hatte. In all dem Trubel waren Brunos und seine Aufregung wegen der geplanten Flucht nicht weiter aufgefallen. Er hatte es fast sogar ein bißchen bereut, an einem solchen Tag wegzureiten. Am Abend hätte es gewiß ein grandioses Fest gegeben. Faramund liebte Feste. Allerdings war es klug gewesen, inmitten eines solchen Trubels zu fliehen.

Jetzt lachte hier niemand mehr. Alles war verlassen. Der junge Ritter betete heimlich zu Gott, daß oben auf dem Turm der edle Herr von Falkenstein stand.

Faramund kam an die letzte Biegung. Kalter

Wind pfiff ihm um die Ohren, und im Schatten der Zinnen erkannte er die vertraute Gestalt seines Gefährten. Erleichtert atmete er auf.

Aber im gleichen Augenblick, als er den Fuß hob und einen Schritt auf Bruno zu gehen wollte, ertönte ein wildes entsetztes Kreischen von jenseits der Feuerschlucht zu ihm herüber. Es war der verzweifelteste Schrei einer Frau, den er je gehört hatte. Zitternd hielt er sich am Schwert fest.

Der Schrei hallte durch die Berge und zog ein langes unheimliches Echo hinter sich her. Das heisere Krächzen eines Adlers legte sich darüber und schien die ganze Welt mit Grauen zu erfüllen. Der junge Ritter hätte sich keinen Augenblick gewundert, wenn es auf der Stelle tiefschwarze Nacht geworden wäre.

Er brauchte eine ganze Weile, um wieder ruhig atmen zu können. Es war so still ringsum. So unheimlich totenstill.

Faramund trat auf den Turm hinaus. Ein Schauer lief ihm über den Rücken. »Bruno? Was geht da vor?« flüsterte er und ging langsam auf seinen Gefährten zu. Doch der rührte sich nicht. Der Ritter stand nur da, bewegungslos, wie in Stein gehauen.

Faramund legte dem Freund vorsichtig die Hand auf die Schulter, aber der andere reagierte nicht, sondern starrte nur auf die Berge. »Herr von Falkenstein, hört Ihr mich?«

Der Junge wurde ungeduldig. »So antwortet

doch: Was ist mit Euch?« Er schüttelte den Gefährten. »Warum sagt Ihr nichts?«

Er fuhr mit seiner Hand über die Augen des Älteren, als könnte er damit dessen Aufmerksamkeit erzwingen. Aber nichts geschah. Faramund sah an dem Ritter herunter. Er trug sein Schwert, und auch sonst schien er völlig unverletzt zu sein, bis auf die Wunde am Arm. Wieder schüttelte er ihn. Vergeblich!

Faramund kämpfte mit sich. Das war kein Abenteuer mehr, das war ein Fluch! Erst die toten Frauen, dann der Schrei und nun auch noch einen Ritter, der ihn nicht hörte, ganz so als hätte ihm etwas den Verstand geraubt. Faramund ließ von dem Gefährten ab und ging. Er mußte einen anderen Weg finden, um herauszubekommen, was hier geschah.

An der Treppe drehte er sich noch einmal um und warf einen Blick auf den Ritter.

»Die Liebe ist das einzige, was zählt«, hörte er Bruno von Falkenstein sagen.

Faramund war mit wenigen Schritten wieder bei dem Gefährten und starrte den Ritter an. »Was habt Ihr gesagt, Herr von Falkenstein? So redet doch endlich. Was ist mit der Liebe?«

Doch der Ältere schwieg, stand weiterhin da und blickte reglos auf die Berge. Ohne einen weiteren Blick an den Ritter zu verschwenden, verließ Faramund den Turm. Er bog von dort in den Säulengang ein, der zum Raum des Lichtes führte. Es mußte für all das eine Erklärung geben. Diese verstörte Gestalt dort oben war nicht der Schwertmeister Bruno von Falkenstein, dessen Künste weit über Worms hinaus gefürchtet waren. Das war nur noch ein müder, gebrochener Mann, dessen Geist sich verirrt hatte.

Endlich war diese durchdringende Stimme in seinem Kopf wieder verstummt. Bruno atmete auf. Wie sie an ihm gezerrt hatte. Unaufhörlich! Und immerzu hatte sie seinen Namen gerufen, als ob sie ihn verfolgen würde.

Aber jetzt war es, dem Himmel sei Dank, wieder still um ihn herum. Er wollte den frischen Duft des Waldes genießen. Ein Eichhörnchen, das vor ihm her über den Weg eilte und rasch an einem der nächsten Bäume in die Höhe lief, ließ ihn lächeln. Ihm gefielen diese putzigen kleinen Tierchen.

Ach, wie er diese Wälder rund um Worms liebte!

Bruno atmete tief ein. Es war dumm, dieser entsetzliche Schrei einer Frau hörte nicht auf, in seinem Kopf zu kreisen, wie ein Adler, der auf Beutesuche war. Er wollte, daß es endlich aufhörte, aber wie ein Echo kehrte es immer wieder. Der Adler und der Schrei!

Verrücktes Bild, dachte er, wie kam er ausgerechnet auf einen Adler, der auf Beutesuche war? Wahrscheinlich war es eher ein Bussard, oder es waren die Falken des Königs. Dankrat, richtig, der alte Rotbart war auf Jagd mit den Falken! Wie hatte er das vergessen können?

Nein, es war ein Adler, der da seine Schreie ausstieß. Bruno täuschte sich nicht. Es störte seine Ruhe!

Das Licht war so schön hier. Dieses sanfte Glitzern der Sonnenstrahlen, wenn sie durch die frischen, grünen Blätter fielen, wirkten so verspielt, als würden winzige Elfen mit kleinen Lichtern in der Hand einen fröhlichen Tanz aufführen. Er hätte eine Ewigkeit zuschauen mögen. Es war ein so leichter Tanz!

Der laue Frühlingswind strich ihm sachte über die Haut. Er spürte es genau. Ach, so hätte es bleiben können. Nur dieses Glitzern der Sonne und das frische Grün der Blätter.

Aber da war dieser Schrei! Er hallte immer noch in ihm nach, als hätte er sich in sein Gehirn eingefressen. Woran erinnerte er ihn bloß?

Vielleicht war eine Frau in Gefahr?

Bruno lächelte. Jetzt fiel es ihm wieder ein. Natürlich, das konnte nur Genovefa sein! Er hatte die Leute im Dorf davon reden hören, daß der dunkle Ritter Eberhard von Bronkhorst oben auf seiner Burg, unweit von Worms, ein zartes Weib gefangenhielt, das ihm zu Willen sein mußte. Armes

Ding! Und schön sollte sie sein, sagten die Leute, einfach wunderschön!

Bruno verstand es nicht. Es gab doch viele tapfere Ritter rund um Worms. Warum hatte keiner von ihnen Herz genug, das Mädchen aus den Klauen dieses Barbaren zu befreien?

Bruno überlegte. Vielleicht sollte er diesem wilden Schurken einen Besuch abstatten und ihm das Weib abfordern. Aber die Leute im Dorf erzählten die finstersten Geschichten von dem Burgherrn. Jeden Reisenden, so wußte der Schankwirt zu berichten, würde der edle Herr aufs köstlichste bewirten, nur am Morgen, bei der Abreise, würden die Fremden mit Schimpf und Schande zum Tor hinausgeprügelt, daß die Armen oft tagelang nicht mehr sitzen konnten. Was für ein böser Narr war dieser Eberhard von Bronkhorst? Warum ließ er die Reisenden überhaupt ein, wenn ihm ihre Gesellschaft so wenig behagte, daß er sie am anderen Morgen hinausprügelte?

Bruno seufzte. Aber was war schon eine kleine Rauferei gegen die Heldentat, ein schönes Weib aus der Finsternis zu retten?

Entschlossen gab er seinem Fuchswallach die Sporen. Die Burg des Herrn von Bronkhorst lag oberhalb des Rheines. Er würde den Weg durch die Wälder einschlagen, dann konnte er noch an der alten Eiche vorbeireiten. Dieser Baum war sein Lieblingsbaum, als kleiner Junge war er oft dorthin gegangen.

Warum nur kreiste dieser verfluchte Adler durch seinen Kopf?

Es erinnerte ihn an etwas. Warum hatte er es vergessen? Aber wahrscheinlich war es nicht wichtig!

An der alten Eiche würde er sich dann links halten müssen, überlegte er. Die Frau hatte wirklich furchtbar geschrien. Vielleicht sollte er sich beeilen? Dann sollte er wohl besser auf den Weg reiten, der am schnellsten zur Burg des Herrn von Bronkhorst führte.

Irgendwo zwitscherte ein Vogel. Bruno lauschte. Nein, das war wirklich kein Adler, sondern irgendein Singvogel. Wie kam er bloß immer auf Adler? Jetzt galt es doch ein Frauenherz zu erobern!

Die Leute im Dorf sprachen immer wieder von der Schönheit des Mädchens. Genovefa sei ihr Name, und sie habe goldenes Engelshaar.

»Genovefa.« Bruno flüsterte den Namen in den Frühlingswind. Er summte den Namen immer wieder und war erstaunt, wie leicht er ihm über die Lippen ging. Der Name war ihm vertraut, als hätte er ihn schon hundertmal gerufen. »Genovefa.«

Seltsam, wie konnte ihm dieser Name vertraut sein?

Bruno hielt den Fuchswallach an. Diese Wälder waren einfach ein Genuß. Er atmete tief ein, hielt die Luft an und atmete dann langsam wieder aus.

Irgendwie hatte ihm das alles gefehlt. Doch welche Narretei kam ihm jetzt schon wieder in den

Sinn? Er ließ dem Wallach die Zügel wieder frei. Wie konnten ihm die Wälder fehlen, wenn er sie nie wirklich verlassen hatte?

Es schien am Frühling zu liegen. Ja, daran mochte es liegen. Der Winter war lang gewesen, schier endlos. Aber vielleicht hatte es auch mit dieser Stimme in seinem Kopf zu tun. Bruno horchte. Dem Himmel sei Dank war alles still. Niemand rief mehr seinen Namen. Es hatte ihn vorhin ganz schön durcheinandergebracht, daß ihn jemand gerufen hatte. So etwas war nicht gut.

Bruno hatte nicht den Eindruck, daß es ihm besonders gefiele, gerufen zu werden. So etwas brachte stets nur Ärger.

Vielleicht, so überlegte er, war es aber auch die Stimme eines Engels, die ihn rief? Bruno hatte schon davon gehört, daß es hin und wieder geschah, daß einem Ritter ein Engel erschien, um ihn auf einen besonderen Weg zu senden. Der heilige Gral fiel ihm ein und das Land des Herrn jenseits des Meeres.

Wohl möglich war diese Genovefa ja ein Engel und rief ihn zu Hilfe?

Bruno schüttelte den Kopf. Das war albern. Wieso sollte eine Frau, die von einem polternden alten Ritter gefangengehalten wurde, ein Engel sein? So etwas gab es nicht! Engel konnten nicht von finsteren Rittern überwältigt werden, und Frauen waren keine Engel. Frauen waren sterblich!

Bruno lächelte, und dabei beobachtete er ein gelbes Blatt, das langsam durch die Luft schwebte, immer tiefer, bis es auf dem Boden liegenblieb. Was für eine verrückte Geschichte, dachte er und lachte. Ein Herbstblatt mitten im Frühling. Er schaute sich um. Es war doch Frühling?

Er lachte immer lauter, er konnte überhaupt nicht mehr aufhören zu lachen, bis ihm die Tränen kamen und ihm brennend über die Wangen liefen. Frauen sind sterblich! Das war das komischste, was er je gehört hatte. Wer hatte es ihm nur gesagt? Er schlug sich mit den Händen so sehr auf die Schenkel, daß der Wallach unter ihm erschrak und einen leichten Satz nach vorn machte. Bruno stieß mit dem Kopf gegen etwas Hartes. Erstaunt rieb er sich die schmerzende Stelle und lachte immer noch. Nein wirklich, eine solche Narretei war nicht zu glauben. Frauen waren sterblich.

Arma streckte sich langsam. Ihre Glieder schmerzten noch immer. Sie fühlte sich, als habe man sie endlos lange in ein tiefes feuchtes Verlies gesperrt, um sie zu foltern. Vorsichtig schlug sie die Augen auf und sah der toten Luovana ins Gesicht.

Sofort war Arma hellwach. Luovana war tot! Es war kein Traum. Der Leib der Hüterin war hart und kalt. Arma schauderte.

»Wie geht es dir?« Mirka stand neben ihr mit einem silbernen Kelch in der Hand. »Hier, das habe ich noch in der Küche gefunden. Es schmeckt nicht besonders gut, hilft aber.«

Arma nippte an dem Becher und verzog das Gesicht. »Was ist das?«

»Alter Wein, er ist ein bißchen sauer, aber er wird dich wieder auf die Beine bringen. Wenigstens für ein paar Stunden.«

Arma leerte den Becher in einem hastigen Zug und schüttelte sich. Eine dunkle Wärme stieg in ihr auf.

»Ein Wunder, daß du noch lebst«, sagte Mirka und nahm ihr den Becher wieder aus der Hand. »Andere hätten den Kampf mit Ema nicht überlebt. In den vergangenen Stunden habe ich ein paarmal gedacht, daß du es nicht schaffst. Dein Körper wurde so kalt wie Luovanas toter Leib. Da half auch keine Decke mehr. Aber die Göttin war dir gnädig.«

Arma schaute an sich herab. Mirka hatte ihr ihren eigenen Wollumhang über den Körper gelegt. »Danke für die Decke.«

Mirka nickte. »Du mußt eine starke Frau sein. Ema raubt einem Kämpfer mit jedem Schlag, den man gegen ihn führt, die Kraft. Du hast viele Schläge ausgeteilt. Viel zu viele!«

Arma schaute wieder auf die tote Geliebte. »Nicht genug! Ich wünschte«, sagte sie leise, »es hätte mich das Leben gekostet, dann würde ich jetzt mit ihr zu den Gärten reisen.«

»Aber das kannst du nicht!« Mirka kniete neben Arma nieder und legte der Kriegerin die kleine Brunhild in die Arme. »Denke daran, was du ihr versprochen hast. Mach aus diesem Kind eine große Kriegerin.«

Brunhilde erwachte und blickte Arma freudig an. Die Kriegerin erschrak. »Mirka, sie hat Luovanas Augen!«

Die andere nickte wieder. »Es wird Zeit, daß du deine Tochter kennenlernst.«

Die Kriegerin wiegte das kleine Bündel in ihren Armen. Sie lächelte. »Eine große Kriegerin sollst du werden, Brunhild.«

»Schön, daß du sie endlich annimmst«, sagte Mirka und stand auf. »Dann können wir aufbrechen. Es ist zu kalt, um hier zu bleiben.«

»Aufbrechen?« Die Kriegerin erschrak.

»Arma, wir müssen fort von hier. Wir müssen Inmee und Luovana zu den schwarzen Wasserfällen bringen. Und der kleinen Brunhild täte es wohl auch nicht gut, in einer toten Flammenburg zu bleiben. Das Feuer ist erloschen, und außer uns und den beiden Rittern ist niemand mehr hier.«

»Niemand?«

Mirka schüttelte den Kopf. »Alle Frauen, selbst der Tänzer, der sonst sein Bett nicht verläßt, sind fort.«

»Sie fürchten sich«, sagte Arma und stand auf. »Die Leute sind wohl in die umliegenden Dörfer zurückgekehrt, aus denen sie stammen.«

Mirka nickte.

Arma schaute sich um. Viele hatten, als die Hüterin noch lebte, mit Ehrfurcht und Freude den Raum des Lichtes betreten. Die meisten von ihnen waren darum in der Burg geblieben. Sie verrichteten kleinere Arbeiten oder sorgten für die Tiere. Der Hüterin zu dienen war immer eine freiwillige Angelegenheit gewesen, niemand wurde gezwungen. Die Leute kamen und gingen, wann und wie sie wollten. Für die meisten war es eine Ehre, der Hüterin nahe zu sein, und nicht wenige blieben ihr ganzes Leben hier. Der Tänzer war sogar auf der Burg geboren. Daß selbst er geflohen war, gab Arma zu denken. Die Angst vor der dunklen Macht schien groß zu sein. So groß, daß sie nicht einmal der Hüterin einen letzten Gruß darbrachten. Der Raum des Lichtes hatte seine Macht verloren.

»Sie sind nicht gekommen, weil sie gestern den Adler gesehen haben«, erklärte Mirka. »Sie wissen, daß er mächtiger wird, wenn das Gleichgewicht fällt. Luovana ist tot, und bis die Gwenyar eine neue Hüterin des Feuers bestimmt haben, ist diese Burg ein Ort der Finsternis.«

»Wahrscheinlich haben sie auch den Tod in Luovanas Gemach gesehen. Oder das, was er dort zurückgelassen hat.«

Mirka nickte. »Ja, auch das haben sie gesehen.«

»Gut, dann ist es wirklich Zeit zu gehen. Was ist mit den Pferden?«

»Ich habe für Inmee eine Bahre aus zwei hölzernen Balken und zwei Tüchern gebaut. Eines der Pferde wird die Bahre ziehen. Luovana können wir auf Aysar legen. Die Stute wird sie sicher tragen.«

Arma legte der Gefährtin das Kind in die Arme. »Halte sie einen Augenblick.« Dann kniete sie nieder und strich Luovana über die kalten Lippen. »Leb wohl, meine Schöne«, flüsterte sie. Arma wikkelte die Tote vollständig in den Umhang des Ritters, mit dem er sie gestern bedeckt hatte. »Wir werden jetzt auf Reisen gehen«, sagte sie, und ihre Hand fuhr ein letztes Mal über die zarte Gestalt der Hüterin. Auf ihrer Brust hielt sie inne. Mit flinken Fingern griff sie unter den Stoff und angelte den weißlich schimmernden Rubin unter dem Umhang hervor, den Luovana immer noch an dem Lederbändchen um den Hals trug. Sie zog ihn heraus und ließ ihn pendeln.

»Der Rubin ist fast weiß, schau dir das an«, sagte sie.

»Er hat ihr alle Kraft gegeben. Aber es hat nicht gereicht.«

Arma kannte die alte Formel nicht, um ihn an der heiligen Quelle wieder mit neuer Kraft zu versehen. Sie bedauerte es, aber sie war nun einmal keine Hüterin.

»Eigentlich ist er so, wie er jetzt ist, völlig nutzlos.« Sie machte Anstalten ihn zurückzulegen, als ihr Blick auf Mirka fiel. »Warum schaust du mich so an?«

»Der Stein ist nicht nutzlos. Niemals. Er ist mächtig, er gehört meinem Volk. Wenn er dem Magier in die Hände fällt, wird dieser Ort nie wieder ein lebendiges Haus der Göttin sein.« Die junge Frau schaute Arma ernst an. »Wir müssen auf ihn achten.«

Die Kriegerin betrachtete wieder den weißen Rubin. Dann reichte sie ihn Mirka. Magische Dinge waren ihr ohnehin nicht ganz geheuer. Sie hielt sich lieber an ihr Schwert.

»Vielleicht ist es besser, wenn du ihn trägst, du gehörst schließlich zum alten Volk. Ich wüßte nicht recht, was ich mit dem Stein anfangen sollte.«

Die andere legte das Kind für einen Augenblick auf den Boden und hängte sich den Lederstreifen um den Hals. »Gut, ich werde ihn tragen, aber versprich mir, daß du ihn mitnimmst, falls mir etwas geschieht. Er ist erst bei den Gwenyar in Sicherheit.«

Arma versprach es und ging zu Inmee, die immer noch nahe am Teich lag. Das Mädchen war ohnmächtig, aber die Wunde blutete nicht mehr, und ihr Herz schlug wieder kräftig.

Die Kriegerin hob Inmee hoch. »Laß uns zu den Pferden gehen, Mirka. Es wird Zeit.«

Mirka nahm eines der weißen Tücher, die auf dem Boden lagen und der Hüterin bei verschiedenen Ritualen gedient hatten. Sie schlang es sich um den Leib und knotete die kleine Brunhild darin fest, damit das Kind einen sicheren Halt auf ihrer Brust hatte.

»Siehst du«, sagte sie und strich mit den Fingern sacht über die rosigen Wangen des kleines Mädchens. »So wirst du wohl eine Weile reisen können.«

»Es gibt nicht viele Kinder am Wasserfall. Wo hast du das gelernt?«

»Nun ja«, lächelte Mirka, »aber hin und wieder gibt es doch welche.«

»Verstehe«, sagte Arma und warf noch einen Blick auf die Hüterin. »Ich werde Luovana holen, wenn ich Inmee auf die Bahre gelegt habe.«

»Gut, aber bleibe nicht zu lange.«

»Nein«, sagte die Kriegerin und schaute sich noch einmal um. »Ehe dieser Tag zu Ende geht, wird hier nichts mehr so sein, daß ich es noch lieben könnte, denn alles was war, ging mit ihr«, sagte sie leise.

»Ich verstehe, was du meinst, aber es stimmt nicht«, sagte Mirka und lächelte. »Schau, Arma, alles ging nicht mit ihr.« Das Kind auf ihrer Brust war eingeschlafen.

12

Sie waren wirklich fort, alle! Lursa betrat den Raum des Lichtes. Es war dunkel und feucht, und nichts war übrig von dem Glanz vergangener Tage. Von den Bergen aus hatte sie die blonde Kriegerin über den Burgweg wegreiten sehen, gemeinsam mit einer Frau aus dem alten Volk, die Luovanas Kind trug. Auch die beiden Ritter, deren Pferde sie vor etlichen Monden der Göttin geopfert hatte, waren mit der blonden Kriegerin fortgeritten. Lursa fragte sich, warum Luovanas kriegerische Geliebte nicht nur das Kind, sondern auch den Vater des Kindes mit sich nahm. Noch dazu, da er nicht ganz bei Sinnen zu sein schien. Als hätte die Göttin ihm den Geist verwirrt, so hatte er auf dem Pferd gesessen. Nicht einmal auf den Weg hatte er geachtet, und der Lavastrom schien ihn überhaupt nicht zu ängstigen. Dafür hatte der junge Ritter unentwegt auf den anderen eingeredet. Törichte Narren!

Lursa lachte. Die blonde Kriegerin würde an dieser Begleitung ihre wahre Freude haben. Warum ging sie nicht einfach ihrer Wege? Das Kind war ohnehin dem Tod geweiht, dafür würden sie oder Raban schon sorgen. Lursa zuckte mit den Achseln. Die Zeit würde alles regeln.

Die Jägerin drehte sich einmal um sich selbst. Sie stand tatsächlich im Raum des Lichtes. Dieser Ort war ihr von jeher bestimmt gewesen, nun war sie zurückgekehrt, um ihren dunklen Dienst an der Göttin wieder aufzunehmen. Endlich würde aus dem Heiligtum des Lichtes ein Raum des Blutes und der Rache werden. Von Luovana und ihrer Liebe würde hier nichts übrigbleiben.

Sie schaute an den Wänden entlang. Die Kristalle waren stumpf und glanzlos. Die Göttin hatte diesen Raum also schon verlassen, jedenfalls der Teil der Göttin, den Luovana verehrt hatte. Lursa legte müde den kleinen Raban vor dem Kamin auf die Samtkissen. Vielleicht war noch jemand in der

Burg, sie wollte lieber nachsehen, bevor sie sich zur Ruhe legte. Immer noch fühlte sie sich schwach. Sie wollte nicht riskieren, daß jemand sie im Schlaf überraschte. Die Kräfte, die Pyros ihr verliehen hatte, wirkten zwar, aber ihr Körper hatte unter der anstrengenden Geburt gelitten. Sie brauchte endlich Ruhe.

»Seid mir gegrüßt, Lursa«, sagte ein Mann und lehnte an der Tür. Er war zierlich, und sein blondes Haar reichte ihm weit über die Taille hinab. Er hatte ein zartes Gesicht. Lursa erinnerte sich.

»Guten Abend, Mandu.«

Der Tänzer lächelte und tat überrascht. »Ihr kennt noch meinen Namen?«

»Warum sollte ich ihn nicht kennen? Ich habe Eure leidenschaftlichen Feuertänze sehr geschätzt.«

Mandu schaute Lursa offen ins Gesicht. Langsam kam er näher. »Ihr habt nicht nur meinen Tanz geschätzt, Lursa.«

Die Frau lächelte. »Nein, es gab noch mehr, was ich an Euch mochte. Es war die Hingabe, mit der Ihr einer Frau den Hof machtet, die mich reizte. Euren Sinn für Leidenschaft habe ich vielleicht sogar geliebt, wenn ich mich recht entsinne.«

»Bis dieser Magier auftauchte«, erwiderte Mandu bitter. »Ich habe es nicht vergessen, und der Tag, an dem Ihr mich lachend wegen meiner Liebe verschmäht habt, hat mein Herz für alle Zeiten brechen lassen. Ihr habt mich verhöhnt, doch Ihr wart selbst diesem Magier verfallen! Was gab Euch das Recht, mich zu verspotten?«

»O Mandu.« Lursa gähnte. »Müssen wir jetzt darüber reden?«

»Ich habe auf Euch gewartet. Ich dachte mir, daß Ihr hierher zurückkehren würdet, um Euren rechtmäßigen Platz einzunehmen.«

»Und was wollt Ihr von mir?«

»Ich wollte Euch nur anschauen.« Zögernd machte er noch einen Schritt und war ihr nun schon fast so nahe, daß er sie hätte berühren können. »Die Leute erzählen, Ihr hättet Euch verändert.«

»Ihr wollt mich wirklich nur anschauen?« Mißtrauisch musterte Lursa den jungen Mann. Seine hellen Augen waren ihr fremd geworden, sie glänzten kalt in dem dämmrigen Licht des Raumes. Die Leichtigkeit seiner Hingabe an sie, die sie vor langer Zeit einmal darin gelesen hatte, schien Haß gewichen zu sein.

»Ihr solltet nicht so lange an alten Geschichten hängen«, sagte Lursa leise. Sie war nicht in Stimmung für einen Streit. »Ist außer Euch sonst noch jemand hier?« fragte sie, um das Gespräch in eine andere Richtung zu lenken.

»Nein.« Der junge Tänzer lächelte. »Nein, wir sind alleine, Lursa. Endlich, nach so langer Zeit.«

Fragend schaute die Jägerin den blonden Mann an. Irgend etwas an dieser Geschichte stimmte nicht. Wenn sie nicht so müde gewesen wäre, hätte sie ihn einfach aus dem Raum des Lichtes geworfen. Sie wollte nicht mehr reden, schon gar nicht über Gefühle, die sie nicht mehr hatte. Warum ging Mandu nicht endlich?

Sie schaute nach dem Kleinen, der auf den Kissen lag. Er schlief tief und fest. Da, als sie den Tänzer bitten wollte zu gehen, sah sie es in seiner Hand kalt aufblitzen. Geschickt tauchte sie unter dem Dolch hinweg. Mandu hatte auf ihr Herz gezielt. Dann ging alles sehr schnell. Lursa griff nach ihrem Dolch, doch ehe sie einen Stich anbringen konnte, wurde der Tänzer vor ihr gewaltsam hochgerissen und landete mit einem dumpfen Aufprall vor der hölzernen Tür. Sein Mund stand offen, als wollte er schreien, doch alles blieb still. In seinen weit aufgerissenen hellen Augen erkannte Lursa noch jenen erstaunten Ausdruck, den oft Menschen haben, die völlig unerwartet dem Tod begegnen.

»Guten Abend, schöne Priesterin der Nacht«, sagte Pyros. »Ich dachte mir, daß ich Euch hier finden würde.«

Er schaute kurz auf den toten Tänzer und versicherte sich, daß von ihm keine Gefahr mehr drohte.

»Eigentlich wollte ich Eure kleine Unterhaltung nicht stören, aber als ich den Dolch sah, dachte ich, es wäre besser mich einzumischen.« Der Magier deutete eine elegante Verbeugung an. Das lange Haar fiel ihm weich ins Gesicht und verlieh ihm jenen geheimnisvollen Charme, den sie so sehr liebte. Mit einer kleinen Geste schob er die vorwitzige Locke wieder zurück, die seine Augen überschattete. Der dunkle Glanz, mit dem er sie ansah, berührte Lursa tief in ihrem Innern. Das Bild, das ihr am Morgen noch die Seele zerrissen hatte, schien plötzlich weit fort zu sein.

Pyros trug einen dunklen Umhang, den sie nie zuvor an ihm gesehen hatte, aber seine Bewegungen waren so geschmeidig wie immer. Schweigend sah sie ihn an.

»Ihr seid überrascht, mich zu sehen? Nun, wenigstens scheine ich Euch nicht zu langweilen.«

Lursa wußte immer noch nicht, was sie sagen sollte.

Langsam kam der Magier näher. Es wirkte nicht bedrohlich, und doch trat die Jägerin einen Schritt zurück. Aus Vorsicht hob sie den kleinen Raban wieder hoch. Gewiß war es schön, Pyros zu sehen, doch der Mann tat nichts ohne Grund. Er hatte sie nicht aufgesucht, um ihr zu erzählen, wie sehr er sie vermißte.

»Was wollt Ihr?« fragte sie und preßte das kleine Bündel an ihre Brust. Je länger sie ihn anschaute, um so mißtrauischer wurde sie. Nein, seine Anwesenheit war ein sicheres Zeichen dafür, daß er Rache nehmen wollte. Nichts anders konnte ihn noch zu ihr treiben. Sie hatte schließlich Antana getötet!

»Warum seid Ihr so unruhig, Priesterin der

Nacht? Ich dachte, wir könnten uns ein wenig unterhalten, und ich kann mir dabei meinen Sohn anschauen. Das werdet Ihr mir doch nicht verwehren.« Er hob die Brauen.

Lursa schüttelte den Kopf. »Ihr habt Euch heute morgen vor meinen Augen in einen Adler verwandelt«, sagte sie, »und wir beide wissen, daß nur eine Frau, die Euch als ihren Meister anerkennt, das Lied singen kann. Gestern, vor Rabans Geburt, habe ich gesungen, und Ihr habt Euch das Blut an einem anderen Ort geholt, weil ich zu schwach war, Euch das meinige zu geben. Aber ich habe gesungen!« Sie schaute kurz auf das Kind in ihrem Arm. »Ich habe Euch gestern um Hilfe gebeten, damit dieses Kind auf die Welt konnte. Aber diesmal, Pyros, war ich nicht diejenige, die Euch rief. Wer außer mir hat den Zauber gesprochen, der Euch zum Mann macht?«

»Nun, habt Ihr geglaubt, Ihr wäret die einzige Frau, die dazu geschaffen wurde, mir zu dienen?«

Lursa schaute den Magier an. Alles an ihm war ihr so vertraut, daß es schmerzte. Wie gerne wäre sie einfach in seine Arme gefallen, hätte ausgelöscht, was seit gestern zwischen ihnen stand. Ihn nicht berühren zu dürfen war wie eine Folter. Er war trotz dieser Nähe so kühl, so weit fort, als würde ihm ihre Hingabe nichts mehr bedeuten. Er sah sie nicht einmal an, sondern ließ seine Blicke durch den Raum schweifen.

»Wißt Ihr noch in diesem Raum ...« Er schaute an den grauen Kristallen auf und ab. »Hier bin ich Euch zum ersten Mal begegnet. Damals wart Ihr ausersehen, die Hüterin des Feuers zu werden, und ich war ein Magier, der Eure Schönheit begehrte, Euren Mut, Eure Kraft ...« Er schaute auf. »Eure Lust!« fügte er leise hinzu.

Lursa fühlte, wie ihr ein Schauer über den Körper lief. Warum fing er jetzt damit an? Natürlich erinnerte sie sich an jenen Tag, als er zu ihr in diesen Raum gekommen war. Ihre Mutter war gestorben. So hatte es nichts gegeben, was ihn gehindert hätte, zu ihr zu kommen. Es hatte ihr gefallen, daß er mutig genug war, sie im Raum des Lichtes aufzusuchen. Auch wenn damals ebenfalls keine Kerzen brannten. Pyros mußte doch wissen, daß er sie mit diesen Erinnerungen verletzte. Sie hatte ihm schon damals, vom ersten Augenblick an, da er den Raum betrat, ganz gehört. Mit Leib und Seele war sie ihm verfallen, noch ehe sie dreimal mit ihm dieselbe Luft geatmet hatte.

Niemals hatte sie daran gezweifelt, daß es eines Tages anders sein könnte. Der warme Ausdruck seiner Augen, der sanfte Klang seiner Stimme, sein Lächeln, seine Zärtlichkeiten, dies alles gehörte ihr und nicht einer anderen.

»Warum habt Ihr mir das angetan? Warum gerade Antana?«

Er zuckte mit den Schultern und lächelte. »Warum? Vielleicht weil sie das hat, was mir fehlt? Ich weiß nicht, sie ist so anders.«

»Dafür zerstört Ihr mich?«

»Verwechselt Ihr da nicht etwas? Ihr habt Antana zerstören wollen!«

»Und unser Kind? Ihr hattet es ihr gegeben.«

Pyros lachte. »Harmlosigkeit steht Euch vortrefflich, Priesterin. Dieser Knabe ist ein Kind der Magie, falls Ihr das vergessen habt. Er ist ein Kind der Macht. Erinnert Euch an Euren Schwur. Ihr wolltet dieses Kind, um Eure Schwester und ihre Tochter zu töten.«

»Ja, das wollte ich, und ich wollte Euch!«

»Davon habe ich heute morgen nicht viel bemerkt. Wo war Eure Hingabe? Ihr habt Euch aufgeführt wie eine gewöhnliche Frau, die nicht mehr Herrin ihrer Gefühle ist!« Er trat noch einen Schritt näher. »Und die vergessen hat, wer ihr Meister ist!«

Lursa riß sich mit der Linken das Gewand von der Brust und zeigte auf die Narbe. »Ist das vielleicht nur Fleischeslust, oder ist es nicht auch Hingabe an den Meister?« zischte sie.

Pyros lächelte. »Fleischeslust ist ein vortrefflicher Ausdruck dafür. Ich gratuliere Euch.«

Lursa riß die Augen auf. Mit einer solchen Kälte war Pyros ihr nie zuvor begegnet. Wo war der sanfte, zärtliche Magier, der in ihren Augen zu lesen vermochte? Sie schaute ihn voller Verzweiflung an. Er hatte ihr einen Sohn geschenkt und die Heilerin geholt, um ihr Leben zu retten, nicht um sie damit zu zerstören.

»Warum geschieht das alles, Pyros?«

»Warum stellt Ihr immerzu solche albernen Fragen? Ihr müßtet doch am besten wissen, daß man stets das bekommt, was man gibt.«

»Wie meint Ihr das?«

»Jeden Schwur und jeden Zauber bekommt man zurück. Habe ich etwa vergessen, Euch das beizubringen, als ich Euch in der Magie unterwies?«

Lursa wandte den Blick ab. »Antana lebt, nicht wahr? Sie ist es, die Euch zurückgerufen hat.«

»Nein, da irrt Ihr Euch. Sie hätte nicht einmal das Lied gekannt, um den Zauber zu bewirken, und außerdem war sie tot, Lursa.« Er nahm ihr Kinn und zwang sie, ihm in die Augen zu sehen. Ein dunkles Glimmen überschattete seinen Blick. »Ich mußte diese Gestalt annehmen, um Antana retten zu können.«

»Aber wie? Dort unten zwischen den Felsen gibt es keine Frau, die ihre Brust opfert, um Euch zu verwandeln, Pyros.«

»Ich schätzte von jeher Eure Klugheit, Priesterin der Nacht«, erwiderte Pyros spöttisch. »Aber leider mangelt es Euch nur allzuoft an der nötigen Phantasie. Erinnert Euch! Die Wasserhöhle liegt nicht weit von den Felsen entfernt, auf die Antana niederfiel.«

»Ema? Nein!« Lursa riß die Augen auf und ließ sich auf die Samtkissen fallen. »Das habt Ihr nicht getan!«

»Was läßt Euch daran zweifeln?« Pyros ließ sich sanft neben ihr auf das Kissen gleiten. Sie roch den unverwechselbaren Duft seiner Haut. Mit Tränen in den Augen schaute sie ihn an. »Ihr habt ihm Euren Tod geschenkt?«

»Im Tausch gegen seine magischen Kräfte.«

»Ihr seid wahnsinnig.«

Pyros lachte. »Noch nicht ganz! Aber meine Schöne...« Er lächelte und strich mit dem Finger sanft über ihr Kinn. »...habt Ihr das nicht immer gewußt?«

Lursa sah die glänzend dunklen Augen. An diesen Augen würde sie es zuerst erkennen. Wenn Pyros wirklich mit Ema den Handel um den Tod eingegangen war, würde er genau wie Ema mit der Zeit verrückt werden. Sein Geist würde sich verwirren! Jedes Kind wußte, daß nur ein Narr versuchen würde, das Wissen der Jahrhunderte in einem Leben zu erfahren. Und wenn sein Leib verfallen würde, dann wäre Pyros gezwungen, in der Wasserhöhle zu bleiben, ein finsterer Geist, der für ewige Zeiten gefangen war, genau wie Ema.

»Ihr wißt, daß es Euch in den Wahnsinn treiben wird.« Lursa schaute zwischen dem Kleinen in ihrem Arm und dem Mann hin und her. Eine Träne lief über ihre Wange. Pyros wischte sie zärtlich fort.

»Pyros, verzeiht mir.« Sie drehte den Kopf und schmiegte ihn in seine Hand.

»Ihr wolltet ihren Tod, Lursa«, flüsterte er. Es war wie ein Peitschenhieb, den er ihr gab. »Sie war nicht schuldig! Hört Ihr? Sie war nicht schuldig!« Seine Stimme war dunkel und voller Schmerz. »Ihr seid gewöhnlich, Jägerin, denn das einzig wahre Gefühl, welches Ihr kennt, ist Neid.«

Lursa wich ein Stück zurück. Einen Lidschlag lang glaubte sie, eine Träne in seinen Augen zu sehen, doch es war zu wenig Licht in diesem Raum.

»Ich mußte sie retten, Lursa.« Nur mit Antanas Hilfe werde ich meinen Vater befreien können«, sagte er nachdenklich und nahm seine Hand schließlich ganz fort. Wieder fiel sein Blick auf die stumpfen Kristalle. »Ihr habt die Freiheit meines Herzens verraten, für etwas, das Euch ohnehin niemals gehören konnte.« Er schaute auf. »Ich bin gekommen, um meinen Sohn zu holen, Lursa. Das ist alles, was ich noch von Euch will. Antana wird ihn erziehen, wenn sie wieder völlig gesund ist. Er muß ein Magier des Feuers sein, bevor ich dem Wahnsinn verfalle!«

»Nein!« Lursa sprang mit dem Kind in dem Arm auf die Füße. Voller Entsetzen schaute sie ihn an. »Dieses Kind ist alles, was ich habe, Ihr könnt es mir nicht nehmen.«

»Warum nicht? Es ist mein Sohn, und Ihr seid meine Dienerin.« Langsam stand Pyros auf und kam einen Schritt auf sie zu. Lursa wandte sich um und stürzte zum Ausgang, doch der Magier war schneller. Noch bevor sie die Tür hätte erreichen können, stand er schon wieder vor ihr.

»Ihr wißt, daß es zwecklos ist«, sagte er ruhig, als hätte er sich überhaupt nicht bewegt. »Gebt ihn her!« Er streckte ihr die Arme entgegen, wie einem Kind, mit dem man Mitleid hatte.

»Niemals!« zischte Lursa und fühlte, wie der Kampfgeist in ihr erwachte. Der Magier würde um seinen Sohn streiten müssen. Gehetzt schaute sie sich um, es gab keinen zweiten Weg aus diesem Raum. Sie saß in der Falle, solange der Magier ihr den Weg versperrte.

»Lursa!« Seine Stimme war leise und so sanft, daß es sie schmerzte. »Bitte!«

»Nein, niemals!« Er durfte sie nicht bezaubern, wenn sie schwach wurde und ihre Sehnsucht nach dem Mann unerträglich würde, dann war sie ihm hoffnungslos ausgeliefert. Sie mußte verhindern, daß er mit ihrer Leidenschaft spielte. Fieberhaft suchte sie nach einer Möglichkeit. Ihr Blick fiel auf die graue Asche im Kamin. Es war viel zu kalt in diesem Raum. Dann lächelte sie. Natürlich, das Feuer war ihre Rettung! Sie schaute auf und blickte dem Magier in die Augen.

»Wagt es nicht, mir nahe zu kommen«, flüsterte sie. »Ihr werdet Euren Sohn sonst nicht lebendig wiedersehen.«

Pyros lehnte sich gelassen an den Türrahmen. »Wollt Ihr ihn vielleicht mit dem Samtkissen ersticken, wenn ich ihn hole?« Er schüttelte den Kopf. »Dazu seid selbst Ihr nicht fähig, Priesterin.«

»Wie Ihr wollt«, erwiderte Lursa und schaute den kleinen Raban an. Langsam begann sie die Worte, welche die Gwenyar sie vor vielen Jahren gelehrt hatten, rückwärts zu sprechen. Sie erinnerte sich gut an die Verse. Wenn sie keinen Fehler machte, würden nach einer Weile in der ganzen Flammenburg die Feuer wieder angehen, die mit Luovanas Tod erloschen waren. Lursa hielt inne und starrte auf den Kamin. Dann sprach sie weiter. Leise zuckten rotgelbe Flämmchen aus der Asche empor. Das gleiche geschah in jedem anderen Kamin innerhalb der Mauern. Ihre Stimme wurde lauter, und die Flammen brannten warm und hell. Schließlich sang die Jägerin den letzten Vers, und glühendheiß ergoß sich im selben Augenblick die Glut in den Raum hinein. Schwer wälzte die Glut sich über den steinernen Boden und vernichtete alles, was sie mit ihrem kochendem Atem berührte.

Lursa blickte auf den Magier, der stirnrunzelnd in der Tür stand. Ohne den Schutz der Göttin würde sie mit dem kleinen Raban sterben.

»Das Feuer wird Euch nichts tun«, sagte sie lachend und sprang vor den ersten Flammen zurück, die zügellos aus dem Kamin schlugen und den Raum erhellten. »Ihr seid ja nun unsterblich.«

»Lursa! Diese Narrheit wird Euch das Leben kosten«, fluchte Pyros und war in zwei Schritten nahe dem Kamin. »Verdammt, Ihr liebt die Macht und den Tod wirklich mehr als Euer Kind.« Mit dem Umhang schlug er ein paar Flammen nieder, die nach den Samtkissen züngelten. Aber es war vergeblich. Das Feuer quoll aus dem Kamin heraus und schien unaufhaltsam zu sein.

»Ihr könnt es nicht löschen!« flüsterte Lursa und fühlte die Wärme der gierigen Flammen unangenehm nah. Sie nahm all ihre Kraft zusammen und hielt den weinenden Knaben fest im Arm.

»Ihr werdet mir meinen Sohn nicht nehmen!«

Der Magier warf einen letzten Blick auf die heiße Glut um sich herum und packte dann kurz entschlossen die Frau mit der Rechten um die Taille. Mit der anderen Hand fuhr er ihr unter die Knie und hob sie auf seinen Arm.

»Ihr seid eine ungelehrige und ungehorsame Schülerin«, fluchte er und sprang über das Feuer.

Lursa fühlte, wie ihre Kräfte sie verließen. Erschöpft lehnte sie den Kopf an die vertraute Schulter. Er begehrte sie also doch noch, sonst würde er sie nicht retten. Pyros hatte sie nicht aufgegeben. Mit ungeheurer Anstrengung öffnete sie die Augen. Sie war plötzlich furchtbar müde, aber sie wollte ihn noch einmal sehen. Sein Gesicht war makellos schön. Selbst jetzt, da die Anstrengung der Flucht ihm deutlich anzusehen war. Sie lächelte, er war unsterblich, ihm würde in dem Feuer nichts geschehen. Sie schlang einen Arm um seinen Hals, und hielt mit der andern den kleinen Raban fest. Kraftlos sank ihr Kopf auf seine Brust. Es war gut, dachte sie, daß Pyros gekommen war.

Faramund hielt sein Pferd an und schaute zurück. Sie waren an der Stelle, an der sie im vergangenen Winter von dem seltsamen Adler angegriffen worden waren. Arma, die vornweg ritt, verließ das große Schneefeld und lenkte ihr Pferd gen Westen. Faramund blickte noch einmal zurück auf die Gipfel.

»Wartet, Kriegerin, schaut dort«, rief er. Sein Blick wurde von einem magischen Leuchten angezogen, das sich über die Gipfel hinaus in den nächtlichen Himmel erhob.

Mirka hielt ihr Pferd neben seinem an. »Was meint ihr?« fragte sie, und dann sah sie es auch.

Arma wandte sich mißmutig zu ihnen um und hielt einen Lidschlag lang inne. »Das ist die Burg«, sagte sie dann. »Sie brennt! Wahrscheinlich hat jemand den Feuerzauber der Gwenyar angewandt, um die Feuer wieder zu entfachen.« Sie wechselte einen vielsagenden Blick mit der Gefährtin.

»Lursa?« fragte Mirka.

»Wer sonst?«

»Glaubst du wirklich, sie würde sich so dem Tod in die Hände geben?«

Arma zuckte mit den Schultern. »Jedenfalls hat sie keine Chance, lebendig die Burg zu verlassen, wenn sie im Raum des Lichtes die Flammen heraufbeschworen hat.«

»Ja, das Feuer ist schneller!« flüsterte Mirka hinzu und betrachtete den Lichtschein. »Dennoch ist sie die einzige, die außer Luovana den Zauber kennt.«

Arma löste sich von dem schimmernden Anblick. »Ich habe Lursa noch nie verstanden! Es ist noch ein weiter Weg bis zum Wasserfall«, sagte sie und schaute Faramund an. »Hier trennen sich unsere Wege. Ihr könnt dort entlang den Weg hinunterreiten.« Sie deutete in Richtung Süden. »Wenn Ihr zum Hafen wollt, ist es von hier aus nicht mehr weit. Das nächste Schiff wird Euch wahrscheinlich mitnehmen. Dann könnt Ihr endlich in Eure Heimat zurückkehren.«

Faramund warf einen Blick auf Bruno, der stumm und regungslos auf seinem Pferd saß. Faramund schüttelte den Kopf. Es war unmöglich, nach Worms zurückzureiten. Wahrscheinlich würde der Ritter die Reise in seinem Zustand nicht überleben, und wenn er es doch schaffte, so wäre es um die Legende des Schwertmeisters Bruno von Falkenstein geschehen. Nein, lieber bliebe Faramund mit

Bruno in der Fremde, und König Dankrat und die anderen mochten glauben, der edle Ritter sei in heldenhaftem Kampf gegen das Böse umgekommen, als daß er einen gebrochenen Mann zurückbrachte, der einen Hasen nicht von einem Schwert unterscheiden konnte.

»Vielleicht sollten wir uns mit der Rückkehr noch ein wenig Zeit lassen. Ich weiß nicht, ob mein Gefährte die Reise übersteht«, entgegnete Faramund vorsichtig.

»Wie Ihr wollt!« Arma drehte sich wieder um und trabte der Nacht entgegen. Sie wollte nur endlich fort von diesem Ort.

Mirka schaute Arma besorgt nach. »Wahrscheinlich wird es Jahre dauern, bis er wieder zu Verstand kommt«, flüsterte sie und nahm die Zügel wieder auf. Dann streichelte sie der kleinen Brunhild über die Wangen. Wenigstens das Kind schlief ruhig. Es wußte nichts von Tod und Trauer.

Mirka lächelte Faramund an. »Reitet mit uns zu den Gwenyar, Herr, vielleicht kann eine der Priesterinnen Eurem Freund helfen. Sie verstehen sich aufs Heilen.«

Der junge Ritter nickte erleichtert und beeilte sich, diese Einladung dankend anzunehmen. Er war froh, mit seinem Gefährten nicht alleine zu sein. Brunos Schweigen war schwer zu ertragen.

Mirkas Blick fiel wieder auf die Kriegerin, die ihnen vorausritt. Sie machte sich Sorgen um Arma.

Die Folgen des Kampfes waren ihr noch deutlich anzusehen, aber viel schlimmer waren die Qualen, die ihr Herz litt. Hoffentlich würde Arma wenigstens beim Wasserfall Ruhe finden.

Antana fühlte sich wie zerrissen. Sie wollte nicht fort aus dieser warmen, tiefen Dunkelheit, die sie ganz umhüllte. Es erschien ihr so mühsam, den Weg zum Licht zurückzugehen. Aber je weiter sie sich von der Dunkelheit entfernte, um so stärker wurden die Schmerzen in ihrem Körper. Alles schien wund und verletzt zu sein. Ihre Glieder waren schwer wie Eisen. Sie wollte die Augen nicht öffnen, sie wollte wieder hinab in die Dunkelheit, doch der Weg war ihr versperrt. Irgend etwas ließ sie nicht fliehen. Die Schmerzen brannten grausam in ihr. Warum mußte sie das aushalten?

Erschöpft, wie nach einem endlosen Kampf, schlug sie die Augen auf und brauchte eine Weile, bis sie erkannte, daß sie in Lursas Höhle lag. Sie schaute auf das kleine Feuer, das neben ihr brannte. Wieso war sie hier? Nur allmählich kehrte die Erinnerung zurück. Lursa hatte einen kleinen Sohn, und – Antana versuchte ihren Füße zu bewegen. Erleichtert stellte sie fest, daß es funktionierte, aber es tat fürchterlich weh, so daß sie sich dabei fast auf die Lippen biß.

Das Kind hatte von ihrer Brust Blut getrunken. Ein grausiges Bild erschien in ihrem Innern. Der Abgrund, ihr wurde schwindelig. Lursa hatte sie von dem Felsvorsprung hinabgestoßen – ja, sie erinnerte sich genau. Sie war in die Tiefe gestürzt!

Antana überlegte eine Weile. Einen solchen Sturz von den Felsen konnte sie unmöglich überlebt haben. Sie biß die Zähne zusammen und hob ihre Hände hoch. Vorsichtig, mit Tränen in den Augen bewegte sie die einzelnen Finger vor und zurück und ließ sie dann stöhnend wieder fallen. Sie lebte tatsächlich.

Ein kurzer, hellflackernder Lichtschein fiel in die Höhle und verschwand sofort wieder. Jemand war gekommen. Antana erkannte Pyros, der neben ihr niederkniete und sie zärtlich anlächelte.

»Du bist wach? Du wirst es überleben, Schwester!« Voller Freude schaute er sie an.

Antana wollte ihm antworten, doch die Schmerzen in ihrem Körper ließen es nicht zu.

Der Magier strich ihr mit den Fingern über die Wange. »Sei ruhig, die Wunden werden bald verheilt sein. Ich habe mein Bestes getan, um dir zu helfen«, sagte er und legte ein kleines Bündel neben sie auf die Decken.

Antana betrachtete es und erkannte den kleinen Raban, dessen winziges Gesichtchen aus den Tüchern hervorlugte. Er schlief ruhig.

»Der Kleine bleibt bei uns«, flüsterte Pyros und

schob ihr eine schwarze Haarsträhne aus dem Gesicht. »Wir werden für ihn sorgen und ihn aufziehen. Er wird einmal ein großer Magier werden.«

»Lursa?« flüsterte Antana. Mehr konnte sie nicht sagen. Sie wollte wissen, wo die Jägerin war? Pyros war doch Lursas Geliebter, Raban war Lursas Kind. Alles war furchtbar durcheinandergeraten, sie mußte endlich fort von hier! Die Jägerin würde zurückkommen, sie hatte ihr Rache geschworen. Lursa würde es wieder und wieder versuchen, bis es ihr gelingen würde, sie endlich zu töten.

Pyros schaute Antana an. Ein sanfter Glanz belebte seine Augen. »Ich bin bei dir,« sagte er leise und streichelte wieder ihr Gesicht. »Ich werde dich nicht mehr verlassen.«

»Lursa?« keuchte Antana heiser. Sie wollte wissen, wo die andere war, eher würde sie hier keine Ruhe finden. Warum überhaupt brachte Pyros sie nicht endlich fort?

»Lursa hat die Burg mit dem Feuerzauber der Gwenyar angezündet«, erwiderte der Magier und griff nach Antanas Hand.

Die Heilerin riß die Augen auf. Daher kam also das flackernde Licht, dachte sie, das für einen Augenblick die Höhle erhellt hatte, als Pyros die Decke am Eingang zur Seite geschoben hatte. Die Burg brannte.

»Warum?« Ihre Lippen formten unhörbar die

Frage. Warum hatte Lursa das getan; es ergab keinen Sinn.

»Lursa wollte mir Raban nicht geben. Sie wollte lieber mit dem Kind in den Tod gehen, als es mir anzuvertrauen.« Pyros betrachtete seinen schlafenden Sohn und schaute dann Antana wieder in die Augen. »Sie war zu geschwächt für diesen Zauber. Die Magie hat ihr die letzten Kräfte geraubt. Nach der anstrengenden Geburt gestern hätte sie das Lied niemals singen dürfen. Vielleicht hätte ich den Zauber verhindern sollen. Ich habe geahnt, was sie vorhatte, aber ich habe nichts getan.« Er streichelte Antanas Hand. »Ich habe sie und das Kind aus der brennenden Burg gebracht, aber Lursa war schon tot, bevor ich noch den Hof erreicht hatte.«

Antana drehte den Kopf zur Seite und atmete tief ein. Sie war so entsetzlich müde. Sie schaute auf das kleine Bündel neben sich. Hoffentlich, dachte sie, fand Lursa dort, wo sie nun hinging, ihren Frieden. Das Schiff der Gwenyar war ihr verwehrt. Sie würde nicht wie Luovana zu den Gärten reisen. Auch Antana selbst würde nicht mehr dorthin gelangen, wenn sie starb. Der Magier hatte ihr Leben über den Tod hinaus verändert.

Sie betrachtete sein Gesicht. Arme Lursa, dachte sie. Die Jägerin hatte diesen Mann geliebt und war gestorben, weil er ihr das Kind abverlangte, genau wie sie selbst gestorben wäre, um sein Kind zu behalten.

Jetzt saß Pyros bei ihr, als wenn ihm das alles nichts bedeuten würde, und streichelte sie. Gestern nacht hatte er bei Lursa gesessen und sie gestreichelt.

Antana versuchte in seinem Gesicht zu lesen. Er sprach nicht von Liebe. Er sprach von Macht und von seinem Vater!

Würde Pyros sie eines Tages töten, um wieder frei zu sein?

»Worüber denkst du nach?« Seine sanfte Stimme berührte sie warm. Er machte ein besorgtes Gesicht. »Mach dir keine Sorgen«, flüsterte er, »es wird alles gut werden.« Langsam beugte er sich über sie und küßte zärtlich ihre Wangen.

Sie schüttelte unmerklich den Kopf.

Fragend schaute er sie an. Tränen liefen ihr über die Wange.

»Armes Mädchen«, sagte er. »Die Schmerzen werden bald nachlassen.«

Sie weinte nicht wegen der Schmerzen, aber das brauchte er nicht zu wissen. Sie weinte um ihr Leben. Nur ein Tag und eine Nacht, dachte sie, hatten ihr ganzes Dasein verändert. Gestern noch war sie die Heilerin der Flammenburg. Müde schloß sie die Augen. Es war zu spät, um nachzudenken.

3. Teil

13

Hier, halte den Stein so, wie ich es dir gezeigt habe. Du darfst ihn nicht zu fest halten. Siehst du, so! Sonst geht deine Kraft nicht in den Stein über.«

Das kleine Mädchen mit den dunklen Augen betrachtete aufmerksam jede Bewegung, die ihr die blonde Kriegerin vormachte. Sie nahm den Stein achtsam entgegen und wog ihn in der Hand.

»Ja, genauso ist es richtig!« Arma schaute der kleinen Brunhild liebevoll zu.

Die Kleine schloß ihre Faust um den Stein und machte ein ernstes Gesicht.

»Stell dir vor, der Stein ist dein Freund, der für dich an einen anderen Ort fliegt. Er wird dich beschützen, wenn du kämpfen mußt. Deshalb achte ihn und wähle ihn mit Bedacht aus. Sei dir sicher, daß nur dieser der Richtige ist, sonst wähle einen anderen. Dein Herz muß bei der Sache sein. Verstehst du?«

Brunhild nickte. Ihre rotbraunen Locken wippten dabei auf und ab. Arma mußte lächeln. Es war eine Freude, die Kleine zu unterrichten. Alles, was sie ihr sagte, nahm das Kind mit großer Neugierde auf.

Arma wischte mit der Hand ein wenig über den Boden, suchte und wählte einen neuen Stein aus. »Versuche diesen und entscheide dich für den Besseren«, sagte sie.

Das Mädchen hielt die beiden Steine in ihren kleinen Händen, öffnete und schloß eine Faust darüber und neigte abwägend den Kopf.

»Ich glaube, dieser ist besser«, sagte sie und reichte der Kriegerin den ersten Stein. Das Kind warf den anderen Stein wieder auf den Boden und schaute die Kriegerin erwartungsvoll an. »Darf ich jetzt werfen?«

»Nicht so schnell.« Arma kniete sich nieder, damit sie dem Mädchen in die Augen sehen konnte. »Erinnerst du dich noch,« sagte sie, »was ich dir über das Ziel gesagt habe?«

Auf der Kinderstirn bildete sich eine schmale Falte. Voller Sorgen blickte Brunhild auf den Felsen, den Arma vorhin als Ziel auserwählt hatte. »Du hast gesagt, ich soll es mir zum Freund machen, genau wie den Stein.«

»Ja, richtig. Am besten stellst du dir vor, der Stein sei ein Vogel, und du mußt ihm sagen, wo er für dich landen soll. Siehst du, ich werde es dir vormachen.« Arma hob einen Stein vom Boden auf und drehte ihn in ihren Händen, dann schaute sie auf den Felsen, der gute dreißig Schritte entfernt war, und holte aus. Klirrend landete der Kiesel auf dem Felsen.

»Jetzt du«, sagte sie und lächelte die Kleine aufmunternd an.

Das Kind holte ebenfalls weit aus. Mit großen Augen schaute sie ihrem Kiesel hinterher. Er verfehlte nur knapp den Felsen.

»Das hast du gut gemacht«, lächelte Arma. »Wenn du erst die Zauberwörter der Gwenyar beherrschst, die dir die Priesterin beibringen wird, dann wirst du im Steinwerfen kaum noch zu schlagen sein.«

»Aber ich will diese dummen Wörter nicht lernen«, maulte Brunhild und legte wieder die Stirn in Falten. »Diese Worte sind so schwer, daß sie nicht in meinen Kopf wollen.«

Arma lachte. »Ich weiß, sie sind wirklich nicht leicht. Aber du wirst sie lernen müssen. Jedes einzelne der alten Zauberwörter und Zauberlieder der Gwenyar wirst du lernen.«

»Nein, ich will nicht!« Trotzig stampfte die Kleine mit dem Fuß auf.

Arma machte spielerisch ein besorgtes Gesicht, »Und wer soll dann die nächste Hüterin des Feuers werden?«

»Das ist mir egal.« Das Mädchen zuckte mit den Schultern. »Ich jedenfalls nicht.«

»Aber warum nicht?«

»Ich mag kein Feuer, es hat mir weh getan.« Sie hielt der Kriegerin ihren ausgestreckten Zeigefinger hin.«

Arma küßte den kleinen Finger. Brunhild hatte wirklich eine Brandblase. »Wenn du die dummen Wörter der Gwenyar lernen würdest«, sagte sie. »Dann würde das Feuer dir nichts tun.«

»Dann tut es mir nicht mehr weh? Nie mehr?»

»Nein, wenn du die Hüterin bist und die Gwenyar dir den Rubin bringen, dann kann das Feuer dir nichts mehr tun.«

Nachdenklich kaute die Kleine auf ihrer Lippe herum. »Vielleicht werde ich dann doch ein paar von diesen Wörtern lernen.« Sie schaute die Kriegerin voller Ernst an. »Aber nicht heute! Ich will jetzt zurück.«

»Gut, dann lauf schon vor, ich werde noch ein wenig spazierengehen«, sagte Arma. Sie schaute der Kleinen nach, bis sie in einem der nahen Höhleneingänge verschwand. Wahrscheinlich würde sie sofort zur alten Ramee laufen und sich von ihr eine neue Geschichte erzählen lassen.

Der Göttin sei Dank, wußte die Alte eine Menge Geschichten, und falls ihr wirklich keine mehr einfiel, würde sie eine neue erfinden, nur um Brunhild glücklich zu machen. Das Kind hatte die meisten Leute hier am schwarzen Wasserfall sehr verändert. Es gab nicht viele Kinder im alten Volk, um so kostbarer war daher die Anwesenheit eines solch erlesenen Schatzes. Alle liebten die Kleine sehr; sie war hier eine kleine Königin, und Arma hatte alle Hände voll zu tun, daß das Kind nicht zu sehr verwöhnt wurde.

Die Kriegerin wandte sich um und ging über den grünen Hügel zu den nahen Wiesen. Vielleicht würde sie Aysar dort treffen. Als Luovanas Leiche mit dem Schiff zu den Gärten der Gwenyar gereist war, hatte Arma nicht gewollt, daß die Stute sie begleitete. Doch die Priesterin der Gwenyar verbot ihr, ein lebendes Wesen auf das Schiff zu bringen. Arma brachte es nicht über sich, die Stute zu töten, und so hatte sie das Tier freigelassen. Aber das Pferd war nicht fortgelaufen, sondern nah bei den Höhlen des alten Volkes geblieben. Wann immer Arma Zeit fand, besuchte sie die Stute. Die roten Augen des Tieres waren hier, fernab des Feuers, dunkler geworden. Gelegentlich schimmerten sie fast bräunlich, doch sonst hatte das Tier sich nicht verändert.

Als Arma den grünen Hügelkamm erreichte, sah sie Aysar schon von weitem friedlich grasen. Die Kriegerin atmete tief ein. Die Luft war hier nicht so brennend wie in den Feuerbergen. Sie war mild und roch nach frischen Kräutern. Fernab des Feuers war vieles leichter. Die dunkle Schwere, die oft über der Flammenburg gelegen hatte, gab es hier nicht. Hier plätscherte ein Bächlein, wo sich dort brennende Lava durch eine Schlucht fraß.

Das Leben in dem Land der Gwenyar hatte andere Farben. Es war hellgelb wie die Frühlingsblumen, hellblau wie der Himmel, sanftrosa wie die Morgenröte und leuchtend grün wie die Wiesen ringsum. Nichts war blutrot und schwer. Nur die Steine am Wasserfall, über die weiter oben das klare kühle Naß in die Tiefe fiel, waren schwarz. Sie hatten diesem Land den Namen gegeben.

Arma lächelte. Sie liebte diesen friedlichen Anblick der Hügel. Die Harmonie von Tier und Landschaft war ein Bild, das ihrem Herzen immer wieder Ruhe schenkte. Sie hatte Luovana nicht vergessen, aber die Schönheit des Lebens hier ließ sie die Trauer ertragen.

Die Kriegerin schritt durch das hohe grüne Gras und achtete darauf, die Blumen nicht zu zertreten. Rund um den Wasserfall gab es in einiger Entfernung eine Grenzlinie, eine Art magischer Ring, der um das Land des alten Volkes lag. Er sorgte dafür, daß hier mitten im kalten Norden der ewige Frühling blühte. Alles war hier reich und fruchtbar. Das Land war groß genug, daß das alte Volk darin leben konnte, und obwohl es weder Sommer noch Winter gab, wurden alle satt. Mirka sagte, es läge an einem alten Zauberlied, das die Priesterinnen der Gwenyar abends, bei einbrechender Dämmerung im Mondscheintempel sangen. Dieser Zauber war so mächtig, daß selbst das Meer anderen Gesetzen zu gehorchen schien. Die offene See wurde nahe dem Wasserfall niemals rauh und zornig. Keine riesigen Wellen brachen sich an dem weißen Strand, und kein Sturm verirrte sich hierher. Die langen, schmalen Boote der Gwenyar, die häufig zwischen hier und dem Land jenseits des Meeres hin und her reisten, kamen unbeschadet zurück. Die Fischer brachten des Morgens volle Netze Heim, so daß man glauben konnte, das Meer selbst beschütze die aus dem alten Volk besonders.

Arma ging langsam auf die Stute zu. Aysar wieherte leise und ließ sich den Hals geduldig tätscheln. Sie rieb ihre warme Nase in die Hand der Kriegerin und leckte mit der rauhen Zuge über die Innenflächen.

»Du bist ein braves Mädchen«, murmelte Arma, während sie gedankenverloren mit der weißen Mähne des Pferdes spielte. Seit Luovanas Tod mochten jenseits der magischen Linie sechs oder sieben Winter vergangen sein. Seither hatte sie das Tier nicht mehr geritten. Sie hatte überhaupt nur selten Zeit gefunden, auf ein Pferd zu steigen. Die kleine Brunhild nahm sie voll und ganz in Anspruch. Seit sie laufen konnte, war sie ständig auf irgendeiner Entdeckungsreise rund um den Wasserfall, und Arma hatte gelegentlich Mühe, der kleinen flinken Person zu folgen.

Die weiße Mähne der Stute glänzte im warmen Sonnenlicht. Arma fühlte, wie die Erinnerungen an Luovana sie wieder einholten. Brunhild hatte viel von ihrer Mutter. Nicht nur die wilde Lockenmähne, die zwar nicht ganz so rot, dafür aber genauso ungezähmt war. Auch in ihren Bewegungen glich sie Luovana. Aber am unheimlichsten waren Brunhilds Augen. Immer wieder war Arma versucht, in diesen dunklen Abgründen Luovanas Gedanken lesen zu wollen, und immer wieder mußte sie sich daran erinnern, daß nicht wirklich die Hüterin des Feuers vor ihr stand.

Arma vergrub einen Augenblick lang das Gesicht in dem weichfließenden Haar. Sie wußte, daß alleine die Aufgabe, Brunhild zu erziehen, sie daran hinderte, zu den Gärten der Gwenyar zu reisen.

Eine warme Hand legte sich mitfühlend auf ihre Schulter. »Du vermißt sie immer noch sehr, nicht wahr?«

Die Kriegerin fuhr herum. Mirka stand hinter ihr und blickte ihr geradewegs in die Augen. Arma wunderte sich gelegentlich immer noch, wie leise die Gwenyar zu gehen vermochten. Man konnte leicht den Anschein haben, die Leute aus dem alten Volk schwebten eher, als daß sie gingen. Oft genug hatte Arma versucht, genauso geräuschlos zu schleichen, aber es war aussichtslos, ihr fehlte der Zauber dazu.

Mirka trug das Gewand der Priesterin. Schon seit einiger Zeit war sie oft oben am Wasserfall bei den Priesterinnen im Mondscheintempel der Göttin. Sie kam nur noch selten zu den Hügeln herunter.

»Es ist schön, dich zu sehen«, sagte Arma und umarmte die Freundin.

»Du siehst, warum ich nur noch selten komme,« Mirka deutete auf ihr Gewand. »Camire, die Hohepriesterin, hat mit meiner Schulung begonnen. Ich werde nicht mehr viel Zeit für anderes haben. Doch erzähle mir, was es von der kleinen Brunhild Neues gibt.«

»Sie wächst jeden Tag, und sie ist im Steinwerfen unschlagbar für ihr Alter. Sie wird eine gute Kriegerin.«

»Vergiß nicht, ihr das Springen beizubringen. Die Zeichen der Priesterinnen deuten an, daß sie es beherrschen sollte.«

»Was weißt du noch von ihrem Schicksal?« Arma schaute Mirka fragend an.

»Nicht viel, die Zeichen sind noch ungenau.«

»Was bedeutet das?«

»Das Schicksal ist nicht festgelegt, Arma. Es gibt viele verschiedene Schicksalsfäden, und die kleine

Brunhild spinnt selbst den Faden, der ihr Weg werden wird. Die Göttin zeigt nur die Pfade, die Brunhild eines Tages gehen kann. Was sie letztlich tun wird, muß sie selbst entscheiden. Aber sie sollte die Wahl haben. Es ist unsere Aufgabe, sie darauf vorzubereiten.«

Arma klopfte der Stute zum Abschied den Hals. »Gleich morgen werde ich damit anfangen, ihr das Springen beizubringen. Und das Reiten.«

Mirka schüttelte den Kopf. »Langsam, Arma. Alles hat seine Zeit bis zu deiner Rückkehr.«

»Bis zu meiner Rückkehr? Was meinst du damit?«

»Camire, die Hohepriesterin, hat bestimmt, daß du jenseits der magischen Grenze einige Zeit mit Aysar auf Jagd gehen wirst. Es nützt nichts, wenn du hierbleibst und nur für das Kind lebst. Dein Leben ist nicht nur für dieses Kind bestimmt. Du bist eine Kriegerin, Arma. Dort draußen werden Frauen mit deinen Fähigkeiten gebraucht. Du mußt wieder reiten, du mußt kämpfen und siegen. Außerdem kann es Aysar nicht schaden, wieder ein bißchen gefordert zu werden.« Mirka tätschelte nun ihrerseits den Pferdehals.

»Ihr schickt mich weg?«

»Arma, es ist an der Zeit, daß die Priesterinnen sich um Brunhild kümmern. Sie werden das Kind auf ihre Aufgaben vorbereiten, die sie als Hüterin des Feuers haben wird. Sie soll die Zauberlieder lernen. Camire will sie selbst unterrichten.«

»Du kannst mir das Kind doch nicht einfach aus den Händen nehmen.«

»Es ist nicht für lange.« Mirka legte der Kriegerin wieder eine Hand auf die Schulter. »Wenn draußen, jenseits der magischen Grenze, die Sonne einmal über den Himmel gewandert ist, kehre mit Aysar zurück. Brunhild wird dann so weit sein, daß sie von dir das lernen kann, was sie für eine große Kriegerin noch wissen muß. Doch vorerst mußt du gehen. Die Göttin weiß warum. Gehorche ihrem Willen.«

Arma verzog dunkel das Gesicht. Es war nicht gerecht. Erst hatte sie Luovana verloren und jetzt auch noch das Kind.

»Sie wird die Zauberwörter nicht lernen wollen.« Die Kriegerin machte einen letzten Versuch, obwohl sie wußte, daß es sinnlos war. Die Priesterinnen hatten ihren Beschluß gefaßt. »Brunhild ist in diesem Punkt genau wie ihre Mutter. Luovana war auch nicht bereit, schwierige Zauberwörter zu lernen. Sie hat mit der Magie nicht viel im Sinn«, fügte sie leise hinzu.

»Das wird sich zeigen«, entgegnete Mirka. »Vielleicht ist sie schon so sehr deine Tochter, daß sie ihr Leben lang immer eher auf ihr Schwert vertrauen wird als auf ihre Magie.« Sie lächelte. »Geh zu Brunhild und verabschiede dich. Dann nimm deine Sachen und reite durch das grüne Tal über die Hügel hinweg, bis an die Grenze. Nach dem zwölften Mond, werde ich dich dort wieder erwarten. Ich werde mich über einen neuen Glanz in deinen Augen freuen.«

»Und Brunhild?«

»Ich werde das Mädchen mit mir nehmen. Camire will sie noch heute vor Sonnenuntergang sehen.«

»Der Wille der Göttin geschehe«, sagte Arma traurig, streichelte Aysar und wandte sich um.

»Gib acht auf die Kleine,« sagte sie, »sie ist oft störrischer als ein alter Esel.«

Mirka lachte leise. »Die Göttin wird mit mir sein.« Sie umarmte die Kriegerin. »Und vergiß nicht, in zwölf Monden kehrst du zurück!«

Arma löste sich von Mirka, hob die Hand zum Gruß und wanderte langsam über die Hügel zurück.

Die Felsen waren feucht und glitschig. Brunhild hatte Mühe nicht auszurutschen. Mit den kleinen Händen krallte sie sich an den Steinen fest und versuchte mit dem Fuß den nächsten Vorsprung unter ihr zu erreichen. Von dort aus müßte sie dann nur noch hinunter auf den Boden springen.

Mit Herzklopfen hatte sie gewartet, bis Mirka zu ihrem Abendspaziergang aufgebrochen war, dann war sie aus den warmen Decken herausgekrabbelt und auf Zehenspitzen aus dem steinernen Tempel der Göttin, in dem sie seit Armas Abreise lebte, fortgelaufen. Der Tempel lag nahe am schwarzen Wasserfall und war aus weißen Steinen gebaut. Nachts bei Mondschein schimmerte und glänzte er unwirklich, wie ein silberner Palast, von dem Brunhild nie ganz sicher war, ob es ihn wirklich gab, so schön sah er aus. Trotzdem wollte sie nicht dort bleiben. Sie wollte zurück zu Arma und in ihre Höhle. Sie mochte in dem Tempel nicht mehr schlafen.

Den finsteren Weg bis zu dem Felsen, an dem sie hinabklettern mußte, war sie so schnell gerannt, daß ihr Herz laut zu klopfen begann. Brunhild hatte zwar ein wenig Angst, aber es war der kürzeste Weg, der ihr einfiel, um zurück zur Höhle zu gelangen. Wenn da nur nicht dieses letzte Stück gewesen wäre, das sie hinabspringen mußte. Jetzt stand sie da.

»Verdammt«, murmelte sie und ärgerte sich. Es war doch ziemlich tief bis auf den Boden.

Sie schaute den Felsen hinauf. Dort wieder hochzuklettern war genauso verrückt! Außerdem würde es ziemlichen Ärger mit den Priesterinnen geben, wenn sie ihre Flucht entdeckten. Arma hatte ihr eindringlich befohlen, sich an alles zu halten, was die Frauen von ihr wollten. Ach Arma, sie wußte doch gar nicht, wie viele fremde Wörter Camire immerzu von ihr hören wollte. Nein, Steinwerfen machte weitaus mehr Spaß!

Brunhild schnaufte leise, um sich Mut zu machen. Vielleicht sollte sie zählen und bei zehn hinunterspringen.

»Eins, zwei, drei«, flüsterte sie, doch dann fiel ihr ein, daß diese Priesterinnen irgendwie immer alles wußten, was sie tat. Sie schienen die besten Ohren zu haben, die man sich überhaupt nur vorstellen konnte. Brunhild kniff die Augen zusammen. Manchmal waren ihr diese Priesterinnen nicht ganz geheuer. Sie wußten sogar etwas von Brunhild, was sie sich selbst oft noch gar nicht ausgedacht hatte. Das ging nicht mit rechten Dingen zu. Besser sie zählte heimlich, dann konnte man es nicht hören. Aber dann verrutschten die Zahlen schneller in ihrem Kopf, und sie brauchte viel länger.

Mirka war an allem Schuld, dachte Brunhild. Wenn sie Arma nicht fortgeschickt hätte, läge sie jetzt bei der Kriegerin im Arm vor dem kleinen Feuer, und sie würden miteinander flüstern. Warum mußte Arma fortgehen? Brunhild fühlte, wie die Tränen ihr in den Augen brannten. Sie wollte keine Priesterin werden, sondern eine Kriegerin! Arma sollte zurückkommen!

Der Mond schaute neugierig hinter einer kleinen Wolke hervor und spendete ein wenig Licht. Jetzt glaubte Brunhild wenigstens ein Stück vom Boden sehen zu können. Es ging ziemlich tief herab.

Sie atmete noch einmal tief ein und sprang mutig von dem Felsvorsprung hinunter. Unerwartet weich landete sie.

»Au!« rief es neben ihr, und irgend etwas rollte sich rasch von ihr weg, ins nahe Gebüsch.

Brunhild blieb vor Schreck regungslos auf dem feuchten Moosboden hocken. Was war das? Da hatte jemand deutlich »Au!« gesagt, doch jetzt war alles still. Unheimlich still! Nichts war zu hören.

Ängstlich horchte das Mädchen in die Nacht. Sie wagte kaum zu atmen. Ihre Augen hatten sich an die Finsternis schon gewöhnt, aber durch das Gebüsch konnte sie nichts erkennen. In ihrem Bauch begann es fürchterlich zu kribbeln, und ihr Herz hämmerte, als sei es ein wildes Pferd.

»Wer ist da?« flüsterte sie in das Gebüsch. Ein leises Rascheln verriet, daß sie nicht geträumt hatte.

Brunhild nahm ihren ganzen Mut zusammen. Sie krabbelte auf allen vieren an den Felsen heran, von dem sie herabgesprungen war. Mit geschickten Fingern suchte sie einen losen Kiesel aus der Wand. »Du bist der Richtige«, flüsterte sie und umklammerte den Stein ganz fest. »Du bist mein Freund.«

Arma hatte ihr nicht umsonst gezeigt, wie man Steine warf!

»Wieso sagst du, ich bin dein Freund?« flüsterte es aus dem Gebüsch. »Du kennst mich doch gar nicht!«

Brunhild erschrak. Sie hatte doch mit dem Stein gesprochen. Jetzt wußte der andere bestimmt, daß sie eine Kriegerin war! Eine bewaffnete Kriegerin! Drohend flüsterte sie: »Komm endlich raus aus deinem Versteck, wenn du dich traust! Oder ich werde dich dazu zwingen!«

Es dauerte eine Weile, dann knickten vor ihr ein paar Zweige auseinander, und ein leises Schniefen war zu hören. Brunhild schloß hastig die Augen. Vielleicht war es ja auch ein riesiges Ungeheuer, das sie fressen würde. Der Gedanke machte ihr Angst. Aber ein Ungeheuer hätte nicht »Au« gesagt, sondern gleich nach ihr geschnappt. Außerdem konnte ein Ungeheuer nicht reden.

»Du bist vielleicht komisch! Erst fällst du vom Himmel, dann sagst du, ich wäre dein Freund, und wenn du mich sehen willst, machst du die Augen zu.«

»Ich habe meine Augen gar nicht zu«, sagte Brunhild und schaute ihr Gegenüber an. Vor Staunen blieb ihr der Mund offen.

»Du bist ja genauso klein wie ich!« stellte sie fest.

Mit dem Stein in der Hand umrundete sie den kleinen Jungen, der vor ihr stand, und betrachtete ihn aufmerksam. »Ich kenne dich nicht. Du gehörst nicht zum alten Volk. Wo kommst du her?«

»Das ist doch egal«, erwiderte der Junge trotzig. Er rieb sich mit schmerzverzerrtem Gesicht die Hand. »Fallen bei euch hier am Wasserfall immer alle vom Himmel?«

»Ich bin nicht vom Himmel gefallen, sondern von dem Felsen heruntergesprungen«, sagte Brunhild.

»Ja, genau auf mich!«

»Oh«, rief Brunhild. »Habe ich dir weh getan?«

Der Junge nickte. »Ein bißchen.« Er schüttelte die Hand. »Aber ich glaube, es geht schon wieder. Warum springst du überhaupt mitten in der Nacht vom Felsen?«

»Warum liegst du hier mitten in der Nacht herum? Das tut sonst niemand.«

»Das ist meine Sache, warum ich hier bin«, sagte der Junge entschlossen. Wieder rieb er sich die Hand.

»Gut, wie du meinst, dann ist es meine Sache, warum ich hier heruntergesprungen bin«, erwiderte Brunhild und drehte sich um. Ein Glück, dachte sie, daß es im alten Volk nicht viele Kinder gab. Wenn Kinder immer so gemein waren wie dieser kleine Junge vor ihr, machte es keinen Spaß, sie zu treffen.

Sie schaute vorsichtig hinauf zu der Felsenkante. Dort war alles dunkel. Trotzdem wurde es höchste Zeit, daß sie von hier fortkam. Die Priesterinnen konnten jederzeit aufwachen. Außerdem mochte Mirka zurückkehren, und sie würde sofort wissen, daß Brunhild fort war. Besser sie ging jetzt.

»Halt, du kannst doch nicht einfach so gehen«, flüsterte der Junge erschrocken, als er Brunhilds Absicht durchschaute.

Das Mädchen blickte sich erstaunt um. »Warum nicht? Ich habe es eilig.«

»Wo willst du denn hin?«

»Nach Hause«, sagte sie, ohne nachzudenken. »Zurück in meine Höhle. Hier gefällt es mir nicht.«

»Wo ist dein Zuhause?«

»Nicht weit von hier, drüben hinter den grünen Hügeln, nahe am Meer. Dort liegt Armas und meine Höhle.« Sie hielt inne. Arma war fort!

»Kann ich mit dir kommen?«

Brunhild machte runde Augen. »Mit mir? Willst du nicht lieber auch nach Hause?«

Der Junge schüttelte entschlossen den Kopf. »Nein, ich gehe nicht mehr nach Hause! Du hast vorhin gesagt, ich sei dein Freund!«

»Aber«, fing Brunhild an, doch sie hielt inne. Der helle Schein einer Laterne am oberen Felsenrand ließ die Kinder zusammenschrecken.

»Verdammt«, flüsterte sie, packte den Jungen kurz entschlossen am Ärmel und zog ihn ins Gebüsch. »Komm hierher.«

»Was ist?«

»Leise.« Sie legte den Finger auf den Mund und deutete auf das Licht über ihnen. »Das war knapp«, sagte sie nach einer Weile, als es wieder ganz dunkel war. »Jetzt sind sie wach, ich muß fort.«

»Wer war das?«

Brunhild verdrehte die Augen. Der Junge stellte wirklich die dümmsten Fragen, die man sich denken konnte. »Die Priesterinnen«, sagte sie und machte ein wichtiges Gesicht. »Wahrscheinlich suchen sie mich.«

»Warum?«

»Weil ich fortgelaufen bin. Ich habe doch schon gesagt, daß es mir hier nicht gefällt.« Sie musterte ihr Gegenüber. »Sag mal, wo kommst du eigentlich her? Es muß von sehr weit her sein, wenn du nicht einmal die Priesterinnen kennst.«

»Unser Haus liegt aber nicht weit von hier. Es steht hinter dem schwarzen Wasserfall.

»Das ist Unsinn! Hinter dem schwarzen Wasserfall ist nur noch ein einziger Hügel, und da beginnt schon die magische Linie. Dahinter gibt es den Winter, da wohnt niemand mehr«, entgegnete Brunhild und schaute mißmutig drein. Schwindelgeschichten mochte sie nur, wenn die alte Ramee sie erzählte.

»Wir wohnen da«, beharrte der Junge und schmollte wieder. »Was hast du außerdem gegen den Winter? Er bringt Schnee, und alles ist dann ganz weiß.«

»Weiß?« fragte Brunhild ungläubig.

Der Junge nickte. »Ja, weiß. Kennst du keinen Winter?«

»Nein!«

»Auch nicht Eis und Schnee?«

Brunhild verzog angewidert das Gesicht. »Dann ist es doch bitterkalt!«

»Aber man kann tolle Sachen bauen. Ich habe mal einen so großen Turm aus Schnee gebaut.« Der Junge fuhr vor Brunhilds Nase mit den Händen durch die Luft.

Brunhild schaute ihr Gegenüber mißtrauisch an. »Das soll ich dir glauben?«

»Ja«, versicherte der Junge. »Wenn du willst, kann ich es dir zeigen.«

Das Mädchen überlegte. »Wenn ich dir vertrauen soll, dann muß ich wissen, ob du die Wahrheit sagst. Am besten schaue ich mir den Winter sofort an! Laß uns gehen!«

»Warte! Das geht jetzt leider nicht.« Der Junge hielt Brunhild fest und machte ein trauriges Gesicht. »Nicht gleich.«

Brunhild runzelte die Stirn. »Warum nicht? Sagst du mir nicht die Wahrheit?«

»Doch! Aber ich kann nicht zurück, nicht heute nacht. Sie suchen mich bestimmt.«

»Sie suchen dich? Das ist aber eine verflixte Geschichte.«

»Wieso? »

»Wenn die Priesterinnen dich auch suchen?«

Der Junge runzelte die Stirn. »Wieso sollten mich die Priesterinnen suchen? Sie sind doch nicht böse, oder?«

»Nein, aber du sagtest doch, sie suchen dich!«

»Ja, aber doch nicht die Priesterinnen.«

Brunhild überlegte. Die ganze Sache war ihr jetzt viel zu verwickelt. Dafür hatte sie überhaupt keine Zeit.

Der Junge schaute sie flehentlich an und schniefte wieder. »Können wir nicht zu dir in deine

Höhle gehen? Dort findet mich bestimmt niemand.«

»Aber mich!« maulte Brunhild, die mittlerweile nachgedacht hatte. »Wenn Mirka wiederkommt und mich nicht findet, wird sie nach mir suchen. Was glaubst du, wo sie zuerst nachschaut?«

»In deiner Höhle?«

Brunhild nickte.

»Verstehe«, sagte der Junge. »Aber wolltest du nicht eben noch dorthin?«

»Nun ja«, sagte das Mädchen gedehnt. »Aber wenn ich es mir genau überlege, ist es vielleicht keine gute Idee.« Sie schaute den Jungen an. »Eigentlich wollte ich nur zurück in meine Höhle. Ich will, daß Arma wieder da ist und daß Ramee mir wieder Geschichten erzählt. Aber das geht alles nicht mehr, sagt Mirka.«

Der Junge seufzte. »Das klingt ganz schön verwirrend.« Er schaute sie an. »Dann sind wir also jetzt Gefährten der Nacht?«

Das Mädchen lächelte. »Das klingt komisch, aber gut.« Sie reichte ihm ihre kleine Hand. »Schlag ein, Gefährte. Ich heiße Brunhild.«

»Und ich bin Raban«, sagte der Junge, als er nach ihrer Hand griff.

»Trotzdem können wir hier nicht bleiben«, stellte Brunhild nach einer Weile fest. Energisch schob sie die vorwitzige Locke zurück, die ihr immer wieder über die Augen fiel. »Sie werden nach mir suchen, und sie können zaubern.« Brunhild machte ein geheimnisvolles Gesicht.

»Mein Vater wird auch nach mir suchen, und er kann auch zaubern!« sagte Raban. Trotz der Dunkelheit bemerkte das Mädchen einen finsteren Schatten, der sich über die Augen ihres neuen Freundes legte.

»Magst du es nicht, wenn er zaubert?«

»Nein«, sagte Raban.

»Gebraucht er dazu auch so schwere Wörter, bei denen man sich die Zunge verdreht?«

»Nein.« Der Junge schüttelte den Kopf. »Mein Vater redet nie beim Zaubern. Er macht es einfach so.« Raban vollführte eine drehende Handbewegung und hielt inne. »Ja, ich glaube, das ist alles, was er macht.«

Brunhild riß staunend die Augen auf. Mit ihren kleinen Händen versuchte sie, die Bewegung nachzuahmen. »Und das klappt?«

Raban schaute auf den Boden. »Ja, leider. Er schreit oft die ganze Nacht, wenn er gezaubert hat. Er läßt Blitze über den Himmel zucken, oder er läßt es donnern. Manchmal weht sogar ein mächtiger Sturm, daß man glaubt, das Haus bricht zusammen. Dann rennt mein Vater draußen herum und schreit, daß einem die Ohren weh tun. »

»Ach«, rief Brunhild traurig. Sie wußte nicht recht, was sie sagen sollte. Diese Art von Zauber kannten die Gwenyar nicht. Zwar tanzten sie gelegentlich, manchmal sogar im Regen, wenn es überhaupt einmal regnete. Aber es machte ihr keine Angst, und schreien würden die Gwenyar niemals.

»Manchmal glaube ich, er hat Schmerzen im Kopf«, sagte Raban. »Denn er kneift ganz oft die Augen fest zusammen. Siehst du, so!« Der Junge zeigte Brunhild, was er meinte. »Und manchmal flucht er bis zum Morgengrauen. Dann schimpft er auf die Göttin und ...« Der Junge biß sich auf die Lippen.

»Und?« Brunhild hielt den Atem an. Vorsichtig griff sie wieder nach der Hand des Freundes. Daß jemand auf die Göttin schimpfte, hatte sie noch nie gehört.

Der Junge schniefte kurz. Eine Träne rollte ihm über die Wangen. »Dann habe ich große Angst vor ihm.«

»Du hast Angst vor deinem Vater?« Das war ungeheuerlich! Brunhild wußte nicht recht, was ein Vater eigentlich war. Aber sie dachte, daß Jungen vielleicht von Männern unterrichtet wurden, so wie sie von Arma. Brunhild versuchte sich vorzustellen, wie es gewesen wäre, wenn sie vor Arma hätte Angst haben müssen. Ein gruseliger Gedanke. Sooft hatte sie sich nachts neben ihre Lehrmeisterin gekuschelt, hatte sich unter ihre Decke geschlichen und sich an den warmen Körper der Frau angelehnt. Arma hatte sie dabei stets in den Arm genommen, hatte sie liebevoll getröstet, wenn sie geweint hatte und ihr so viele schöne Dinge gezeigt. Nein, Brunhild konnte es sich nicht vorstellen, vor dieser Frau Angst zu haben. Das war zu schrecklich. Vorsichtig drückte sie Rabans Hand. Der Freund schien ein schweres Schicksal zu haben.

»Er hat böse Augen«, flüsterte der Junge. »Manchmal sieht er so wild aus, als ob er mich auffressen wollte! Aber dann geht er immer zu Antana und trinkt das Blut aus ihrer Brust.«

Brunhild schüttelte angewidert den Kopf. »Er trinkt Blut?«

»Ja, machen das die Großen bei euch nicht?«

Das Mädchen dachte einen Augenblick nach. »Nein, das habe ich noch nie gesehen!«

Zum ersten Mal in ihrem Leben wußte sie nicht mehr, was sie sagen sollte. Was Raban erzählte, war wirklich keine schöne Geschichte!

Sie fuhr mit den Händen in eine kleine Tasche, die an ihrem Gürtel hing. »Hier nimm!« Sie hielt dem Jungen einen schwarz glänzenden Stein hin. »Damit du nicht mehr traurig bist. Der Stein soll dir Glück bringen.«

Raban nahm den Stein vorsichtig in seine Hände. Lange schaute er ihn an. »Woher hast du ihn?«

»Ritter Faramund hat ihn mir geschenkt. Er hat gesagt, es sei ein geheimer Schatz, den er vor langer Zeit gefunden hat.«

»Wer ist Ritter Faramund?«

»Ritter Faramund und sein Freund Ritter Bruno

sind zwei Männer, die nicht von hier sind. Sie kommen aus einem fernen Land.« Brunhild machte eine große Geste mit ihren Armen, um zu zeigen, von wie weit her die Männer wohl kamen. »Arma sagt, Ritter Bruno ist schwer krank, deshalb sind sie bei uns. Sie leben hier schon lange. Sie können nicht zaubern, aber manchmal erzählt Ritter Faramund lustige Geschichten.« Brunhild überlegte eine Weile. »Nur Ritter Bruno sagt nie etwas. Er schaut meistens auf das Meer hinaus. Manchmal gehe ich ihn besuchen, wenn er in seiner Höhle ist, aber er sagt nichts.«

»Das ist ein schöner Stein«, meinte Raban und fuhr mit den Händen über die glatte Fläche. Sie war warm und glänzte in dem sanften Mondlicht. Schnell steckte der Junge den Schatz in seine Hosentasche, bevor Brunhild es sich wieder anders überlegen konnte.

Brunhild lächelte. »Wenn du nicht mehr traurig bist, dann gehen wir fort. Jetzt gleich!« sagte sie entschlossen und stand auf. »Wir werden Arma suchen. Sie wird uns beiden helfen. Sie ist eine gute Frau.« Brunhild schaute sich vorsichtig um. »Mir ist etwas eingefallen. Heute nacht werden wir zwischen den Felsen weiter unten am Meer schlafen. Dort gibt es eine kleine Bucht, die Arma mir einmal gezeigt hat, als ich sehr traurig war. In der Bucht werden wir uns bis morgen verstecken, und dann holen wir uns ein Pferd von den Gwenyar. Wir müssen Arma finden!«

»Ein Pferd? Kannst du denn reiten?«

Verlegen schaute Brunhild weg. Unmerklich schüttelte sie den Kopf. »Arma wollte es mir später beibringen.«

Insgeheim ärgerte sie sich, daß sie das Zauberwort wieder vergessen hatte, von dem die Priesterin unlängst gesprochen hatte. Mit diesem Wort ließen sich nämlich die Pferde der Gwenyar reiten, als sei man eins mit ihnen, als könne das Pferd die Gedanken des Reiters erraten.

»Sollen wir dann nicht besser zu Fuß gehen?«

»Unsinn. Mitten durch den Winter? Nach allem was ich gehört habe, muß er schrecklich sein, weil man immerzu kalte Füße hat. Ich mag keine kalten Füße.« Entschlossen wippte sie mit den Fingern wieder eine Locke nach hinten. Ihre dunklen Augen funkelten aufgeregt. »Komm jetzt. Wenn sie uns hier finden, ist alles umsonst gewesen.« Sie zog den Jungen hoch, und Hand in Hand verschwanden sie in der Dunkelheit.

14

Langsam wanderte Mirka im Mondschein über die Hügel. Sie lenkte ihre Schritte hinunter zum Meer. Ein leichter Wind wehte von der See herüber, und es roch angenehm nach Fisch und Salz. Mirka hatte die kleine Brunhild vor einiger Zeit ins Bett gebracht und war dann zu ihrem abendlichen Spaziergang aufgebrochen. Ihre Hände spielten gedankenverloren mit dem Rubin, den sie seit Luovanas Tod trug. Brunhild würde diesen Stein am Tage ihrer Ernennung zur Hüterin des Feuers von den

Gwenyar bekommen, aber bis dahin, so hatte die Hohepriesterin verfügt, sollte Mirka den Rubin tragen.

Der weiche Sand gab unter Mirkas Füßen nach. Er war noch warm vom Sonnenlicht des Tages. Von dieser Stelle aus wurden die Schiffe der Gwenyar zu der Insel mit den Gärten gesandt. Auch Luovanas Schiff war von hier aus auf die See hinausgetragen worden, Blumen waren über dem Boot verstreut und die Segel waren aus weißem, schwarzem und rotem Tuch gewesen. Mirka erinnerte sich ungern an diesen traurigen Tag. Als die Priesterinnen das Boot zu Wasser ließen, hatte Arma fürchterlich geschrien. Sie hatte verzweifelt immer wieder nach Luovana gerufen und sich in die Fluten gestürzt. Wie von Sinnen war sie dem Boot noch eine Weile nachgeschwommen. Mirka hatte schon Sorge gehabt, daß die Kriegerin diesen Tag nicht überlebte. Lange hatte sie damals am Strand gewartet, bis Arma zurück an Land kam. Niemals würde sie den leeren Blick vergessen, mit dem Arma ihr bei Sonnenuntergang entgegengekommen war.

»Jetzt werde ich mich um meine Tochter Brunhild kümmern«, hatte sie gesagt und war zur Höhle gegangen, in der das kleine Mädchen schlief.

Mirka seufzte. Luovanas Abreise zu den Gärten war nicht wie sonst, wenn einer von ihnen ging, ein Fest der Freude gewesen. Die Hüterin des Feuers war vor ihrer Zeit gegangen, das machte die Geschichte so traurig.

Mirka schaute hinauf zu den Felsenklippen, die zwischen den grünen Hügeln und dem Meer lagen. Der Mond schien nun klarer, er hatte die Wolken hinter sich gelassen. Sein silbernes Licht spiegelte sich in den Wellen.

Etwas hatte sich dort oben zwischen den Steinen bewegt.

Reglos blieb Mirka stehen und suchte mit den Augen die Felsen ab.

Dann sah sie ihn. Ein Mann stand zwischen den grauen Steinen und schaute auf das Meer hinaus. Was tat er da? Der Mann war nicht aus dem alten Volk, sonst hätte Mirka ihn kaum entdecken können. Ihm fehlten die Fähigkeiten, sich zu verbergen. Außerdem war ein großer Teil der Männer des alten Volkes mit den Schiffen unterwegs. Wenn die Boote jedoch für eine Weile hier am Wasserfall anlegten, feierte das ganze Volk ein großes Fest. Dann tanzte Camire, die Hohepriesterin, vor dem Tempel den Tanz des Frühlings.

Mirka mochte ihre Gesellschaft gern. Es waren schöne Männer. Sie waren freie, stolze Streiter der Göttin. In ihren klaren Augen konnte man mühelos die Gesinnungen ihres Herzens lesen. Ein jeder von ihnen war ein Meister mit Pfeil und Bogen. Manchmal bedauerte Mirka, daß sie nicht häufiger hier waren.

Sie betrachtete wieder den Fremden, der oben an dem Felsen lehnte. Es war ausgeschlossen, daß er einer aus dem alten Volk war. Aber wer, überlegte Mirka, betrat sonst den heiligen Ring der Göttin, ohne eingeladen zu sein?

Ein kalter Wind kam auf, und dunkle Wolken zogen drohend vom Meer auf sie zu. Mirka warf wieder einen Blick auf den Mann. Sie musterte ihn durchdringend, dann plötzlich erkannte sie ihn. Es war Pyros. Er war also tatsächlich gekommen. Sie hatte schon damals, kurz nach Luovanas Tod, mit ihm gerechnet. Camire, die Hohepriesterin, hatte sogar kurzzeitig den Tempel bewachen lassen, aber als sich nichts rührte, war das Leben im Tal der Göttin wieder seinen normalen Weg gegangen.

Daß Pyros eines Tages kommen würde, mit der Absicht, seinen Vater zu befreien und die Gwenyar zu vernichten, war allen klar, aber es konnte schließlich Ewigkeiten dauern. Es hatte auch fast Ewigkeiten gedauert! Draußen jenseits des heiligen Ringes waren sieben Winter vergangen.

Einen Augenblick lang fragte Mirka sich, warum Pyros sie nicht bemerkte. Er hatte zwar nicht die gleichen Fähigkeiten wie ein Mann aus dem alten Volk, aber er war ein mächtiger Magier. Wieso sah er sie nicht? Wieso hatte er überhaupt zugelassen, daß sie ihn bemerkte. Offenbar war er sich seines Sieges sehr sicher?

Mirka schaute zurück. Weit hinter ihr auf dem

hohen Hügel lag der Mondscheintempel. Dort schlief die kleine Brunhild. Wenn Pyros zu zaubern anfing, würde sie die anderen Priesterinnen im Tempel nicht rechtzeitig warnen können.

Fieberhaft überlegte sie, was sie tun könnte. Der Wind wurde immer stärker. Ihre eigenen Zauberkräfte waren nicht stark genug, um es mit dem Magier auf ein Duell ankommen zu lassen. Ein dunkles, rotes Schimmern legte sich um die Gestalt des Mannes. Dann zuckte ein Blitz über den Himmel. Kurz darauf erwachte tiefes Grollen über dem Meer und rollte krachend gegen den Strand.

Mirka atmete tief ein. Pyros spielt nur, beruhigte sie sich. Das ist nur ein Gewitter, nichts weiter. Eine Warnung an das Land des ewigen Frühlings.

Wieder zuckte ein Blitz herab und färbte das Meer für die Länge eines Herzschlags blutrot. Mirka biß die Zähne zusammen. Schritt für Schritt schlich sie näher an die Felsen. Im Schatten der Klippen konnte sie vielleicht unbemerkt zurückgehen. Sie mußte Brunhild aus dem Tempel holen und die Priesterinnen wecken. Pyros durfte nicht bis zum Wasserfall kommen. Wenn es ihm gelang, seinen Vater zu befreien, war das Volk der Gwenyar nicht stark genug, den Mächten des Feuers Einhalt zu gebieten.

Die Frau hielt inne. Von dem Hügel des Monscheintempels herab erklang Musik. Sie erfüllte plötzlich die Luft und schien mit leisem Flüstern die tosenden Elemente beruhigen zu wollen. Mirka lauschte aufmerksam. Sie hörte eine Harfe und eine Flöte.

Wieder schlug krachend ein Donner an den Strand. Doch Mirka war sich sicher. Die Musik kam vom Hügel, und dann erkannte sie auch die Stimmen der Priesterinnen. Sie waren wach! Gemeinsam sangen sie gegen den Magier an. Klare, helle Stimmen übertönten den Wind, der rauschend über das Meer fegte. Es war ein altes Lied, Mirka hatte es unlängst erst gelernt.

Helfe, Göttin gegen dunkle Feuersmacht,
steh vor uns wie ein ehern' Schild,
hohe Frau im Lichterkranz,
gib uns Sonnenkraft
in finsterer Nacht!

Erleichtert atmete sie auf. Wie hatte sie nur glauben können, Camire habe das Eindringen des Magiers in das Land der Gwenyar nicht bemerkt. Die Göttin würde ihnen beistehen. Doch seltsam, dachte Mirka, warum ertönte nicht auch die weiche Stimme Camires? Warum sang die Hohepriesterin nicht mit?

Vielleicht war Camire auch im Haus der Göttin und betete.

Mirka schreckte auf. Genau über dem Tempel zerriß wieder ein gleißend heller Blitz das Dunkel der Nacht.

Sie mußte sich beeilen.

»Antana hat immer gesagt, hier am Wasserfall gäbe es kein Gewitter«, sagte Raban und drückte sich in der winzigen Höhle an die Wand. »Sie hat gelogen!« Er schaute mißmutig vor sich hin. »Das hier ist kein Zauberland, wie Antana gesagt hat. Mein Vater wird mich hier finden!«

»Sie hat nicht gelogen«, flüstert Brunhild zitternd. »Das ist das erste Mal.«

Er sah das Mädchen trotzig an. »Das soll ich dir jetzt glauben?«

Sie nickte eifrig.

Gerade noch rechtzeitig vor dem ersten Donnerschlag waren sie in ihrem Versteck angekommen. Allein der kalte Wind hatte Brunhild schon ziemlich geängstigt. Das Mädchen kannte so etwas nicht. Raban rückte etwas näher zu ihr und hielt ihr die Hand. »Wir sind Gefährten der Nacht! Hast du das vergessen?« Er streichelte sie vorsichtig.

»Ich hab Angst«, flüsterte sie. »Wie nennst du das? Gewitter?«

»Ja«, sagte Raban. »Es kommt meist dann, wenn

mein Vater ...« Erschrocken hielt er inne. »Du sagtest, ihr habt das hier zum ersten Mal?«

Brunhilds Zähne klapperten aufeinander. »Ja.«

Raban kroch auf allen vieren zum Höhlenausgang. Das Meer rauschte, und der pfeifende Wind peitschte die Wellen tosend gegen den nahen Strand. Über ihm blitzte und donnerte es fast ohne Unterlaß.

Raban krabbelte zurück zu dem Mädchen. »Ich glaube, es ist mein Vater. Er ist bestimmt wütend, weil ich fort gelaufen bin.«

Brunhild schaute den Gefährten an. »Das Gewitter da draußen macht dein Vater?«

Der Junge seufzte. »Ich glaube schon.«

»Dann kannst du nicht zurückgehen, wenn er so zornig ist!« sagte Brunhild leise. »Wir müssen fort von hier, bevor er noch den ganzen Strand verwüstet.«

Wieder krachte es draußen, doch diesmal folgte dem Donner ein singendes Pfeifen, das immer schriller in die Nacht hinaus hallte. Brunhild hatte sich vor Schreck in Rabans Arme geworfen und hielt sich die Ohren zu.

»Was ist das?« flüsterte sie.

»Ich weiß nicht«, sagte Raban, »So etwas habe ich auch noch nie gehört.«

Mirka blieb stehen und riß die Augen auf. Brüllend fuhr das zuckende Feuer aus dem Himmel geradewegs in das Dach des Tempels. Steine splitterten, und das Gebälk brach, als hätte eine gewaltige Faust zugeschlagen. Mirka hielt den Atem an. Eine riesige Flammenwand schoß aus dem weißen Haus empor und setzte auch Teile des Hügels in Brand. Die Priesterinnen hörten auf zu singen. Statt dessen war ein lautes, schrilles Pfeifen zu hören, das surrend durch die Luft schwirrte.

Mirka hielt sich die Ohren zu. Das war der Ton der Göttin. Wahrscheinlich versuchten die Frauen, damit den Magier aus dem heiligen Ring zu vertreiben, ähnlich wie der singende Pfeil damals in der Wasserhöhle Ema vertrieben hatte. Aber in einer Höhle war ein solch schriller Ton durchdringend, da er sich an den Wänden brach und widerhallte. Hier, auf freiem Gelände, würde er einem Magier wie Pyros kaum Einhalt gebieten.

Mirka konnte den Blick nicht von dem brennenden Tempel abwenden. Blindlings rannte sie auf das Feuer zu. Mit fliegenden Haaren kam sie am Fuß des Hügels an. Es durfte nicht wahr sein! Pyros hatte das Haus der Göttin wirklich zerstört, und die kleine Brunhild war noch im Tempel!

Mit klopfendem Herzen rannte sie den Hügel hinauf. Zwei Priesterinnen liefen ihr entgegen; sie waren von dem sprühendem Feuer verletzt worden.

»Mirka, bleib hier, geh nicht hinauf!« rief ihr eine besorgte Stimme nach, doch Mirka dachte nur an das Kind und lief weiter.

Plötzlich fühlte sie sich von einem festen Griff gehalten. Eine Frau im schwarzen Gewand stand, wie aus dem Nichts aufgetaucht, neben ihr und hielt sie zurück.

»Laßt mich, ich muß die Kleine retten«, keuchte Mirka. Eilig versuchte sie sich loszureißen, doch die Frau hielt sie umklammert. Plötzlich spürte sie eine große, tiefe Ruhe in sich. Alle Angst glitt von ihr ab, in ihr war nur noch Frieden. Sie schaute auf. Camire nahm ihre Hand fort. »Das Kind, das du suchst, Mirka, ist nicht hier.«

»Aber ...«

»Später«, unterbrach die Hohepriesterin sie. »Komm jetzt, ich brauche dich.« Mirka kämpfte einen Augenblick mit sich, dann folgte sie schweigend der Frau über den Kamm des Hügels hinweg zum Wasserfall. Camire schien keinen Blick für den zerstörten Tempel zu haben, sondern ging daran vorbei hinunter zum See. Sie lief nicht einmal. Mirka wunderte sich. Ging es hier nicht um das Leben des ganzen Volkes?

»Was habt Ihr vor?« Sie blieben vor dem Wasser stehen.

Erstaunt sah Mirka, wie die Hohepriesterin ihr schwarzes Gewand ablegte. Sie schritt damit auf sie zu und legte es ihr um die Schultern.

Der Wasserfall rauschte leise in den klaren See hinab. Hier, auf der anderen Seite des Hügels, war es noch still und dunkel, denn der Feuerschein des brennenden Hauses war nur schwach über dem Gipfel zu sehen.

Mirka schaute zum Himmel hinauf. Keine Wolken, selbst der Mond spiegelte sich noch in dem See. Soweit reichte die Macht des Magiers also noch nicht.

»Du wirst den Tempel wieder aufbauen«, sagte Camire. »Auf deinen Schultern wird es liegen, das Erbe dieses Volkes nach der Zerstörung wiederzufinden. Gehe zur alten Ramee. Du wirst sie und die anderen in einer Höhle jenseits der kleineren Hügel am Strand finden. Als ich wußte, daß Pyros kam, habe ich alle dorthin geschickt. Wenn du in diesem Gewande vor Ramee trittst, wird sie wissen, daß du die neue Hohepriesterin der Gwenyar bist. Alle werden dir folgen.«

»Aber ich kann doch nicht...«

»Die Göttin hat entschieden, außerdem bleibt nicht viel Zeit. Pyros wird bald kommen und diesen See mit Feuer übergießen, um seinen Vater zu befreien.« Camire unterbrach sich und warf einen Blick auf den Wasserfall. Dann wandte sie sich wieder an Mirka.

»Ramee wird dich lehren, was du wissen mußt. Habe Vertrauen.«

»Und Brunhild?«

Die Priesterin lächelte. »Das Mädchen hatte beschlossen, ausgerechnet heute den Tempel zu verlassen. Brunhild wird die kleine Bucht unten am Meer sicher erreicht haben.«

»Aber dort ist Pyros«, sagte Mirka. Sie spürte, wie die Angst zurückkehrte.

»Ruhig, mein Kind, er will nicht Brunhild. Selbst wenn er sie bemerkt, ist es ihm gleich. Er will nur Elinor befreien. Der Geist des Alten quält ihn seit langem Nacht für Nacht. Ich weiß es schon länger.« Sie schaute auf das Wasser. »Ich weiß, daß Pyros keine Ruhe mehr findet. Er ist dem Wahnsinn nahe.«

»Das klingt, als habet Ihr Mitleid«, bemerkte Mirka erstaunt.

»Mitleid?« Die Priesterin zuckte mit den Schultern. »Das wird sich zeigen.«

»Was habt Ihr vor? Wie wollt Ihr verhindern, daß er Elinor befreit und dieses Land zerstört?«

Die Hohepriesterin lächelte. Langsam ließ sie auch noch das weiße Untergewand von ihren Schultern gleiten. Achtlos landete es im Gras. Camire stand nun nackt vor dem See. Sie war sehr schön. Ihr weiße Haut schimmerte sanft im Mondlicht. »Ich habe mich lange auf diesen Tag vorbereitet«, sagte sie. »Ich habe das Lied der Liebe gelernt wie kein anderes, denn ich wußte, daß ich eines Tages dem Meister der Verführung gegenüberstehen werde. Es ist meine Prüfung, die die Göttin mir sendet.«

»Ihr wollt ein magisches Duell? Allein gegen Pyros?«

Die Priesterin nickte. »Ganz recht, nenne es ruhig ein magisches Duell. Die Verführung gegen die ganze Kraft der Liebe!« Sie schaute auf das Wasser. »Du triffst gut, nicht nur mit dem Bogen.«

»Aber das ist Wahnsinn. Der Magier ist stärker. Moira hat, als sie ihn damals vor vielen Wintern in einen Adler verwandelt hat, ihr Leben dafür gegeben! Aber sie tat es nicht allein.«

»Das weiß ich. Aber diesmal ist es anders. Hört zu!« Camire faßte Mirka am Arm. »Pyros wird versuchen seinen Vater zu befreien, darum werde ich ihn hier erwarten. Wenn es ihm gelingen sollte, mich zu verführen und mich zu töten, dann flieh in die Höhle zu den anderen. Versteck dich dort, und bei Sonnenaufgang singe das Lied der Freundschaft.«

»Das Lied der Freundschaft?«

»Ja, mache nicht ein solch bestürztes Gesicht, du kennst es, und Ramee kennt es auch, sie wird dir helfen.

Edler Freund, willst du mit mir reisen,
frag den Wind, wohin wir gehen,
folg dem Licht bis an den Rand,
folg der Seele und nimm meine Hand ...«

Mirka nickte. Sie kannte das Lied. »Aber wozu?«

»Neptor, der Führer der Männer, wird das Lied über dem Meer hören. Der Wind und die Wellen werden ihm erzählen, was hier geschah«, fuhr die Hohepriesterin fort. »Die Männer werden kommen und euch mit den Schiffen auf eine Insel im Westen bringen.« Sie hielt inne.

»Sollen wir nicht wenigstens versuchen zu kämpfen?«

»Nein, ihr alle würdet sterben. Du hast doch gesehen, was Pyros aus dem Tempel gemacht hat.«

»Ich habe nicht gewußt, welche Kraft dieser Magier besitzt.«

»Wir werden sehen, wieviel er wirklich besitzt«, sagte Camire, und ihre Augen hatten plötzlich einen eigenartigen Glanz. »Jetzt gehe. Verberge dich dort drüben im Schatten der Steine.«

Sie wandte sich ab, drehte sich aber dann noch einmal zu Mirka um. »Wenn du mich sterben siehst, versuche nicht mir zu helfen, sondern hilf deinem Volk. Du bist jetzt die Hohepriesterin. Du trägst das schwarze Gewand.«

Mirka nickte. Sie hielt den Umhang, der schwer auf ihren Schultern lag, mit beiden Händen fest.

Camire küßte sie sanft auf die Lippen. »Vielleicht wird die Göttin mich für meinen Hochmut strafen, wenn ich das Lied der Liebe für Pyros singe«, flüsterte sie. »Aber sei gewiß, mein Herz gehört diesem Volk, was immer du auch sehen magst.«

»Aber dann wird Euer Vorhaben nicht gelingen. Das Lied der Liebe kann nur einen Zauber bewirken, wenn Ihr wirklich liebt.«

Die Hohepriesterin schaute wieder zum Wasserfall. »Pyros lebt nicht weit von hier in einem kleinen Haus jenseits des magischen Ringes. Es ist dasselbe Haus, in dem schon seine Mutter lebte, als er ein kleiner Junge war. Er ist dorthin zurückgekehrt, um seinem Vater nahe zu sein und sich auf diesen großen Tag vorzubereiten. Ich begegnete ihm vor ein paar Monden, als ich zur Jagd ritt. Ich habe in seine Augen gesehen. Sie sind so tief, so warm, so ohne jeden Halt.« Camire hielt einen Augenblick inne, dann fuhr sie fort. »Seitdem habe ich ihn oft heimlich beobachtet. Mein Herz ...« Wieder brach sie ab und schaute Mirka an. »Zuviel der Worte. Geh jetzt. Führe dieses Volk, wie es einer Hohepriesterin würdig ist.«

»Wieso ist Pyros kein Adler mehr? Was ist geschehen?«

Camire zuckte mit den Schultern. »Ich weiß es nicht, vielleicht hat er endlich die Kraft gefunden, den Bannspruch der Moira aufzuheben. Moira war schließlich nur eine Hohepriesterin der Göttin und keine allmächtige Zauberin.«

»Und was ist mit den Bogenschützinnen? Die Frauen haben damals gut getroffen, so gut, daß Moira ihn in der Gestalt des Adlers bannen konnte. Warum versuchen wir es nicht wieder?«

»Willst du hier wahrlich ein Wettkampf veranstalten, Mirka, einen Wettkampf, welche von euch das Herz des Magiers trifft?«

»Warum nicht?«

»Nein.« Camire schüttelte den Kopf. »Die Göttin hat entschieden. Es gibt ein magisches Duell.«

Mirka schaute Camire nach, die nun langsam in den See hineinging. Das Wasser umspülte zuerst ihre Füße, dann ihre Beine bis hinauf zu den Schenkeln. Sie löste ihr helles Haar, das ihr lang den Rükken hinabfiel, und tauchte kurz unter. Mit gleichmäßigen Zügen schwamm sie auf den Wasserfall zu. Der Mond schien immer noch silbern über dem See, als wäre es eine Nacht wie jede andere auch.

Es ist verrückt, dachte Mirka. Dieser Pyros war gefährlicher, als sie geglaubt hatte. Er verführte selbst die Hohepriesterin der Gwenyar nur durch sein Dasein. Er brachte sie dazu, ohne daß er irgendeinen Zauber anwendete, sich völlig sinnlos für ihr Volk zu opfern.

Mirka schüttelte den Kopf. Warum ging Camire nicht einfach mit in die Höhle zu den anderen? Warum versuchte sie mit der Liebe, den Meister der Verführung zu tieferen Gefühlen zu bewegen? So wie die Sache lag, war auch Lursa daran gescheitert. Vielleicht auch noch manch eine andere Frau. Sollte die Priesterin da wirklich eine Ausnahme sein?

Mirka wandte sich um. Sie fühlte sich hilflos wie

ein kleines Mädchen. Gewiß, das Lied der Liebe war einer der mächtigsten Zauber, den die Gwenyar besaßen. Mirka erinnerte sich jedoch an das Bild des Magiers, das sie am Strand gesehen hatte, als er von diesem roten Schimmern umgeben war. Sie zweifelte daran, daß die Liebe Pyros daran hindern konnte, Elinor aus der Höhle hinter dem Wasserfall zu befreien. Pyros würde die Priesterin verführen und sie töten. Mehr würde nicht geschehen! Es war töricht zu glauben, der Herr des Feuers ließe sich mit dem Herzen fangen. Mirka schaute noch einmal auf den See. Nur weil Camire ihre Sinne an den Magier verloren hatte, mußte das nicht heißen, daß alle Frauen ihm verfielen. Mirka dachte angestrengt nach. Wenn sie schon das Gewand der Hohepriesterin trug, warum sollte sie dann nicht auch eigenmächtig handeln? Sie konnte diesem Liebeszauber nicht zuschauen. Sie entschied sich für den Kampf!

Entschlossen ging sie über den Hügelkamm zurück. Sie brauchte ihre Gefährtinnen.

Die Flammen wüteten noch immer in dem Tempel. Mirka hatte Mühe, in dem Spiel von Licht und Schatten etwas zu erkennen. Wenigstens hatte das Donnern und Blitzen vor einer Weile aufgehört, so daß sie nicht fürchten mußte, daß noch mehr Feuer vom Himmel fiel.

Die erste Priesterin, die ihr begegnete, hielt sie am Arm fest.

»Warte«, sagte Mirka.

Erstaunt hob die andere die Augenbrauen, als sie an Mirka das Gewand der Hohepriesterin bemerkte.

»Frage jetzt nicht, dafür ist keine Zeit, sondern hole die anderen. Sage ihnen, sie sollen mit Pfeil und Bogen zum Wasserfall kommen. Wir werden kämpfen, so wie die Priesterinnen der Moira es vor Zeiten taten, um Pyros in einen Adler oder sonst ein Tier verwandeln zu können. Wenn sein Körper geschwächt ist, wird er Kräfte aufwenden müssen, die ihn am Zaubern hindern. Dann könnte es gehen!«

Die junge Priesterin nickte gehorsam.

»Sag ihnen auch, sie sollen die singenden Pfeile mitbringen.«

»Aber, Mirka, die Pfeile waren im Tempel.«

Mirka schaute traurig auf das brennende Haus. »Es ist schon gut«, sagte sie.

Die andere verschwand leise im Dunkel der Nacht. Mirka lenkte ihre Schritte von dem Hügel zu den Höhlen. Wie sie Arma die Kriegerin kannte, hatte sie gewiß nicht nur einen einzigen guten Bogen. Arma sammelte Waffen. Wahrscheinlich würde sie in ihrer Höhle noch einen Bogen und Pfeile finden, mit denen sie dem Magier das Leben ein bißchen schwerer machen konnte. Denn es war kaum anzunehmen, daß Arma alle ihre Habseligkeiten mitgenommen hatte.

Aber dann gab es dennoch eine Schwierigkeit. Wer sollte den Bannspruch über Pyros sprechen? Mirka war zwar jetzt die Hohepriesterin, und die anderen würden tun, was sie befahl, doch sie hatte solch geheime Verse nicht gelernt, und daß Camire ihr helfen würde, war unwahrscheinlich. Tief in ihrem Inneren bat sie flehentlich um die Kraft, das Feuer, das über dieses Tal hereingebrochen war, zu bannen.

»Die Pfeile sind hinten in einer Kiste an der Wand.«

Mirka fuhr herum, dann lächelte sie Arma erleichtert an. Sie hatte schon eine Weile in dieser Höhle herumgesucht, aber nur einen kleinen Bogen gefunden.

»Danke«, sagte sie.

Arma lehnte lässig am Höhleneingang, als wäre sie nie fortgewesen. Sie trug eine Lederrüstung und einen Langbogen und war bereit zum Kampf.

»Es ist schön, daß du da bist, Kriegerin.« Mirka lächelte.

»Nimm auch die Pfeile mit den weißen Federn. Sie werden ihm vielleicht ein wenig zu schaffen machen«, sagte Arma. In ihre grünen Augen funkelten es. »Aber gib acht, daß du die Spitze nicht berührst.«

Mirka schaute die andere ernst an. »Daß du hier bist, bedeutet, daß du ein Gebot der Hohepriesterin mißachtet hast. Wieso?«

Die Kriegerin verschränkte die Arme vor der Brust. »Und hast du dich nicht vorhin am See auch einem Befehl widersetzt? Soweit ich weiß, ist dir das Kämpfen verboten worden. Solltest du Camire nicht bei ihrem magischen Duell zuschauen!«

»Das kann ich nicht. Sie wird sterben!«

»Ich weiß!« erwiderte Arma.

»Du warst vorhin am See?«

»Ja, ich habe alles mit angehört. Camire hat keine Chance. Wir müssen kämpfen.«

»Aber warum bist du zurückgekommen?«

»Weil ich erkannt habe, warum ich fortreiten sollte.«

Mirka hob erstaunt die Brauen.

»Camire hat die Wahrheit gesagt. Hinter dem heiligen Ring nahe am Wasserfall lebt Pyros in dem kleinen Haus, das einst seiner Mutter gehörte«, sagte Arma. »Ein Stück weiter davon südlich liegt ein Dorf. Ich ritt dort vorbei und rastete in einem Gasthaus. Ein alter Mann erzählte, daß die Bestie schon wieder zugeschlagen habe. Er sagte, immer wieder fiele ein seltsames Tier über die Frauen des Dorfes her. Sie hätten keine Erklärung dafür; es wäre, als würde dieses Tier die Frauen in der Nacht fortlocken, um sie irgendwo auf einer Wiese zu töten.«

Mirka schluckte. »Und du glaubst, daß es Pyros war?«

»Ich ließ mir die Wunden beschreiben, an denen die Frauen starben. Es war immer das Gleiche, genau wie damals in Luovanas Gemach. So entschloß ich mich, zurückzureiten, und ich versuchte, eine Möglichkeit zu ersinnen, ihn zu vernichten. Eine Zeitlang beobachtete ich sein Haus, um Genaueres über seine Gewohnheiten zu erfahren. Dann bemerkte ich, daß er mich dabei nicht wahrzunehmen schien. Er sah auch nicht die Hohepriesterin, die Nacht für Nacht das Reich der Gwenyar verließ, um sich an seinem Anblick zu erfreuen. Er schien wie von Sinnen zu sein. Er schrie und zürnte der Göttin. Ich glaube, er ist dem Wahnsinn sehr nahe.«

»Du hast Recht«, sagte Mirka. »Als ich ihn vorhin auf den Felsen am Strand sah, hat er mich auch nicht wahrgenommen. Er hätte mich mit einem Lächeln vernichten können. Doch er tat es nicht.«

»Er muß etwas Grausames getan haben, um sich aus der Gestalt des Adlers zu befreien.«

Mirka nickte. »Moiras Bannspruch damals war stark, sie hatte ihr Leben daran gebunden. Wie, glaubst du, hat er den Bann gelöst?«

Arma schüttelte den Kopf. »Ich weiß es nicht. Jedenfalls braucht er immer noch Blut, sonst würde er nicht die Frauen des Dorfes töten.« Sie reichte

Mirka ein Lederwams. »Hier, Hohepriesterin, vielleicht solltet Ihr das unter Euerem Gewand tragen. Es könnte sein, daß es Euch von Nutzen ist.« Sie deutete spaßhaft eine Verbeugung an.

Mirka nahm das Wams entgegen und zog es über. »Hast du eigentlich Angst, Kriegerin, wenn du in einen Kampf gehst?«

Arma schaute die Gefährtin an. Ein Schatten legte sich über ihr Gesicht. »Manchmal, wenn ich vorher Zeit zum Nachdenken habe! Dieses Mal habe ich sehr viel Zeit gehabt! Pyros ist nicht irgendein Gegner, und ich will gewinnen«, sagte die Kriegerin. »Brunhild muß das Springen und auch das Reiten noch lernen!«

Mirka griff nach Köcher und Bogen. »Dann laß uns gehen, ich bin bereit!«

15

»Es ist so still draußen.« Brunhild rutschte wieder ein wenig ab von Raban. Er sollte nicht glauben, daß sie feige wäre. Arma hatte ihr schließlich das Steinwerfen beigebracht, also war sie schon fast eine richtige Kriegerin!

»Sollen wir nachschauen?« Raban kroch wieder zum Höhlenausgang.

»Glaubst du denn, dein Vater ist fort?«

Raban zuckte mit den Schultern. »Man kann nie genau sagen, was er tut oder wo er ist«, sagte er.

»Mhm«, machte Brunhild. Ihr war das alles nicht geheuer. Sie war froh, daß sie keinen Vater hatte. Selbst die Priesterinnen waren nett zu ihr, obwohl Camire sie manchmal böse anblickte, wenn sie wieder eines dieser Zauberwörter nicht richtig aussprach.

»Was siehst du?« fragte sie.

»Nichts!«

»Nichts?« Brunhild krabbelte Raban nach und streckte ebenfalls den Kopf aus ihrem Versteck. Das Meer war wieder ruhig, als wäre nichts geschehen. Sie wagte sich noch ein Stück weiter vor. Auch am Strand war alles ruhig. »Komm«, flüsterte sie. Mutig verließ sie die Höhle. Dann blieb sie jedoch vor Schreck stehen. Als sie auf den Mondscheintempel schaute, hielt sie inne. Ein riesiges Feuer brannte dort, wo das Haus der Göttin gestanden hatte.

»Gütiger Himmel«, entfuhr es Raban, der neben Brunhild am Strand stand.

»Da haben wir aber Glück gehabt. Wenn du nicht heute nacht weggelaufen wärest, dann ...«

»Dann wäre ich im Tempel verbrannt«, beendete Brunhild den Satz. Immer noch schaute sie wie gebannt auf das Feuer. »Laß uns nachsehen, was geschehen ist.«

»Jetzt?« Raban schaute sie fragend an. »Aber dann werden sie uns finden?«

»Glaubst du wirklich, ich laufe von hier fort, wenn die Priesterinnen verletzt sind? Wir müssen ihnen helfen. Vielleicht ist die alte Ramee verwundet!« Entschlossen lief Brunhild den Strand entlang auf den brennenden Hügel zu.

»Warte«, rief Raban. »Warte, ich komme mit.«

Sie warf einen mißtrauischen Blick auf den Jungen. »Warum tut dein Vater das alles?

Raban zuckte mit den Schultern. »Ich weiß nicht.« Er sah unglücklich aus.

»Mhm«, machte Brunhild wieder. »Wir schauen zuerst bei den Höhlen nach.«

Sie verließen den Strand und wanderten einen der Hügel hinauf. Als sie auf der Höhe ankamen, duckte sich das Mädchen plötzlich. Sie griff nach Rabans Hand und zog ihn mit sich in ein Gebüsch. »Horch, da kommt jemand«, flüsterte Brunhild.

In einiger Entfernung sahen sie zwei Frauen vorübergehen. Die eine trug das Gewand der Hohepriesterin. Brunhild runzelte die Stirn. Aber es war nicht Camire, es war Mirka!

Sie schaute auf die andere Frau, und ihr Herz machte einen kleinen Hüpfer. Arma, das war Arma! Da gab es keinen Zweifel, sie erkannte die blonde Kriegerin sofort. Jede ihrer Bewegungen war ihr vertraut. Also hatte die Priesterin gelogen. Das hatte Brunhild gleich gewußt! Arma würde niemals so lange fortbleiben!

Brunhild wollte schon aufspringen, um der Kriegerin entgegenzueilen, doch dann blieb sie still unter den Zweigen hocken.

»Bist du sicher, daß Brunhild in ihrem Versteck von Pyros nicht entdeckt wird?« fragte Arma gerade.

Das Mädchen hielt den Atem an.

»Ja,« sagte Mirka. »Das Mädchen ist am Abend fortgelaufen und Camire hat sie nicht zurückgeholt, weil sie wußte, daß Pyros kommen würde. Brunhild hat sich am Strand versteckt.«

»Bist du sicher?« fragte die Kriegerin wieder.

»Brunhild war nicht im Tempel, als er einstürzte. Warum sollte Camire lügen?«

»Weil sie Pyros liebt!«

Mirka blieb stehen. »Aber was hat das mit dem Kind zu tun?«

»Ich bin sicher, Camire hat mich fortgeschickt, weil sie wußte, das Pyros bald kommen würde. Sie ahnt, daß ich nichts unversucht lassen würde, ihn sterben zu sehen!«

»Was willst du nun tun? Willst du gegen den Magier kämpfen oder nach Brunhild sehen?

Arma atmete tief durch. »Die Kleine wird eine Weile ohne mich auskommen. Ich werde sie nach dem Kampf suchen.«

»Ich denke auch, daß es so besser ist!« sagte Mirka. »Wenn das Mädchen weiß, daß du da bist, wird sie vielleicht . . .«

Mehr hörte Brunhild nicht, da die Frauen mit schnellen Schritten rasch hinter dem Hügel verschwanden.

»Komm, wir müssen ihnen nachgehen,« flüsterte Raban aufgeregt. »Sie wollen gegen meinen Vater kämpfen.«

»Aber das ist zu gefährlich!« Brunhild schaute den Jungen mit großen Augen an. »Er könnte sie töten!«

»Ja«, sagte Raban traurig. »Das könnte er.« Damit verschwand er aus dem Gebüsch.

Er war schon fast an dem Tempel angekommen, als Brunhild hinter ihm auftauchte.

»Ich weiß nicht, ob das klug ist?«

»Bist du etwa feige?«

»Nein«, sagte Brunhild. »Ich bin nicht feige!«

»Dann komm endlich!«

Hand in Hand erreichten sie die andere Seite des Hügels. Von der gegenüberliegenden Anhöhe rauschte der klare Wasserfall hinab in den See, in dessen Mitte eine Frau schwamm.

»Das ist Camire«, flüsterte Brunhild. Leise zog sie den Jungen hinter einen Stein. Über den Hügel kamen drei Frauen gelaufen. Sie rannten hinunter zum See. Brunhild staunte. Es waren Priesterinnen, doch sie trugen Lederrüstungen wie Arma und jede war mit Pfeil und Bogen bewaffnet.

»Mein Vater hat böse Augen, wenn er zaubert, aber manchmal ist er auch nett«, flüsterte Raban.

Das Mädchen schaute den Gefährten an. »Du magst ihn doch ein bißchen?«

Raban schniefte. Mit dem Ärmel seines Gewandes

wischte er sich über die Nase. »Er ist oft böse zu mir, er hat mich geschlagen und mir weh getan. Aber er kann auch sehr nett sein. Antana hat gesagt, daß er einmal sehr, sehr nett war. Früher, bevor sein Kopf weh tat, bevor der Geist immer wieder kam.«

»Welcher Geist?«

Raban zuckte mit den Schulter. »Antana hat gesagt, daß Pyros den Geist von Elinor töten muß, um gesund zu werden, weil der Geist des Alten ihm keine Ruhe läßt!«

Brunhild versuchte sich vorzustellen, ob Ritter Bruno auch einmal nett war, bevor er krank wurde. Ob Ritter Bruno vielleicht auch einen Geist töten mußte?

»Sag, wo ist dieser Geist, den man töten muß, um gesund zu werden?«

»Weiß ich nicht!«

»Schade«, rief Brunhild enttäuscht. Sie hätte Ritter Bruno gerne geholfen. Sie kam nicht weiter in ihren Gedanken, denn unten am See war ein Mann erschienen. Er trug ein dunkles Gewand. Seine langen Haare fielen ihm über die Schulter, und er schaute immerzu auf den Wasserfall. Brunhild betrachtete ihn fasziniert. Das war kein Mann aus dem alten Volk. Er war schön, doch irgend etwas an ihm machte ihr Angst.

Raban drückte ihre Hand. Wie gebannt starrte er auf den Mann.

»Ist das dein Vater?« fragte Brunhild leise. Ihr

Herz begann laut zu schlagen, daß sie meinte, der Fremde unten am See müßte es hören.

Der Junge nickte.

Das Mädchen lauschte. Eine einzelne helle Stimme hatte begonnen, ein Lied zu singen. Brunhild kannte es nicht, aber es war ein sehr durchdringendes Lied, das sie tief berührte. Unwillkürlich verließ sie ihr Versteck, um dem Gesang zu folgen. Sie wollte mehr davon hören und ging näher an den See heran.

Camire hatte sich aufgerichtet. Das Wasser reichte ihr nur noch bis zur Hüfte. Ihre nackte, weiße Haut schimmerte silbern in dem sanften Mondlicht, ihre Brüste waren weich, und das lange blonde Haar umspielte sie wie ein verzauberter Schleier.

»Oh«, machte Brunhild. Sie war sich sicher, nie zuvor etwas so Schönes gesehen zu haben.

»Kommt schon, Bruno, wir können die Frauen nicht alleine lassen! Ich habe gesehen, wie drei von ihnen bewaffnet über den Hügel zu dem brennenden Tempel gingen. Weiß der Teufel, was da los ist.« Faramund fluchte, als er über das achtlos liegengelassene Schwert des anderen stolperte. »Steht endlich auf.«

Der junge Ritter schüttelte Bruno ein wenig, doch der Schwertmeister bewegte sich nicht. Er lag seit Tagen schon wieder nur auf seinen Decken und hatte die Welt vergessen. Die ehemals so klaren Augen blieben stumpf und glanzlos.

Faramund gab es auf. Bruno von Falkenstein war ein kranker Mann. Wahrscheinlich mußte er sich endgültig damit abfinden, daß der Geist des Ritters jenseits von allem irdischen Leben in einer eigenen Welt gefangen war. Es war eine Schande.

Seufzend wandte er sich um. Er würde alleine zum Wasserfall gehen! Die Frauen sprachen davon, daß die Hohepriesterin sie zu den Waffen gerufen hatte. Faramund wollte als Ritter nicht zurückbleiben. Er konnte sich weder das Feuer im Tempel erklären noch die Aufregung, mit der hier alle verschwunden waren, aber er war gewillt, für dieses Volk zu kämpfen, dessen Gastfreundschaft er schon so lange genoß.

Während er sich ein ledernes Hemd überzog, das eine der Frauen ihm hier genäht hatte, wurde es draußen plötzlich merkwürdig still, so als hielte alles den Atem an. Selbst das Feuer schien mit einmal stiller zu brennen.

Aus der Ferne erklang leise eine Frauenstimme. Erst sanft, dann immer kräftiger sang sie ein bezauberndes Lied. Faramund lauschte. Ohne Zweifel, es war eine Liebesmelodie, die mit solcher Schönheit dargebracht wurde, daß es ihn magisch anzog. An keinem Hof, an dem er in seinem Leben verweilt hatte, war er jemals in den Genuß gekommen, eine solche Stimme zu hören.

Langsam ging Faramund zum Höhlenausgang. Er ließ die Bänder des Hemdes offen und trat zwei Schritte nach draußen. Es war, als ob die Stimme ihn riefe, um in ihm alle Liebe zu wecken, zu der ein Mann überhaupt nur fähig war.

Welch seltsame Magie, dachte er und erschrak fast zu Tode, als sich ihm von hinten eine schwere Hand auf die Schultern legte.

»Sie stirbt«, sagte Bruno von Falkenstein. Sein Blick hatte eine tiefe Klarheit, die Faramund Tränen in die Augen trieb.

»Kommt endlich,« fuhr der Schwertmeister fort, während er sich sein Schwert umgürtete. »Sie stirbt. Wir müssen ihr helfen.«

Brunhild hielt den Atem an. Raban drückte ihre Hand, die er die ganze Zeit festgehalten hatte.

»Das war das schönste Lied, das ich je gehört habe«, flüsterte er und drückte sich sanft an das Mädchen. Schweigend schauten sie aus einiger Entfernung auf den See hinunter. Der Mann stand immer noch unbeweglich am Ufer. Er betrachtete die Frau, als würde er sie jetzt erst sehen.

»Was tut er da?« fragte Brunhild, die nicht verstand, warum der Mann sich nicht rührte. Offensichtlich hatte Camire für ihn gesungen. Das konnte ihn doch nicht unberührt lassen.

Ein leises Lachen, warm und anziehend, klang über den See hinweg. Langsam ging Pyros auf das Wasser zu. Er streckte den Arm nach der Frau aus. Brunhild drückte fest die Hand des Jungen neben ihr; so spannend fand sie, was dort unten geschah.

Dann sagte der Mann irgend etwas, doch Brunhild konnte die Worte nicht verstehen.

Camire begann das Lied von neuem zu singen. Sie setzte eben zur ersten Strophe an, als Rabans Vater eine einzige, winzige Handbewegung machte.

Der See begann zu brennen.

»Nein«, flüsterte Raban. Er hielt sich rasch die Augen zu.

An allen Uferrändern begannen kleine Flammen zu züngeln, die allmählich immer größer wurden. Sie bildeten einen Kreis, der sich mehr und mehr zur Mitte hin schloß. Noch bevor Camire wirklich zum zweiten Mal das Lied begann, erreichten die Flammen ihr blondes Haar. Ein seltsam unwirklicher Schrei ertönte über das brennende Wasser.

Brunhild schaute fasziniert auf das rotglühende Flammenspiel, das sich langsam dem Wasserfall näherte und an dessen Saum züngelte. Es wurde still. Camire war in dem Feuer versunken.

Ein brennender See, ein brennender Wasserfall mitten in dunkler Nacht! Brunhild schaute in den Himmel. Das Licht schien hinaufzufliegen, bis zu dem runden gelben Mond. Einen solch schönen Zauber hatte sie noch nie gesehen.

Raban weinte.

»Was ist?« fragte sie.

»Mein Vater hat sie umgebracht!« flüsterte er voller Entsetzen. »Hast du es nicht gesehen? Er hat Eure Priesterin getötet!«

Brunhild blickte wieder auf das feurige Bild. »Ja«, sagte sie tonlos. »Aber das Feuer ist sehr schön.«

Verträumt machte sie einen Schritt auf den See zu. Sie wollte es sich aus der Nähe ansehen, und den Magier wollte sie auch sehen.

»Bleib stehen!« Faramund erwischte Brunhild gerade noch am Ärmel. »Gütiger Himmel, du kannst doch da nicht einfach hinuntergehen.«

»Ritter Faramund!« Brunhild schaute den Mann überrascht an. Dann fiel ihr Blick auf Bruno von Falkenstein. »Ihr seid auch hier?«

Bruno schaute irritiert auf die kleine Person vor ihm. Sie reichte ihm bis an den unteren Rand seines Gürtels. Ihre Augen blickten ihn mit unverhohlener Neugier an.

»Gott, Faramund helft mir. Woran erinnert mich dieses Kind?« fragte Bruno.

Der junge Ritter blickte den anderen ernst an. »Das ist Brunhild, Luovanas Tochter. Erinnert Ihr Euch an Luovana?«

Bruno betrachtete einen Augenblick lang seine Hände, dann nickte er. »Ja, ich erinnere mich an Luovana, ich erinnere mich an alles. An die Liebe, an den Raum des Lichtes. Sie starb!« Er schaute hinunter auf den brennenden See. »Ist die Frau, die vorhin gesungen hat, tot?«

»Das Feuer hat sie verschluckt«, sagte Brunhild. Sie schaute Bruno immer noch an. »Seid Ihr jetzt wieder gesund?«

Der Ritter nickte. »Ja, ich bin wieder gesund.« Er streichelte ihr sanft über das Haar. »Du heißt also Brunhild?«

»Ja!«

Faramund räusperte sich. »Vielleicht ist jetzt nicht der rechte Zeitpunkt dafür«, sagte er. »Wir sollten doch sehen, was bei dem Feuer vor sich geht.«

Bruno nahm Brunhilds Hand. »Kleines Fräulein, du mußt mir jetzt etwas versprechen. Willst du das tun?«

Das Mädchen nickte so, daß ihre Locken wippten.

»Ich werde jetzt mit Ritter Faramund hinunter zum See gehen, um nach dem Rechten zu schauen, aber ich möchte, daß du und dein Freund in dieser Zeit hier oben auf uns wartet.«

Brunhild schmollte. »Ich will auch wissen, was da los ist! Arma ist dort!«

»Arma, die Kriegerin?«

»Ja«, sagte Brunhild.

»Ich werde versuchen Arma zu finden. Ich werde ihr sagen, daß du hier auf sie wartest.«

Mirka zog den weißgefiederten Pfeil aus dem Köcher. »Wenn der ganze Wasserfall brennt, kann Pyros seinen Vater jederzeit befreien«, rief sie und zielte.

»Bist du sicher, daß Elinor überhaupt noch lebt?« fragte Arma.

Sie standen leicht verdeckt durch einen hohen Strauch nahe am Ufer des Sees. Pyros hatte sich auf der anderen Seite postiert und schaute zum Wasserfall. »Er scheint wirklich verändert zu sein. Er müßte uns längst bemerkt haben.«

»Ich werde mir jetzt keine Gedanken darüber machen, warum Pyros mich nicht sieht«, rief Mirka und ließ den Pfeil von der Sehne schnellen. Es war ein guter Schuß. Doch sie traf den Magier nicht.

»Verdammt!« Sie nahm einen neuen weißen Pfeil und zielte wieder. Diesmal fiel der Pfeil in den brennenden See.

»Wann wirkt das Gift?« fragte sie und spannte den dritten Pfeil ein.

Arma beobachtete sorgenvoll den Magier, der unberührt am Ufer stand. »Gar nicht!«

»Was?«

»Merkst du nicht, was da geschieht? Du triffst ihn nicht! Sieh her!« Arma legte den Bogen an, doch ihr Pfeil fiel ebenfalls in den brennenden See. »Es ist sinnlos!«

Mirka schaute der Kriegerin in die Augen. Sie selbst war eine viel zu gute Schützin, um ihn auf diese Entfernung zu verfehlen. Aber daß Arma ein Ziel verfehlte, hatte sie noch nicht erlebt. Kurz entschlossen pfiff Mirka auf zwei Fingern. Von drei Seiten rund um den See begann es Pfeile zu regnen.

Pyros machte Anstalten, am Ufer entlang zum Wasserfall zu gehen. Er hatte bereits die Hälfte des brennenden Sees umrundet, doch kein einziger Schuß der Priesterinnen hatte getroffen.

»Er hat aus seiner letzten Begegnung mit den Gwenyar gelernt. Diesen Abwehrzauber beherrscht er mittlerweile gut, wie man sieht«, bemerkte Arma.

Mirka pfiff ein zweites Mal, und die Frauen ringsum ließen die Bogen wieder sinken. »Und was sollen wir nun tun?«

»Vertraue auf die Göttin«, erklärte Arma. »Du bist jetzt schließlich Hohepriesterin. Da, schau was geschieht!«

»Was meinst du?« Mirka blickte fragend in die Richtung, in die Arma deutete.

Oben auf dem Felsen, von dem rotglühende Flammen herab in den See stürzten, erschien die Gestalt einer Frau. Sie trug ein schneeweißes Gewand. Ihr schwarzes Haar floß offen bis zu den Hüften hinab. Der Widerschein des Feuers zauberte ein verwirrendes Spiel von Licht und Schatten auf ihr zartes Gesicht und ließen die hellen Augen weithin strahlen.

»Das ist Antana«, flüsterte Mirka aufgeregt.

Arma nickte. »Ich habe sie bei Pyros gesehen. Sie

lebte mit ihm in dem kleinen Haus hinter der magischen Linie. Pyros muß sie damals verzaubert haben. Erinnerst du dich noch, als wir die Ritter verfolgten?«

»Ja, wir trafen sie auf dem Burgweg,« erwiderte Mirka. »Es war das letzte Mal, daß wir sie sahen.«

»Mir war es gleich nicht ganz geheuer. Sie kam aus den Bergen! Wahrscheinlich war sie an jenem Tag bei dem Magier. Es gibt keine andere Erklärung für ihr Verschwinden!«

»Pyros!« Antanas Stimme hallte laut über den See. »Dein Weg ist hier zu Ende!«

Mirka sah einen Blitz, der vom Felsen hinabzuckte und kurz vor dem Magier in die Erde fuhr. Dann hörte man sein warmes, fast zärtliches Lachen, das ihr durch alle Glieder fuhr. Es zog sie an. Eine sanfte Sehnsucht tief in ihr erwachte. Sie wollte den Magier plötzlich aus der Nähe sehen, sie wollte ihn anschauen, ihn berühren. Arma legte ihr eine Hand auf die Schulter. »Alles in Ordnung, Priesterin?« Erschrokken blickt Mirka auf. Sie schüttelte sich. Der Mann war wirklich ein Meister der Verführung. Sie war froh, ihm niemals zuvor wirklich begegnet zu sein.

Pyros schaute hinauf zu Antana. »Wer sollte mich aufhalten?«

»Ich«, rief die Heilerin.

Mirka war überrascht von der klirrenden Härte in ihrer Stimme. Sie mußte ungeheure Kräfte in sich haben, ihm zu widerstehen.

»Jetzt bekommen wir wirklich ein magisches Duell zu sehen«, flüsterte Arma und ging in die Knie.«

»Ich liebe dich«, rief Antana.

»Ich weiß«, erwiderte Pyros gelassen. Langsam setzte er seinen Weg zu dem feurigen Vorhang fort, der den Eingang zu Elinors Höhle bildete. Er ließ die Frau jedoch nicht aus den Augen.

»Aus Liebe habe ich auch jeden einzelnen Zauber gelernt, den du mir beibrachtest!« Vor Pyros' Füßen zischte drohend eine Flammen aus dem Boden auf.

»Du weißt, daß es vergeblich ist. Du kannst dich nicht gegen mich stellen«, sagte Pyros. Er trat das kleine Feuer vor ihm wieder aus. »Wir befreien Elinor, dann gehen wir von hier fort.«

»Nein. Du wirst Elinor nicht befreien.« Wieder zischte es vor den Füßen des Magiers. Die Flammen waren deutlich größer. Diesmal zögerte Pyros nicht. Er machte eine kleine Drehung mit seinem Handgelenk.

Mirka fand, es sah so aus, als ob er die Frau zu sich winke. Einen Herzschlag später sprang Antana vom Felsen hinab in den brennenden See.

Arma seufzte enttäuscht. »Ich frage mich, woher er diese Macht hat. Er kann damals unmöglich so stark gewesen sein, sonst hätte Moira ihn niemals in einen Adler verwandeln können.«

Mirka nickte.

»Pyros!«

Arma hob erstaunt die Brauen. Antana stieg am

anderen Ufer aus dem feurigen Wasser. »Bei allen Göttinnen dieser Welt«, entfuhr es ihr. »Sie ist nicht nur eine Heilerin, sie versteht sich wirklich auf Magie.«

»Pyros, hör auf!« rief Antana. Ihre Stimme hatte alle Härte verloren, statt dessen wirkte sie nun verzweifelt. Aber ihr Rufen blieb ohne Wirkung. Der Magier ging weiter. Er schaute sich nicht einmal um.

»Pyros! Er wird dich töten, wenn du es ohne meine Hilfe tust!« schrie die Heilerin. Mit tränenerstickter Stimme begann sie, fremde Worte zu flüstern. Mirka horchte auf. Es waren Worte aus der alten Sprache.

Plötzlich raschelte es im Gebüsch. Erschrocken schaute Mirka sich um. Neben ihr tauchte die alte Ramee auf.

»Was steht Ihr hier herum wie gaffendes Volk«, schimpfte sie. »Helft der Heilerin endlich!«

»Helfen?« Mirka schaute die Alte fragend an.

»Soll sie alleine gegen ihn kämpfen? Versteht Ihr nicht, sie versucht, unser Volk vor Elinor zu beschützen. Aber das kann sie nicht alleine.« Sie seufzte erleichtert. »Luovanas Mutter hat dieses Mädchen auch zur Liebe erzogen. Ich wußte es, er hat sie nicht wirklich besiegt. Sie ist nicht willenlos wie Lursa!«

»Was meint Ihr damit, Ramee?«

Die alte Frau warf einen Blick auf Mirka. »Wenn Ihr eines Tages liebt, werdet Ihr die Heldentat dieser Frau dort vielleicht begreifen.«

»Was können wir tun?«

»Sagt bloß, Camire hat Euch zur Hohepriesterin gemacht, ohne Euch die Rituale zu lehren? Das sähe ihr ähnlich«, schimpfte die Alte leise; dabei ließ sie Antana nicht aus den Augen.

»Hört genau zu!« Langsam sprach Ramee den Spruch vor. »Los jetzt, sprecht mir nach«, sagte sie dann. Es waren dieselben Worte, die Antana vom jenseitigen Ufer dem Magier entgegenrief.

Mirka gehorchte. Auch Arma fiel mit ein. Nach und nach begannen auch die anderen Priesterinnen rund um den See gemeinsam, den Vers zu sprechen. Mit den heiligen Worten wurde die Göttin im Todesgewand beschworen, die Richterin und die Rächerin.

Antana begann von neuem damit die Verse zu sprechen. Sie wurde mutiger, als sie hörte, daß sie nicht alleine den Tod Elinors von der Göttin erflehte. Immer lauter riefen auch die anderen Priesterinnen, bis ein gemeinsames Lied daraus entstand, daß dunkel und schwer über dem brennenden See lag.

Mirka fuhr mit der Hand über ihr Gesicht. Warum nur weinte sie?

Als sie den Vers zum dritten Mal begann, brach Antana am jenseitigen Ufer zusammen.

»Es geht über ihre Kräfte«, sagte die alte Ramee. »Hoffentlich hat es dennoch gereicht, um Elinor hinter dem Feuer zu töten. Es war ihre einzige Chance, Pyros aufzuhalten. Sie wußte, daß sie Pyros alleine nicht verwandeln kann! Er hat viel gelernt, seitdem ich ihn damals mit Moira gemeinsam verzaubert habe.« Die Alte schaute auf. »Aber vielleicht gibt es noch einen Weg. Doch zuerst muß ich mich um die Heilerin kümmern.« Mit eiligen Schritten verließ sie das Gebüsch.

Es war dunkel um sie herum. »Was ist geschehen?« flüsterte Mirka und rieb sich über die Augen. Ihr war so, als erwache sie aus einer Ohnmacht. Nur sehr langsam erinnerte sie sich, was geschehen war.

»Das Feuer ist erloschen«, bemerkte Arma. In ihrer Stimme schwang eine dumpfe Traurigkeit mit. »Der See brennt nicht mehr. Hörst du, Priesterin, das Wasser rauscht wieder.«

»Heißt das, wir haben es geschafft? Wir haben Pyros besiegt?« fragte Mirka.

Arma zuckte mit den Schultern. »Ich weiß nicht«, sagte sie.

»Aber wir haben Ritter Bruno versprochen, hierzubleiben«, rief Brunhild aufgeregt. Sie rannte den Hügel hinunter, immer hinter Raban her.

»Antana«, rief der Junge, »Antana!« Er flog so schnell ihn seine kleinen Beine trugen zum Ufer des Sees. Seine Augen hatte eine Weile gebraucht, sich an die plötzliche Finsternis zu gewöhnen. Aber das hinderte ihn nicht daran zu laufen. Sträucher zerkratzten ihm das Gesicht, doch er spürte es nicht. Blind vor Tränen kam er unten am See an. Antana war hingefallen. Vielleicht war sie tot. Vielleicht hatte sein Vater auch Antana getötet!

Verzweifelt rief er immer wieder ihren Namen. Er wäre gestürzt, wenn ihn nicht zwei Arme aufgefangen hätten.

»Na, junger Mann, nicht ganz so schnell«, sagte die alte Ramee und hielt den Jungen fest. »Es wird alles wieder gut, wir werden Antana helfen. Sie wird nicht sterben.«

Brunhild kam atemlos hinterher. »Was ist mit der Frau?« fragte sie. Vorsichtig schaute sie an Ramee vorbei zu Antana.

»Sie ist schwer krank«, sagte die Alte, während sie Raban die Tränen abwischte. »Komm jetzt! Du kannst zu ihr.«

Antana schlug die Augen auf. Es war wie damals, als sie von den Felsen gestürzt war und in Lursas Höhle erwachte. Ihr ganzer Körper schmerzte. Sie sehnte sich wieder nach der dunklen Tiefe, die ihrer Seele endlich Frieden gäbe. Sie war so unendlich müde. Ihr Blick fiel auf Raban, der weinend neben ihr kniete. Mühsam strich sie dem Jungen sanft über die dunklen Locken. Er sah seinem Vater so ähnlich. Antana fühlte die Tränen in sich aufsteigen. Wo war Pyros? Würde er sie töten, dafür daß sie Elinor vernichtet hatte?

»Geht jetzt«, sagte die alte Ramee. »Wir müssen sie in meine Höhle bringen. Sie braucht viel Ruhe.«

Epilog

»Und ihr müßt wirklich fortreiten«, fragte Brunhild. Sie blickte Bruno von Falkenstein an. Die Sonne schien hell über dem Tal des Wasserfalls und der Wind hatte den beißenden Geruch des brennenden Tempels lange fortgeweht.

Der Ritter kniete sich noch einmal neben sie.

»Ja, wir müssen zurück in meine Heimat. Ritter Faramund freut sich schon darauf, in Worms allen Leuten von unserem Abenteuer zu erzählen.«

»Wenngleich es auch nicht nur Euer Abenteuer

war«, sagte Arma. Sie reichte dem Ritter einen Köcher mit Pfeilen und einen Bogen.

»Ich dachte mir, ihr könnt dieses Geschenk vielleicht gebrauchen.«

Bruno nahm die Waffen entgegen. »Danke«, sagte er. »Ich weiß zu schätzen, was Ihr für mich getan habt.«

Arma hob fragend die Brauen.

»Nun, nicht nur, daß Ihr mich damals nicht getötet habt, Ihr habt auch mein Kind in Eure Obhut genommen und mir hier eine lange Zeit des Heilens gewährt.«

Arma zuckte mit den Schultern. »Wenn wir gewußt hätten, daß Euch das Lied der Liebe heilen würde, hätten wir es schon viel früher singen können.«

»Nein.« Bruno schüttelte den Kopf. »Ich habe das Lied zur rechten Zeit gehört. Vielleicht mußte es auch von einer sterbenden Frau gesungen werden. Wer weiß, ob der Zauber sonst gewirkt hätte.«

»Nein, hätte er nicht,« mischte sich Mirka ein, die neben Arma stand. »Jetzt, wo Ramee mir die Sprache der Orakel beigebracht hat, weiß ich, daß es Eure Bestimmung war, an diesen Ort zu kommen, um gesund zu werden. Die nächtliche Erscheinung, die Euch vor vielen Wintern vom Rhein hierhersandte, wußte um Euer Schicksal. Ihr mußtet zur Flammenburg reiten, damit Eure Tochter geboren werden konnte, und Ihr mußtet das Liebeslied der sterbenden Camire hören, um über Euren Schmerz hinwegzukommen. Eure Trauer um die toten Frauen, edler Ritter, wird Euch auch weiterhin begleiten, doch sie wird Eurer Leben nicht mehr zerstören.« Sie lächelte. »Die Göttin lenkt Euer Schicksal auch in Worms.«

»Eure letzten Worte wiegen schwer«, sagte Bruno. »Wahrscheinlich glauben wir an den gleichen Gott. Er möge Euch Eure Blindheit vergeben.«

»Die Göttin wird Euch Eure gewiß verzeihen.« Mirka lächelte und ging.

Bruno hielt Arma die Hand hin. »Ich werde Luovana ebensowenig vergessen wie Ihr«, sagte er.

»Da bin ich sicher«, erwiderte Arma. Als sich ihre Hände berührten, spürte Bruno eine tiefe Verbundenheit mit der Kriegerin. Sie hatten beide die geliebte Frau verloren.

Arma wandte den Blick ab. »Ihr nehmt also den Jungen mit?«

Faramund nickte und setzte Raban auf sein Pferd. »Antana sagte, daß Lursa das Leben und den Tod der beiden Kinder miteinander verbunden hat. Wir wollen dem Schicksal keine Gelegenheit mehr bieten, daß der Tod die beiden trennen könnte.«

»Die Wege der Göttin sind oft verschlungen.« Arma schaute auf den Wasserfall. Klar sprudelte das Wasser über die schwarzen Steine und fiel rauschend in den See.

Faramund folgte Armas Blick. »Die alte Ramee sagt, daß Elinor nicht mehr hinter dem Wasserfall gefangen ist.«

»Er ist tot!« sagte Arma.

»Sonderbar.« Faramund legte die Stirn in Falten. »Wieso hatte Antana die Kraft, diesen mächtigen Magier zu töten?«

»Mirka sagte, daß dazu drei Dinge nötig waren. Die Magie, die sie von Pyros lernte. Die Tatsache, daß sie Elinors Tochter ist und daß sie in der Flammenburg zur Liebe erzogen wurde. Aber erst mit der wahren Liebe, die sie für Pyros empfand, war sie Elinor an Kraft ebenbürtig und damit stark genug, ihn zu vernichten.«

Brunhild hatte sich von Arma gelöst. Sie ging zu Faramunds Pferd.

»Du bleibst immer mein Freund«, sagte sie traurig zu Raban. »Auch wenn die Großen sagen, daß wir uns nicht wiedersehen dürfen, werde ich dich nicht vergessen.« Sie zupfte an Rabans Fuß, den sie gerade eben mit den Armen noch erreichen konnte.

»Wir sind Gefährten der Nacht!« flüsterte der Junge. Von ihrer geheimen Verschwörung mußte niemand sonst etwas wissen. Er hielt Brunhilds Stein kurz in den Fingern, dann steckt er ihn ganz tief in die Hosentaschen zurück.

Bruno hob die kleine Brunhild auf den Arm. »Leb wohl, meine Tochter.« Er strich ihr über die Wangen und schob ihr eine kleine Locke aus der Stirn. »Folge Arma und werde eine gute Kriegerin, damit sich der Wunsch deiner Mutter erfüllt.«

Das Mädchen lachte. »Stimmt es eigentlich, Ritter Bruno, daß Arma Euch einmal mit dem Bogen besiegte?«

Bruno räusperte sich. »Ja, das ist wahr.« Er schwang sich auf sein Pferd.

»Gut, dann werde ich eines Tages nach Worms kommen, um mit Euch zu kämpfen. Ich werde Euch auch besiegen, genau wie Arma es tat!«

Faramund lachte laut auf. »Worms wartet auf Euch, Brunhild!« rief er übermütig.

Arma und Brunhild winkten den dreien noch nach, bis sie hinter den Hügeln verschwanden.

»Weißt du«, sagte Brunhild, »ich bin froh, daß du bei mir bleibst. Nach allem, was ich von Raban über Väter gehört habe, bin ich ganz glücklich, daß Ritter Bruno nun abreist. Vielleicht hätte er doch eines Tages mit mir geschimpft!«

Arma lachte. »Komm, wir sollten mit dem Springen beginnen. Mirka sagt, es wäre allerhöchste Zeit, daß du endlich lernst, weiter zu springen, als je ein Mann es könnte.«

Antana wachte auf. Die alte Ramee saß nicht wie sonst in den letzten Tagen bei ihr, um sie zu pflegen. Aber sie war dennoch nicht alleine in der Höhle. Sie lauschte. Ein leises Schnurren hatte sie geweckt. Antana schaute sich um und mußte lächeln.

Ein rotbrauner Kater lag neben ihr auf den Dekken, nahe am Feuer. Ruhig schaute er sie an. Er hatte dunkelbraune, glänzende Augen, und sein tiefes Schnurren klang angenehm weich. Antana hob die Hand. Das Fell hatte die Farbe von dunklen Flammen, die hier und da im Spiel des Lichtes schimmerten. Sanft drückte das Tier seinen Kopf an ihre Finger und rückte ein Stückchen näher. Er legte zärtlich eine Pfote auf ihre Brust, als Antana ihn streichelte.

»Du bist also doch gekommen.« Sie lächelte. »Bist du nicht böse, daß ich Elinor getötet habe?« Ihre Hand wanderte hinter die Ohren des Katers und kraulte ihn dort. »Ich hatte solche Angst um dich. Ich mußte es einfach tun.« Das Tier maunzte leise. Es rieb dabei seinen Kopf wieder an ihrer Hand während sie weiterfragte.

»Bist du jetzt von dem Geist des Alten befreit?«

Der Kater schnurrte. Antana überlegte, ob das wohl ein Ja oder ein Nein gewesen sein konnte. Sie entschied sich für ein Ja.

Es würde wohl noch ein paar Schwierigkeiten mit der Verständigung geben, aber es war gewiß leichter als mit einem Adler, dachte sie.

Ramee hatte also die Kraft gehabt, den Vers der Verwandlung zu singen. Antana fragte sich, wie die Alte es geschafft hatte, Pyros zu besiegen. Aber eigentlich war es auch unwichtig. Sie schaute dem Kater tief in die Augen. »Was immer du tust, oder welche Gestalt du annimmst, Pyros, ich werde niemals aufhören dich zu lieben!« sagte sie leise.

Die Nibelungen

Die große Saga »Die Nibelungen« ist keine Nacherzählung des weltberühmten Nibelungenliedes. Jeder Roman erzählt eine neue, aufregende Geschichte um einen Helden des Epos. Gleichwohl lassen sich die Romane in die Chronologie des Liedes einordnen.

Chronologie

- **Die Flammenfrau**
- **Der Rabengott**
- Hagen kommt nach Worms, beginnt seinen Aufstieg zum Berater.

- **Das Runenschwert**
- Siegfried tötet Nibelung und Schilbung, stiehlt die Tarnkappe.
- Siegfried erschlägt den Drachen

- **Das Drachenlied**
- König Dankrat von Burgund stirbt; Gunther besteigt den Thron.

- **Die Hexenkönigin**

- **Das Nachtvolk**
- Siegfried kommt nach Worms.
- Fahrt nach Island; Wettkampf um Brunhilds Hand.
- Siegfried heiratet Kriemhild, Gunther heiratet Brunhild.
- Hagen ermordet Siegfried, versenkt den Nibelungenhort im Rhein.
- Kriemhild reist ins Hunnenland.
- Hochzeit zwischen Kriemhild und König Etzel.
- Die Burgunden folgen Kriemhilds Einladung zur Hunnenburg.
- Kriemhild läßt die Burgunden von den Hunnen ermorden.
- Dietrich von Bern erschlägt Kriemhild.